RUTH SCHUMANN-ANTELME
STÉPHANE ROSSINI

圖解 古埃及 象形文字

露絲·蘇曼-安特姆——著　史蒂凡·羅西尼——繪

LECTURE
ILLUSTRÉE
DES
HIÉROGLYPHES

Original French Edition: LECTURE ILLUSTRÉE DES HIÉROGLYPHES
by Ruth Schumann-Antelme and Stéphane Rossini
Copyright © 1998 by Editions du Rocher
All rights reserved.
Chinese complex translation copyright © Maple Publishing Co., Ltd
Published by arrangement with Groupe Elidia for Editions du Rocher ,
through LEE's Literary Agency

圖解古埃及象形文字

出　　　　版／楓樹林出版事業有限公司
地　　　　址／新北市板橋區信義路163巷3號10樓
郵 政 劃 撥／19907596　楓書坊文化出版社
網　　　　址／www.maplebook.com.tw
電　　　　話／02-2957-6096
傳　　　　真／02-2957-6435
作　　　　者／露絲‧蘇曼-安特姆
　　　　　　　史蒂凡‧羅西尼
翻　　　　譯／張穎綺
企 劃 編 輯／陳依萱
校　　　　對／黃薇霓
港 澳 經 銷／泛華發行代理有限公司
定　　　　價／520元
初 版 日 期／2019年11月

國家圖書館出版品預行編目資料

圖解古埃及象形文字 / 露絲‧蘇曼 - 安特姆,
史蒂凡‧羅西尼作；張穎綺翻譯. -- 初版. --
新北市：楓樹林, 2019.11　面；　公分
譯自：Illustrated hieroglyphics handbook
ISBN 978-957-9501-44-6（平裝）

1. 象形文字　2. 古埃及

801.93　　　　　　　　　　108015445

目錄

導 言

　　初次到訪埃及的人總會經歷令他們震撼的視覺洗禮。旅人只要離開較為繁華的喧鬧熙攘市鎮，放眼所及便是一望無際的壯闊景色。原野綿延到遠方的地平線，逐漸與天空融為一色。地平線彼端蜿蜒著波光閃閃的銀帶，河道兩旁鋪展開翠綠色田野。就像太陽在水面的倒影隨著一天中照射的角度、強弱而改變，沙漠岩山區的顏色也變幻不定，散發出獨特迷人、幾乎像是時光凝結般的氣氛。

　　從古代到二十世紀中期為止，尼羅河每年氾濫一次，淹沒河兩岸的土地，留下肥沃黑色淤泥，它堪稱是埃及的生命之河。即使這是過去才有的景象，但是要知道，埃及與其獨樹一幟的文明都誕生於這樣特殊的地理環境裡。尼羅河的氾濫塑造了該地區居民的心靈思考方式，他們的文字系統正是其思想心靈的具體表達，在世上僅此一家、別無分號。

　　古埃及人以銘刻、繪圖或壓印陶刻的方式將象形文字作為裝飾的一部分，妝點各處神廟、宮殿、墓室、祭殿的牆面。埃及就此成為一本大書，從創世神話到而後的實際歷史發展都完整地記錄在那些繽紛多彩的裝飾藝術當中，自然地將整個國家的歷史軌跡留存下來。這本目錄書是如此地獨一無二。一般而言，在任何附有插圖的書籍裡，每張圖片必定搭配上說明文字。無論是哪種語言或字體的文字，它們的形狀樣子都和任何圖案或圖畫截然不同。然而在古埃及可不是這麼一回事。在那裡，解釋說明插圖的文字也是一種「圖案」，就跟插畫所

繪的圖像毫無二致。不過時至今日，即使是初來乍到的訪客都能輕易掌握圖像與文字字義的互動關聯。在圖像已然成為通用語言的現代，埃及象形文字是如此切合我們的時代脈動。古埃及文字符號涉及的含義和主題也與我們今日關注的議題有所呼應，像是：環境，生命、存活和來世之間的平衡，個體在社會中的位置，以及就宇宙層次，尊重人與土地的連結。還有另一個饒有趣味的相似處：對於尼羅河流域的古代居民來說，圖像等同於現實。要是在半世紀以前，這樣的想法會引發我們不以為然的訕笑，但是在今日，科技的發展為我們創造出虛擬的世界，我們深陷其中卻無法明白掌握虛擬與現實的交界最終將會模糊到何種程度—我們的思維已然改變，我們發現有必要留點冥想的時間給自己，以便將身心調整到健康狀態。

埃及令人驚嘆的另一面，要數埃及象形文字的出現和其持續的擴充發展。當今所知最古老的象形文字來自於西元前四千年的儀式用石板和石碑。那些「古體」符號可能逐漸經過改良美化，但它們的基本形狀在長達三千年期間固定未變。早在早期王朝時期，在聖書體發展的同時，即有以墨水在莎草紙書寫的「僧侶體」（hieratic），隨著字體越簡化，書寫速度也越快速。到了西元前六百年，廣為使用的是更簡化的世俗體（demotic），反映出埃及社會的變遷和語言演變。這些草書體皆是以象形文字為雛形大幅簡化而成。著名的羅塞塔石碑（Rosetta Stone）刻有聖書體和世俗體文字，證明不同書寫法同時並行。古埃及人相信這些圖像文字為托特（Thot）神（也稱圖特〔Djehuty〕）所創造，是神的文字。

讓我們回到最早的「聖書體」。古埃及墓室石碑上的銘文都寫了什麼？其實僅是刻了該墓室主人的名字和頭銜，像是：國王、地方首長、法官、祭司、女祭司。這些文字是一個階級分明社會的第一批符號。看似憑空冒出來的社會階級，無疑是歷經漫長時間才得以成形。此時使用的符號幾乎都是多音節（雙音或三音）。將姓名和頭銜銘刻在石板、雕像和物品的傳統一直持續到古埃及法老時代的末期。在象形文字出現後的五百年間，這些簡短銘文是該段時期唯一留下的書寫遺跡。後來，考古學家才在金字塔裡驚喜地發現第五王朝以後的大量文本。新發現的文本內容揭露出更進化的形而上思考能力，而繁複的書寫系統顯示古埃及文為一種結構分明的語言。兩個中間期和中王國時期則幾乎沒有留下任何文字遺跡。隨著日常口語的演變，到了新王國時期，金字塔文本裡使用的語言已經成為古典語言，僅有精英階層能夠看懂和持續使用。古典語言和日常語言之間的差距越來越大，最終成為兩種截然有別的語言，宗教文本的書寫和日常文件的書寫明顯劃分開來。唯一的例外為文學作品，往後多年仍然使用古典語言。

　　起碼從第五王朝初期開始也出現另一種書體，那是一套充滿符號遊戲、密碼圖、圖畫字謎和反寫字的書寫法。它持續受到使用，到了托勒密王朝時期，普及率更達到巔峰。但在羅馬皇帝統治埃及以後，這套系統逐漸式微。

　　儘管狄奧多西一世（Theodosius I）於西元三八四年頒布敕令，將基督教定為國教，禁止一切異教活動，但是在菲萊神廟（temple of Philae）裡，埃及人對伊西絲（Isis）和歐西里斯（Osiris）的崇拜依然持續著，迄今發現的最後一批

埃及象形文字銘文即位於該座神廟，據估完成於西元三九四年。那是一個垂死文明的最後一口喘息。西元五四三年，在查士丁尼一世的命令下，所有神廟悉數遭到關閉或改造為基督教教堂。世俗體文字繼續存活到西元四五〇年左右，而後，這個世上最美麗、最獨特的表音文字系統就此被世人遺忘。

托特神的神奇石板

到了十八世紀，埃及再次成為旅人們憧憬的目的地，不過，是一七九八至一七九九年間拿破崙率隊的那場埃及遠征真正點燃了「埃及熱」。這是史上首次有軍事領袖在征戰時不僅帶上士兵，還讓當時最優秀的各領域學者專家同行。這支專業團隊受命研究拿破崙準備征服的這個異邦國家，觀察、記錄、描述一切，並進行測量以繪製精確地圖。如我們所知，拿破崙的軍事偉業未竟，但這個史無前例的創舉帶動了許多新機構應運而生，並在埃及留下豐沛的法國文化遺緒，影響至今仍然存在。

該支學者考察團的研究成果後來集結為《埃及記述》（Description of Egypt）出版，這套卷帙浩繁的巨著全面記錄了十九世紀初葉埃及的樣貌。若不是有這套傳奇傑作留存下來，那次軍事遠征即使有再了不起的斬獲，也只不過是西方世界與中東國家跌宕起伏關係中的又一段插曲。

那些文字記述和畫稿在出版以前，已經在歐洲知識圈廣為流傳，當時的一些傑出思想家紛紛埋頭嘗試破解埃及象形文字，其中包括英國醫師湯瑪士・楊（Thomas Young），以及受到讚譽的中東研究者暨瑞典外交官喬翰・阿克布拉德

（Johann Akerblad）。他們的確取得一些初步成果，但是這些埃及神聖圖像，這個沉睡十四個世紀的古老語言，注定要由另外一個人來為它們吹入新的生命氣息。他的名字是弗朗索瓦‧商博良（François Champollion）。他從童年時期就對埃及象形文字著迷不已，立誓有一天要破解它們的奧祕。他身為語言學家的實力出類拔萃，聰明早慧但也始終勤奮努力。他在兄長兼指導老師賈克‧喬瑟夫（Jacques-Joseph）的協助下，按部就班開始解謎。他還是學生時已經精通希伯來語、希臘語和拉丁語三種古典語言，也學過阿拉伯語和科普特語。科普特語現今僅是埃及基督徒的儀式語言，但在商博良時代為日常仍在使用中的語言。科普特語為古埃及語言的最後階段形式，使用希臘字母和一些從埃及象形文字世俗體衍生來的符號。科普特語的主要優勢在於有母音符號，而閃語無母音。埃及語屬於閃語系的含米特語族（Hamitic branch）。

　　商博良以這些語言知識為後盾，開始檢視羅塞塔石碑上刻有的三種語言銘文拓印本，分別為：埃及象形文、世俗體和希臘文。該石碑為法國軍事工程師在一七九九年進行工程時所發現，他們以石碑出土的羅塞塔堡壘來為它命名。該塊石碑很快成為當時埃及學研究的基礎材料，它現藏於倫敦的大英博物館。石碑銘文內容為西元前一九六年托勒密五世（Ptolemy V Epichanes）所頒布的詔書。此石碑之所以如此重要，在於它不只刻有古埃及象形文，還刻有世俗體和希臘文。商博良與巴泰勒米神父（Father Barthélemy）採取同樣的假設：王室成員名字都寫在稱為「象形繭」（cartouche）的橢圓框裡。因此，他可以希臘文作為對照，辨識並翻譯出托勒密的名字。接著在一八一五年，威廉‧班克斯

（William Bankes）在菲萊島發掘出一塊方尖碑，上頭刻有象形文字和對應的希臘文。希臘文字包含托勒密八世（Ptolemy VIII Euergetes II）和其妻克麗奧佩特拉三世（Cleopatra III）的名字。商博良比對象形繭裡兩位托勒密王朝國王的名字，辨識出p、t、o、l、i、m和s音，並解讀出它們對應的象形文字符號。象形繭裡的王后名字則有k、a、d/t和r音。他將初步得出的字母符號用來辨識其他外來國王的名字，從兩個語言版本的對照，解讀出亞歷山大（Alexander）和圖拉真（Trajan）的名字：每次解讀都證明他對每個字母發音的翻譯無誤。他持續取得進展，但是對於「沒有字母對應」的符號束手無策。他直覺認為它們可能是字符（word-sign）或表意符號（ideogram）—意即不只代表一個音素，由一個以上音節構成的多音符號。這是重要的一大步，他走在正確的方向路徑，即將會做出突破性的發現。

有一位叫于由（Huyot）的建築師將努比亞和上埃及幾處神廟的淺浮雕拓印下來寄給商博良。一個他一再看過的符號勾起他的注意：𓄤。他以天才般直覺發現這個符號和科普特文字 mose 之間的對應關係，意思是「誕生」或「生出」。他查看手上的拓印本，這符號位於Ptolmys（托勒密）的字母s和太陽圖案之間。

他曉得太陽圖案代表太陽神「拉」（Ra）。因此讀作Ra-mose-s？也就是Ramses，拉美西斯！他興奮地尋找類似的名字，發現拓本某一頁的一個象形繭裡有代表托特神（Thot）的神聖朱鷺圖像。在此象形繭裡，朱鷺後面也有mos/mes的符號。Thot-mes，希臘文寫為Thutmosis。在一八二二年九月十四日，他終於破譯出「托特的石板」這個字。在震撼激動

的情緒之下，他整整五天處於不可置信的茫然狀態，然後才提筆寫下自己的發現。他寫給銘文和文學學院（Academy of Inscription and Literature）的終身祕書達希埃先生（Mr. Dacier）一封長信，在信裡詳細地解說埃及象形文字系統。該封信成為埃及學的基石，堪比《大憲章》一般。

讓我們在此簡單扼要說明埃及文字系統的結構。它包含：

◈ 單音音素或表音符號─即單音符號或說「字母」。

◈ 多音符號（雙音、三音）或音節符號。

◈ 限定詞，置於每個單字結尾，用於表明字義的不發音符號。

如同所有的語言，埃及語也有同音字，意即發音相同卻有不同意思的字詞。我們接下來也會看到，若干限定詞和多音符號雖然是有發音的字符或表意符號，但當作限定詞使用時，一概不發音。

現代書記

商博良毫不停歇地工作，生活時常過得刻苦，積勞之下於四十二歲離世。我們必須讚嘆這位天才在短短時間內就完成的劃時代成果。他激勵許多人走上埃及學這門領域，他在全世界各地的「門徒」依然努力在完善與充實他奠定基礎的這門學科。他們的投入付出也讓我們得以更深入了解這些文字圖像和創造它們的尼羅河流域古代居民。我們在此書採用的介紹方式，將依循埃及象形文字系統的架構。我們希望讀者透過各符號的使用、構成的字詞和語義來獲得埃及

象形文字的基礎知識。這部入門書既不是文法書也不是真正意義上的字典。它的迷人之處在於象形文字的藝術性呈現和語義解說部分。每個象形文字的輪廓和比例都嚴格遵循古代格式，但是它們被描繪得更清晰具體，更接近每個圖像所代表的原型，讓讀者更容易意會它們的語義特性和可能的語義連結，從而踏入古埃及人思維的深幽祕境。透過探究象形文字—托特神創造的這些「神聖文字」，透過發掘各符號和其構成單字之間的關聯，讀者將宛如體驗一場古埃及的虛擬旅行。這也意味著會是一趟互動之旅：在各位進行這趟艱鉅探索的期間，斯芬克斯人面獅身像（Sphinx）將會從旁協助，提供最全面的各種基本字彙，以助你們掌握這個古代語言的豐富內涵和其圖像化的表達方式。智慧之神托特神和莎夏女神（Seshat），掌管宇宙秩序和平衡的瑪亞特女神（Maat）都是本書的守護神，各位很可能將是傳承、使用這個語言的現代書記。

本書結構

國際音標規則的對應字母

那些傑出語言學家為古埃及語制定對應的字母時，都以閃語的發音順序為基準。雖然是切合古代語言邏輯的方式，卻與我們習慣的字母排序南轅北轍。既然本書的目標讀者為一般大眾，我們決定採用對讀者更友善的方式。因此，我們盡可能為古埃及語符號標示對應的現代西方字母。

要一提的其他困難點還包括：

◆ 古代閃語的母音都被視為半子音，因此在字母排序裡的位置和我們所習慣的不同。

◆ 古埃及語的若干發音不存在於英語（也不存在於多數現代語言）系統，反之亦然。

因此必須創造出特別的符號，即所謂的「附加符號」（diacritic）來區別這些古埃及語獨有的發音。這個方式已獲得全球各地埃及學家的認可。在本書末尾，你們可以看到「字母」的比較表。

最後，我們得找出方法來標示所有這些子音和半子音的正確發音。根據國際音標規則，字母e有時可置於兩個子音之間，雖然古埃及語裡並無這樣一個母音。

就如我們之前提到的，科普特語為古埃及語的最後階段形式，以希臘文字母

來書寫。對於掌握古埃及語的正確發音方式，這是一個寶貴的資源，雖然這些發音可能歷經過演變，在更早以前的時代可能有不同發音。本書裡使用羅馬字母寫下的轉譯拼音，僅是埃及學家們普遍認可的讀音。

本書各部分

我們將本書劃分為四大部分，依序介紹單音表音符號、雙音表音符號和三音表音符號。最後一個部分則彙整了一些隨意挑選出的字彙，共計有二十九頁。你可以把該部分當作複習工具，測試自己對象形符號的學習和記憶程度，你也能從那些字彙中發掘形形色色的符號組合之妙，比如符號和單字字義之間或許有出人意表的語義相關性，若干同音字的字義可能語帶雙關，或者不同字義之間有令人驚奇的關聯性。

前三個部分的符號都按照它們在本書出現的先後順序來編號：

◆ 單音表音符號為U1到U26。
◆ 雙音表音符號為B1到B83。
◆ 三音表音符號為T1到T30。

在本書的最後彙整了所有符號的一覽表，並附上了它們在前三部分的編號。第四部分的單字以頁數為編號，從S1至S29共二十九頁；這部分的字彙未加

任何說明，讀者們可以自行鑽研和思索。

　　至於U、B、T三大部分，作為主角的每個象形符號位於左頁，同一頁的內容包含了它的定義、發音、寫法、數個例字，以及語義的評述分析。在右頁則是數個例字（平均為四個）的象形文字寫法，它們都含有左頁介紹過的符號。右頁的字彙編排方式相當實用易讀。在每個象形文字字詞上方列有發音、一個或數個字義翻譯，以及遵循國際音標規則所做的羅馬字轉寫。

　　我們認為，將每個象形符號的定義、語義和應用的字詞全面呈現出來，似乎是為古埃及語注入全新活力和降低學習門檻的最佳方式。傑出的埃及文明創造出一套如此獨特的文字語言系統，我們也將這部書當作一項嘗試，深入探討每個讀音和其符號之間的相互關係與和諧性。

書寫象形文字的注意要項

　　之前對埃及象形文字一無所知的讀者，首次翻開本書時肯定大吃一驚。首先是圖案大小超乎一般人的常識和認知，一隻鵪鶉竟然和坐著的男性一樣大，雕刻師的鑿子和大象是同樣大小，鴨子和女人同等大，難不成這是一本《愛麗絲夢遊仙境》！然而，在我們看來似乎完全不符比例的這些符號，它們曾經用來撰寫一些內容無比嚴肅的文本。每個象形文字無論大小，都完全符合自身應有的比例。各個符號以方形為框架，再按特殊規則嵌入一個字詞當中。方形框架是虛擬的，雖然未畫出來，但書記寫字時是按著想像中的線框來落筆。為了美觀起見，象形文字必須寫在方框內，它們的大小以符合方框比例為準。因此，按

照平衡原則書寫出來的象形文字，是一組組整齊對稱、賞心悅目的圖像。

　　此外，文本裡的每個字詞之間並未有空格或標點符號作間隔。名詞（實名詞）的字尾通常有限定詞來指明字義，一個單字裡的最後一個圖像即為限定詞符號。刻在紀念物上的銘文，書寫方向左右不拘，可以由左到右，也可由右至左，每行或每欄文字的書寫方向也不拘一格，但是一定與人或動物符號面朝的方向一致。閱讀方向則是以這些符號的朝向為起點。比如文章裡的人或動物符號面朝左方，那麼閱讀方向應由左向右讀，也就符合我們的閱讀習慣。不過，莎草紙卷軸上的文本一律由右向左寫成行。這是閃語系統至今仍然使用的書寫方向。

　　一個古埃及語單字可能完全由「單音」符號構成，字尾再加上限定詞。不過這類字比較罕見。一般而言，一個字詞由一個或一個以上的音節符號構成，再加上單音符號來提示讀音，最後以限定詞來指明字義。

　　表達敬意的換位，也稱「尊敬的置於字首」，也是埃及象形文字書寫方式的獨有特色。用來代表「神」和「國王」的符號，與神和國王相關的形容詞，以及神祇的名字，都得寫在一個字詞或一個詞語的字首，即使在朗讀或講話的時候，該字的發音順序跟寫法並不相同。王名環或是顯赫大臣和祭司的頭銜寫法，經常可見到這種尊敬的換位。在本書中可見到幾個實例。

　　以上就是埃及象形文字的幾個基本知識，現在各位可以準備一親芳澤了。

單音表音符號

本書為「商博良書系」之一，我們以最高的敬意和謙卑態度來進行編撰作業，以期它無愧於商博良這位偉大埃及學家的大名。我們將從單音表音符號開始介紹埃及象形文字。在古埃及並不存在「字母」的概念，這些「單音字」為埃及學家按照象形符號的發音統整而出。在前章裡我們已經解釋，雖然這些單音字符有二十六個，卻僅是表面上對照到英語的二十六個字母。你們接下來馬上會看到，a音有兩個象形符號，d音有兩個符號，h有四個符號等等，但是若干字母並無對應的象形符號，特別是字母e（見前文所述）。我們以國際音標轉寫系統來分類這些單音符號，它們的先後順序也以該系統為準。

　　在本書的這一個部分，我們將會介紹只代表一個單音的象形符號。先從單音符號著手還有一個理由：在接下來多音表音符號部分的「語音和寫法」欄目，我們必須用這些單音字符來說明讀音。語音學是一種研究語言聲音的學科，而音素是可供書寫標示並構成區別的最小語音單位；語音和書寫這兩個概念實為密不可分。

a (aleph)

3

單音符號：埃及禿鷲。

語音和寫法

1. **akh** —— **茂盛的紙莎草叢。由兩個音素組成**：表示 a 音的埃及禿鷲符號，表示喉音 kh 的胎盤符號。字尾的紙莎草叢符號為限定詞。
2. **akhakh** —— **變綠，開花。**將上一個名詞的音素重複兩次，即成為動詞。限定詞也是紙莎草叢符號。
3. **am** —— **燃燒，燒盡。**這個單字由代表 a 音的埃及禿鷲與代表 m 音的貓頭鷹符號組成。字尾的限定詞符號是燈座造型，融合俯視和正視視角，呈現出燃燒中的燈芯。
4. **amem** —— **抓住，掌握，攻擊。**由上述的 a 音符號和 m 音符號組成這個單字。限定詞為一個握拳符號，令人一看就知道這個動詞的含義。

語義

　　「轉綠」和「紙莎草叢」兩個單字的語義和寫法很相似。紙莎草著根於濕地水底的土壤，那裡充滿各式各樣的生命有機體。紙莎草叢圖形符號令人想起生命誕生之前的胚胎狀態。「轉綠」有萌芽成長之意，重複 akh 這個字根可說有其意義。

　　am 這個單字表示所有生命消失並化為灰燼：貓頭鷹符號取代胎盤符號，青翠茂盛的植物由燃燒中的燈座取代。

　　amem —— 「抓住」這個單字似乎屬於不同的語義範疇。但是也由兩種掠食性鳥類符號組成，字尾的限定詞是一個握住的拳頭圖形，彷彿作勢要攻擊，著實令人生畏。

akh	fourré de papyrus	*3ḫ*

茂盛的紙莎草叢

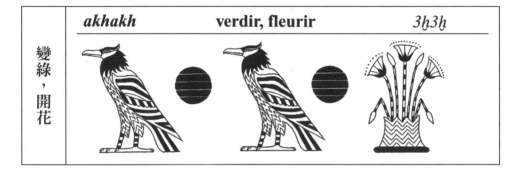

akhakh	verdir, fleurir	*3ḫ3ḫ*

變綠，開花

am	brûler	*3m*

燃燒，燒盡

amem	saisir	*3mm*

抓住，掌握，攻擊

21

ah (aïn)

c

單音符號：人的手臂和手：無特定指左臂或右臂。「手臂」或「四肢」的表意符號。

語音和寫法

日爾曼語系有 aïn 這個音，它在閃族語系裡也是常用的音，但不存在於任何從拉丁語衍生出來的語言。在日爾曼語系裡，此音僅能以聽的方式來辨別，並沒有書寫符號來表示（在德語裡，它被稱為喉塞音〔knacklaut〕）。不過，在閃族語系語言中，aïn 是一個個別獨立的子音，也有書寫符號。它可置於一個單字的字首或中間，通常被描述為喉塞音，發音時聲門是閉塞的。古埃及人以人體部位——手臂和手——的圖形作為這個音的符號。

1. **ah-py** ── **有羽翼的太陽圓盤**。兩側通常有聖蛇烏賴烏斯（uraeus，眼鏡蛇女神）纏繞。這個單字結合了手臂符號、代表 p 音的墊子（或凳子）、代表 i 音的蘆葦穗及飛翔這個動詞（鳥的翅膀圖形）。

2. **ah-ah-uey** ── **睡覺的動詞和名詞**，兩個手臂符號＝ ahah，鵪鶉＝ w，兩條線（或斜線）代表 y。y 也可寫為兩枝蘆葦穗。限定詞頗出人意表，竟然是睜開的人眼符號。

3. **ahndjoo** ── **黎明**。太陽的光輝。手臂＝ ah，水波＝ n，手＝ d（更古時期為 dj，以蛇為符號），鵪鶉代表 w 音。限定詞為陽光符號，或太陽升在天空符號，或太陽符號。

4. **ah-ah-ret** ── **聖蛇烏賴烏斯。**雖然慣常寫法使用了兩個手臂符號，但讀音可能為 iâret，而不是 ââret。

語義

　　手臂符號和有羽翼的太陽圓盤組合在一起，可能暗示翅膀為太陽的手臂。「睡覺」和「黎明」兩個單字包含同樣的概念。兩隻手臂讓我們聯想到希臘神話中的睡神、夢神摩耳甫斯（Morpheus）的手臂。張開的眼睛符號暗示睡眠的矛盾性：睡夢中的一切是由「內在眼睛」目睹。andoo 或ahndjoo意指脫離這樣的睡眠狀態，大自然在黎明第一道光出現時重生：限定詞符號盡表其意。

　　ah-ah-ret，聖蛇烏賴烏斯既沒有手臂也沒有手，但是眼鏡蛇的毒液有令人失去知覺的作用。某些種類的眼鏡蛇，例如黑頸眼鏡蛇（naja nigricolis），甚至能直接從口中吐出毒液，借用古埃及人的說法：「牠們就像口吐烈火」。

有羽翼的太陽圓盤	*ah-py*	le disque solaire ailé	$^c py$

睡覺	*ah-ah-uey*	dormir	$^{c\,c}wy$

黎明	*ahndjoo*	aurore	$^c n\underline{d}w$

聖蛇烏賴烏斯	*ah-ah-ret*	ureus	$^{c\,c}rt$

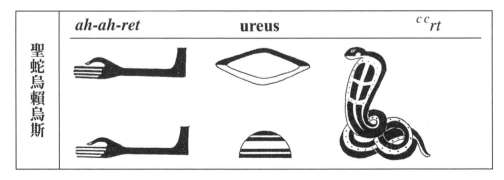

b

b

單音符號：人腳。「地點」或「場所」的表意符號。

語音和寫法

1. **beek** —— **鷹隼。**人腳＝b，蘆葦穗＝i，簍筐＝k。限定詞：鷹。這隻老鷹帶著鞭子或植物枝梗，代表祂是神聖動物。
2. **benet** —— **豎琴。**指的是演奏時必須立於地面的大豎琴。人腳＝b，水波、波動符號＝n，麵包＝t。限定詞：豎琴。
3. **benoo** —— **神話中的鳳凰**，亦即蒼鷺。寫法包含 b、n、w 單音符號，以及代表雙音noo 的球形容器符號。限定詞：鳳凰（蒼鷺）。
4. **benbenet** —— **金字塔尖或方尖碑。**這個單字僅由 b、n、t 單音符號組成。限定詞為一個錐形物。

語義

　　所有包含老鷹符號的單字都與神聖、王室或神祇有關，除非該字指稱的是鷹隼。「老鷹」經常作為國王或荷魯斯神（Horus）的象徵物，用於陰性詞複數形時，則是女神的象徵。鳳凰代表長壽，但這種鳥活滿五百歲即會自焚。鳳凰也有希望的意涵，因為祂從灰燼中又會重生，開始新一輪的生命循環。透過這樣的轉變，死帶來生。

　　而在人間，一樣有崇高力量在運作，但作用的方式更有形具體。同樣的單音符號組成，只需改變字尾的限定詞，字義不再是浴火鳳凰，而是猴子！從benoo 狒狒這個單字衍生出形容詞benoot，意思為「淫蕩的」或「好色的」，狒狒為賽特神（Set）示人的一個形象，古埃及神話一再講述他的風流情事。

　　benbenet為赫里奧波里斯（Heliopolis）城裡供奉的正三角錐聖石尖頂。benben也有同樣的語義特性，它指的是尖錐狀麵包。這組單音符號只要換上不同的限定詞，各有美味、享受、享樂、性交或尼羅河水從岩洞湧出（比喻意思為氾濫、溢流、大量和任何過量狀態）的意思。你們可以看到，這些單字的基本意涵大同小異。

　　由水波和波動符號表示的n，也見於benet豎琴這個單字，撥動豎琴琴弦產生的音波讓神祇與人類同樣感到愉悅。

鷹隼	*bik*	**faucon**	*bik*

豎琴	*benet*	**harpe**	*bnt*

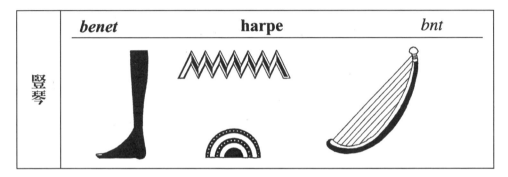

鳳凰	*benou*	**phénix**	*bnw*

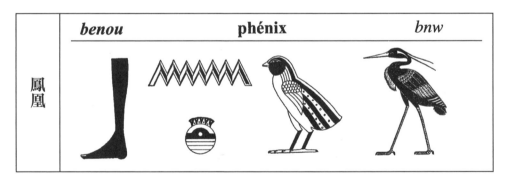

金字塔尖或方尖碑	*benbenet*	**pyramidion**	*bnbnt*

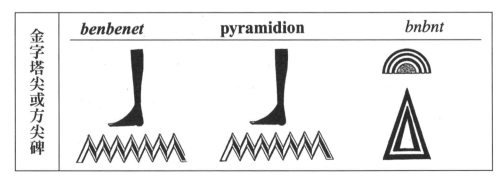

d  *d*

單音符號：人手，左或右手。僅作為表音符號。

語音和寫法

1. **dep** —— **品嚐。**「品嚐」這個動詞由兩個音素組成，人手＝d，墊子＝p，再加上兩個本身不發音的限定詞：舌頭符號，把手放在嘴邊的男性符號。
2. **debdeb** —— **心跳。**這個擬聲詞由兩組重複的音素組成：人手＝d，人腳＝b，以及一個限定詞：把手放在嘴邊的男性符號。
3. **depet** —— **船。**三個音素為：手＝d，墊子＝p，麵包＝t，最後是限定詞：船隻符號。
4. **depy** —— **鱷魚。**三個單音符號：手、墊子及代表 y 音的兩條斜線。限定詞為鱷魚符號。

語義

第一個單字裡的舌頭和手放在嘴邊的男性，明確表明了這個動詞的意思。名詞寫為 depet，限定詞為舌頭符號。「心跳」這個單字也用到同樣的人手符號，因為古埃及人認為「心臟在人體四肢跳動」；限定詞是把手放到嘴邊的男性符號。一些動詞也以這個符號為限定詞，例如：「說」、「想」、「吃」、「喝」等等。

使用到 d 單音符號的單字相當多，含義廣泛，在本書第一部分介紹的所有單音符號皆是如此。

「船」和「鱷魚」兩個單字之間有語義相關性，它們是由同樣的字根衍生而出。depet「品嚐」和 depet「船」的寫法相同，差別只在限定詞符號。

以 d 開頭的單字大致可分為幾個語義類型。舉例來說，許多以 da 開頭的單字皆有暴力的含義，比如「擊倒」、「以錘子擊死」；dat 開頭的字有陰間、地獄的意思。dua 這個字根倒是毫無陰森之意，指的是為神唱讚歌。

品嚐	**dep**	goûter	*dp*

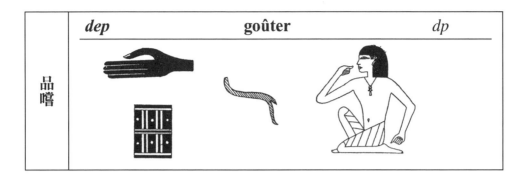

心跳	**debdeb**	battement de cœur	*dbdb*

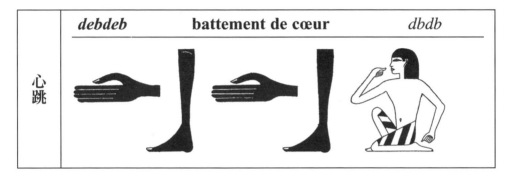

船	**depet**	bateau	*dpt*

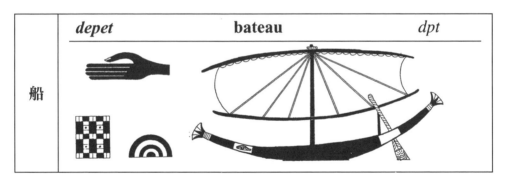

鱷魚	**depy**	crocodile	*dpy*

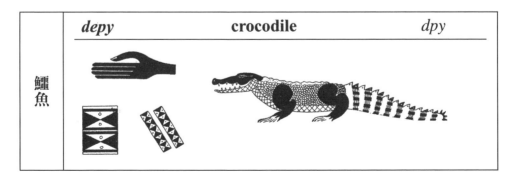

dj   **ḏ**

單音符號：眼鏡蛇。「蛇」的表意符號。

語音和寫法

1. **Djehooty** —— **埃及智慧之神托特（Thot）的名字寫法**；此名字僅由音素符號構成：dj ＝蛇，h ＝亞麻線搓成的燈芯，w ＝鶴鶉，t ＝麵包，y ＝兩條斜槓，而限定詞為朱鷺頭人身的托特神（有時也以狒狒頭形象呈現）。

2. **djet** —— **永遠**（也參見 h）。蛇和麵包符號為此單字的音素；土地符號為決定字義的限定詞。同樣的土地符號也用於其他名詞。該符號的意思隨著單字的發音和語境而異。

3. **djed** —— **說話**。蛇和手（d）符號為音素，把手放到嘴邊的男性為限定詞，此一圖形符號明白表達出字義。

4. **djah** —— **風，風暴**。寫法為蛇符號和代表喉塞音 a 的手臂符號，但讀出此字會比寫更困難。限定詞為吃風飽滿的船帆圖形，本單字的意思再明確不過。

5. **djet** —— **身體或人的形貌**。寫法和「永遠」djet 部分相同，只有限定詞不一樣。此單字的限定詞為一條直線，意在強調符號本身的意義。

6. **djed** —— **柱子**。寫法和「說話」djed（見上）這個動詞一樣，使用了蛇符號和手符號代表，但限定詞的圖形符號清楚指明這個單字的意思為柱子。

語義

　　這頁的六個單字都以蛇的圖形符號為字首。第一個單字為智慧之神托特的謎樣名字。智慧？這不禁令人想起舊約聖經《創世紀》裡的智慧樹和蛇。蛇在古埃及人的宗教與日常生活中佔有重要地位。據說他們會用蛇的毒液來製藥。現今在尼羅河畔仍有許多的蛇類。

　　接下來的四個單字，其中一個用到土地符號，對古埃及人而言，大地是恆定不動的，人類會死亡，而大地從遠古以來就始終存在。

　　在另一方面，「說話」和「風暴」都指涉到空氣、人的呼吸或宇宙氣息。

　　最後，柱子 djed 這個單字有穩定的意涵，穩定是透過知識（蛇符號）和勞動（人手符號）達成。

托特神	 *Djehouty*　　**Thot**　　*Ḏḥwty*	

永遠	*djet*　**éternité**　*ḏt*
說話	*djed*　**parler**　*ḏd*

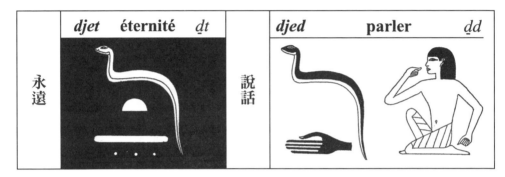

風，風暴	*djah*　**vent, tempête**　*ḏ ͨ*
身體	*djet*　**corps**　*ḏt*

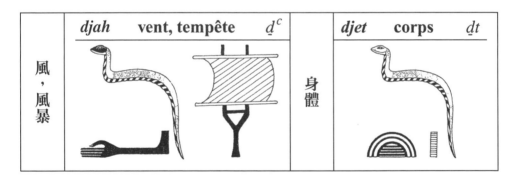

柱子	*djed*　**pilier djed**　*ḏd*

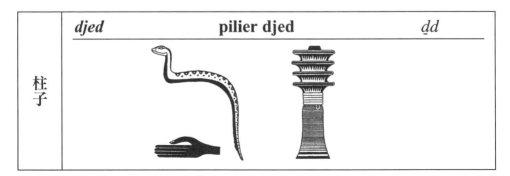

f  f

單音符號：頭上有角的毒蛇。即角蝰，Cerastes cornutus，世上毒性最強的一種蛇。

語音和寫法

1. **fah-ey** —— **舉起。**頭上有角的毒蛇＝f，埃及禿鷲＝a，i音未寫出。限定詞為：拿著棍棒的手和頭頂簍筐的男性。
2. **fat** —— **座位，高高在上的王座。**頭上有角的毒蛇＝f，埃及禿鷲＝a，麵包＝t，這些是音素符號。限定詞：樓梯圖形，從上方俯看的房屋圖形。
3. **fekhfekh** —— **解開，拒絕，破壞。**頭上有角的毒蛇＝f，胎盤＝kh，兩個音素皆重複一次，字尾的限定詞同樣有兩個：繩子與行走中的雙腳。
4. **fenedj** —— **鼻子。**古時的寫法以眼鏡蛇符號代表 dj，再來是 d 的手符號。在此的寫法，頭上有角的毒蛇＝f，水波 =n。小牛的頭部圖形為不發音的限定詞。小牛頭部也是表意符號，讀作 fenedj。

語義

　　前三個單字與人類活動有關，包含建設性或毀滅性的活動。必須舉起重物才能夠開始建設。但是也用來表示忽視（不顧自己的義務或責任）所致的毀壞，或是人類作為、大自然力量造成的破壞。

　　fenedj以小牛頭部圖形為限定詞，頗出乎意料：本來以為會看到狗的鼻子圖形！

舉起	*fah-ey*	soulever	*f3ỉ*

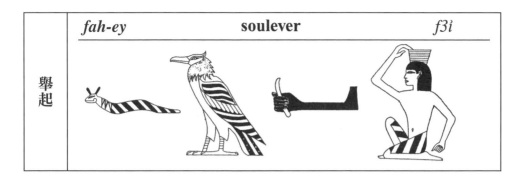

高高在上的王座 座位，	*fat*	siège, trône élevé	*f3t*

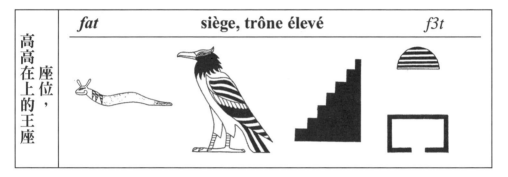

解開，拒絕，破壞	*fekhfekh*	casser, détruire	*fḫfḫ*

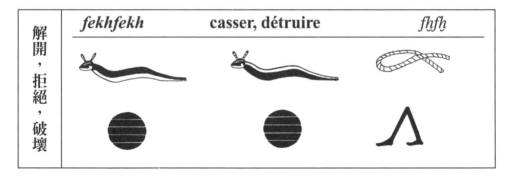

鼻子	*fenedj*	nez	*fnḏ / fnd*

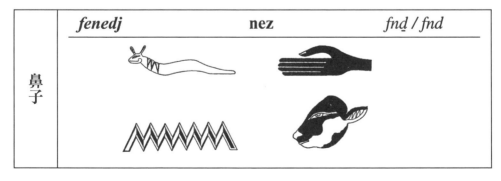

g　　　　　　　　　　　　　　　　　　　　　　　　　g

單音符號：立起瓶子的臺座。這個符號結合正視和俯視「雙重」視角，古埃及人偏
　　　愛的這種畫法與現代風格不謀而合。

語音和寫法

1. **gereh** —— **夜晚**。臺座符號為 g，嘴巴符號為 r， 亞麻線搓成的燈芯＝ h。限定詞為天
   空與星星（流星）組成的符號。
2. **ger** —— **使沉默、安靜、平靜**。跟「夜晚」（見上）有同樣的字根和寫法。限定詞不發音，
   圖形符號是把手放到嘴邊的男性。
3. **Geb** —— **大地之神蓋布**。立起瓶子的臺座和人腳構成這個單字的音素。限定詞為坐著的
   神祇圖形。
4. **gehes** —— **羚羊**。前兩個音素符號我們已經介紹過（第三個符號為 U20），限定詞為優
   雅的羚羊圖形。
5. **gaga** —— **嘮叨，嗤嗤地笑**。也作名詞，意思是喋喋不休、饒舌。臺座符號和埃及禿鷲
   符號組成這個擬聲字。注意，表示沉默和噪音的單字都使用相同的限定詞：把手放到嘴
   邊的男性。

語義

　　沉默、環境安靜、人的沉默這些單字都具有相同的字根 ger。

　　蓋布神和「喋喋不休」，這兩個單字的寫法看似差異甚大，但實際上屬於同一個語
義範疇。這位神祇的名字以鵝的象形符號為字首。gebeb 和 gaga 指的都是鵝的嘎嘎
叫聲。

　　羚羊的語義與上述單音無關聯。牠的確來去靜悄無聲，但是野生的羚羊為群居動
物。立起瓶子的臺座符號和燈芯符號倒是傳達出馴化的意涵。

	gereh	nuit	*grḥ*

夜晚

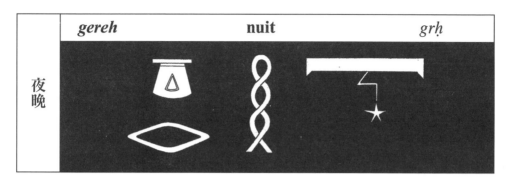

	ger	silencieux	*gr*	*Geb* le dieu Geb	*gb*

沉默　蓋布神

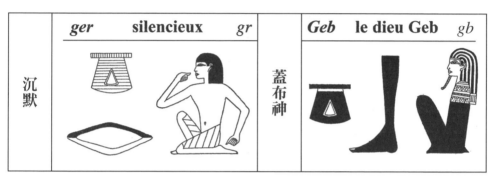

	gehes	gazelle	*gḥs*

羚羊

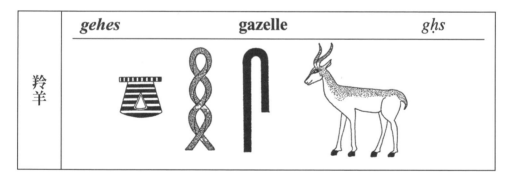

	gaga	caqueter, ricaner	*g3g3*

嗤嗤地笑，嘮叨

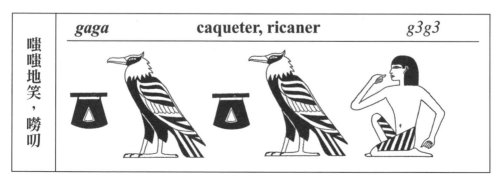

33

h  *h*

單音符號：從上方俯瞰的房屋圖形，有入口和前庭。

語音和寫法

這個象形符號是用來標記最輕聲的 h 音。

1. **heby** —— **朱鷺：**從上方俯瞰的房屋圖形，腳＝b，兩條斜線＝y。朱鷺圖形為限定詞。

2. **hemhemet** —— **戰吼，吼叫。**我們已經認識單音符號h和m，而如同之前介紹過的單字，重複音素是為了將語音強調出來。限定詞為賽特神和拿著棍棒的手。

3. **heroo** —— **白天。**三個單音符號 h、r 和 w 構成此單字的發音；星星符號為限定詞。

4. **hee** —— **丈夫。**h 和 i 兩個音素可構成其他同音異字，因此限定詞至為關鍵。限定詞為陰莖符號，清楚明瞭地表達丈夫的首要職責。

語義

　　這頁的每個單字各屬不同語義範疇。長腳的朱鷺寫為heby，含有代表b的人腳符號絕不是偶然。

　　hemhemet這個單字的寫法透露暴戾之氣，看來就像貓頭鷹這種夜行性猛禽正要撲向住家，限定詞的賽特神為風暴之神，也是戰神。拿著棍棒的手為戰爭的象徵。

　　hee。兩個限定詞符號顯示，丈夫是建立家庭、繁衍子孫的必要環節。

朱鷺	*heby*	ibis	*shby*

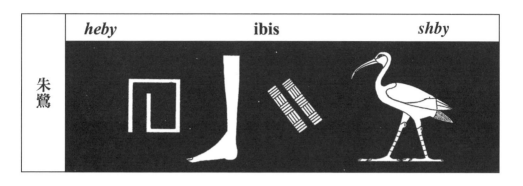

戰吼	*hemhemet*	cri de guerre	*shmhmt*

白天	*heroo*	jour	*hrw*

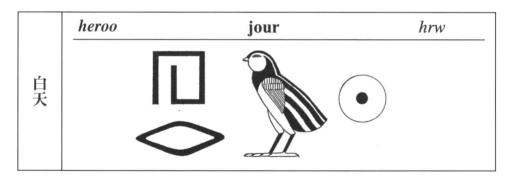

丈夫	*hee*	mari	*hỉ*

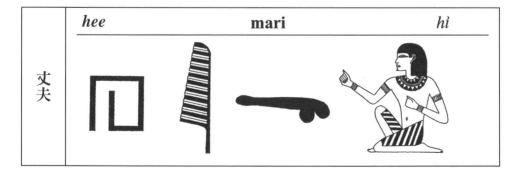

h   ḥ

單音符號：亞麻線搓成的油燈燈芯。

語音和寫法

1. **Hahpy** —— **尼羅河氾濫守護神哈皮**。這個單字使用了四個單音符號，再加上三個限定詞：池塘、三個水波符號及守護神圖案。即使不懂埃及象形文字，這個單字的意思也一目瞭然。

2. **heh** —— **永恆**（可和 djed 比較）。太陽符號為限定詞。

3. **heb** —— **宴會，慶祝，儀式**。由兩個音素組成，雪花石膏碗符號為限定詞。

4. **hema** —— **球**。構成這個單字的三個單音符號都已介紹過，限定詞為漂亮的圓球圖形。

5. **hezep** —— **花園**。油燈燈芯＝h，門閂（栓）＝z，墊子（或凳子）＝p，池塘符號為限定詞。

語義

　　頭兩個單字與大自然現象有關：尼羅河在每年盛夏定期氾濫，也為全埃及的土地帶來生命之水與肥沃淤泥。古埃及人認為這個現象與固定的太陽週期息息相關。太陽符號也是永恆一字的限定詞。每到氾濫季，尼羅河河水為埃及這塊「受到眷顧的土地」帶來新生時，人們也趁此農閒時間舉行各式各樣的祭神慶典與祭祀亡者的儀式。儀式用容器（雪花石膏碗）符號含有慶典的意涵。圓球圖案也與慶典、娛樂相關。

　　總之，埃及和尼羅河緊密相繫。在埃及的花園裡，一定會有植物妝點、魚兒悠游的池塘。

尼羅河守護神	*Hahpy*	génie du Nil en crue	*Ḥᶜpy*

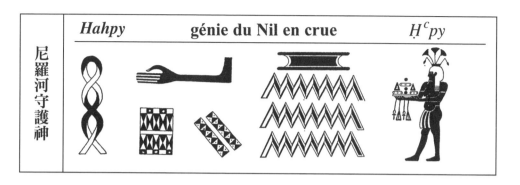

永恆	*heh* éternité *ḥḥ*	宴會	*heb* fête *ḥb*

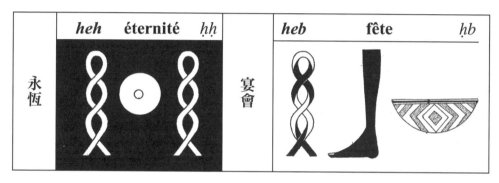

球	*hema*	balle	*ḥm3*

花園	*hezep*	jardin	*ḥsp*

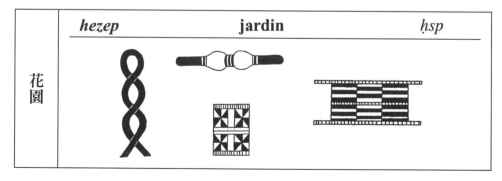

kh  *ḥ*

單音符號：人類胎盤圖案。

語音和寫法

kh 這個象形符號的發音一如西班牙語裡的 j；它是喉音。

1. **khepesh** —— **大熊星座**。kh ＝胎盤，p ＝墊子或凳子，sh ＝池塘。限定詞為牛的前腳符號；星星符號和神祇符號也清楚界定這個單字的意思。
2. **kheperer** —— **神聖糞金龜（聖甲蟲）**。我們已經認識構成這個單字的四個單音符號。限定詞：聖甲蟲圖案。
3. **khebeb** —— **跳舞**。由兩個音素構成，第二個音素重複一次，給予這個單字律動感。限定詞為跳舞的男性圖案。
4. **kherep** —— **治理**。我們已經認識組成此單字的三個單音符號。限定詞（拿著權杖的手臂圖案）清楚揭示字義。

語義

　　大熊星座和聖甲蟲皆有宗教意涵。khepesh 為墳墓裡的供品，象徵亡者會像星星再度升起一樣得到重生，具有神聖力量的聖甲蟲代表新生命。

　　khebeb 這個單字有兩個人腳符號，看來煞是有趣。我們跳舞時可不是會用到兩隻腳？這個單字透露滿滿的活力朝氣。

　　kherep 這個單字富含象徵意義。胎盤代表潛在的生命、出生、傳承，通常也有花朵盛開的意涵。人用嘴巴下命令，而凳子讓坐在上頭的人高人一等。最後是一隻手緊緊握住權杖，此字的意思顯而易見。

大熊星座

khepesh   **la grande ourse**   ḫpš

聖甲蟲

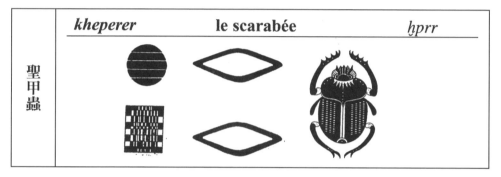

kheperer   **le scarabée**   ḫprr

跳舞

khebeb   **danser**   ḫbb

治理

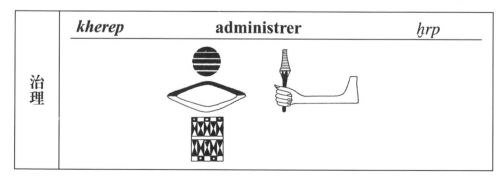

kherep   **administrer**   ḫrp

kh  *h̲*

單音符號：雌性哺乳動物的腹部，畫出了乳頭與尾巴。

語音和寫法

這個符號代表的喉音／噓音不存在於英語系統中。

1. **khered** —— **孩子。**除了剛介紹的新的單音符號，還有另兩個音素，手和嘴符號來組成這個單字。把手放在嘴邊的赤裸孩子是意思非常明確的限定詞。

2. **khepow** —— **臍帶，肚臍。**構成這個字的單音符號皆在前面介紹過，而限定詞有兩個，上方為腫包圖案，下方為肉片圖案。

3. **khahm** —— **接近，前進。**由三個單音符號組成，限定詞為：行走中的雙腳。

4. **khepen** —— **油脂。**三個單音符號構成這個單字，羚羊頭部圖案為限定詞。

語義

　　新生兒是由產婆的手將他從母親的子宮拉出來到世間。子宮就像嘴巴一樣打開。孩子從嘴巴得到餵食，吸奶能讓他平靜下來。嘴巴取代原來為腹中胎兒傳送養分和氧氣的臍帶。臍帶成了多餘不必要之物，就像限定詞的那塊肉片。

　　Khahm 的音素皆為喉音，發音很響亮。它代表想要「往前走」的意思。

　　動物脂肪主要來自一些動物的腹部，它們大多用於製作藥物。

孩子	*khered*	**enfant**	*ẖrd*

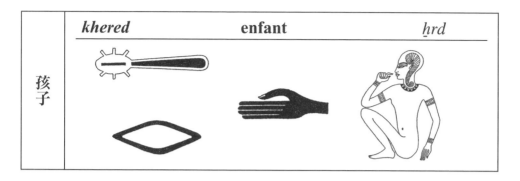

臍帶	*khepow*	**nombril**	*ẖp3w*

接近	*khahm*	**approcher**	*ẖcm*

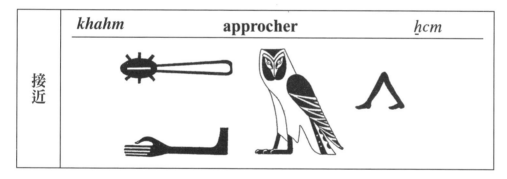

油脂	*khepen*	**gras**	*ẖpn*

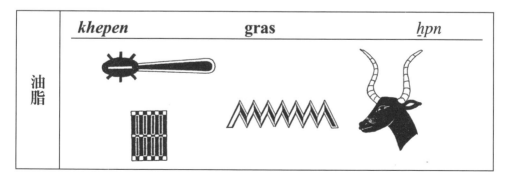

i(ee)　　　　　　　　　　　　　　　　　*i*

單音符號：蘆葦穗。

語音和寫法

1. **eeyah-h** —— **月亮**。三個音素和一個限定詞構成這個單字。限定詞圖案為地球的衛星：月亮。
2. **eenpooh** —— **犬神阿努比斯**。這個字由四個單音符號組成，限定詞為胡狼頭的阿努比斯神。
3. **eebee** —— **口渴**。此個單字由 t 和 b 兩個單音符號構成，限定詞為把手放到嘴邊的男性。
4. **eeb** —— **心臟**。組成的音素與上個單字相同，但是限定詞為心臟圖案。
5. **eeteroo** —— **河**。構成這個單字的單音符號已在前面介紹過，限定詞為運河（或水路）。

語義

　　這頁介紹的五個單字與液體皆有關聯，或者起碼有流動的意涵。月亮會影響潮汐和人的情緒，月亮符號的象徵意義再清楚不過。油燈燈芯符號有如調皮的眨眼動作。阿努比斯為木乃伊製作之神，祂名字中的水波符號大有意義，因為祂負責監管亡者的體液流動，確保死者可和神聖的歐里西斯一樣復活重生。

　　eebee「口渴」和 eeb「心臟」，這兩個單字皆和人體賴以維生的循環活動有關。

　　eeteroo 指的是流量穩定的河流，也是水渠，它在尼羅河氾濫時成為土地的守護神。

	eeyah-h	lune	ꞽ𝑐ḥ

月亮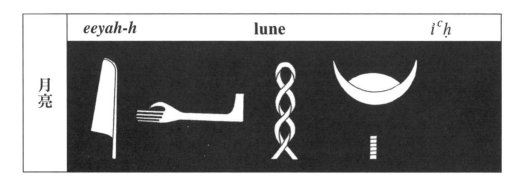

	eenpooh	Anubis	Ꞽnpw

阿努比斯

	eebee	être assoiffé	ꞽb(ꞽ)		eeb	cœur	ꞽb

口渴　心臟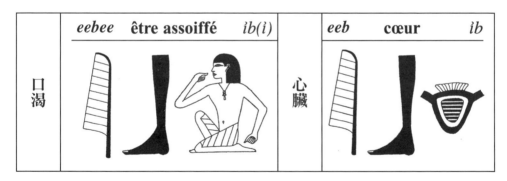

	eeteroo	fleuve	ꞽtrw

河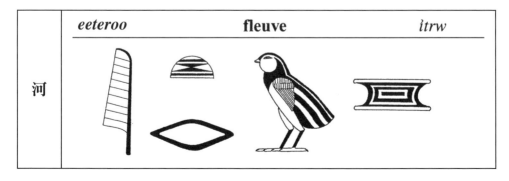

43

k   *k*

單音符號：附有把手的簍筐。

語音和寫法

1. **kekoo** —— **陰影，影子。**構成此單字的音素符號皆在前面介紹過：簍筐和鵪鶉。帶有一顆星的天空圖案為限定詞。
2. **ka** —— **想。**簍筐和禿鷲符號為音素，把手放在嘴邊的男性為限定詞，說話、安靜、喝、吃和思考等單字都以這個符號為限定詞。
3. **ky** —— **猴子。**這是一個擬聲字，限定詞為猴子圖案。
4. **kehkeh** —— **變老。**將兩個音素重複一次，限定詞為彎腰拄著拐杖的男性，可說無比地寫實。

語義

　　對古埃及人而言，陰影是活生生的人：赫里奧波里斯城所信奉的八元神中（Ogdoad），其中一對男女神為黑暗之神。

　　思考這個心理過程似乎令古埃及人著迷也困惑，難以用適切的圖像符號來表達。ky為典型的擬聲字，但這個字之所以值得一提，在於只要換上別的限定詞，它也有「另一個」或「他者」的意思。猴子是一種近似於人類的「他者」。

　　變老這個單字的殘酷意義同時透過聲音和圖像來表達。kehkeh的發音重現了老人顫顫巍巍地拄著拐杖行走，彷彿還能聽見他吃力的咳聲（咳嗽也是這個寫法）。

陰影	*kekoo*	ténèbres	*kkw*

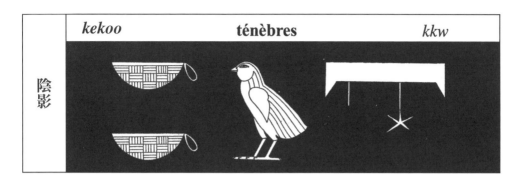

想，思考	*ka*	penser, réfléchir	*k3*

猴子	*ky*	singe	*ky*

變老	*kehkeh*	devenir vieux	*kḥkḥ*

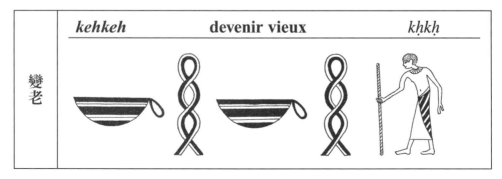

k / q

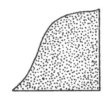

$ḳ$

單音符號：沙丘或沙岸。發音為重讀的強 k 音，如 kit 字裡的 k。

語音和寫法

1. **keri** —— **風暴或暴風雨。**構成此單字的三個音素皆已介紹過，限定詞圖案為狂風暴雨的天空。
2. **keres(oo)** —— **石棺。**這個字以石棺圖案為限定詞。前兩個音素符號已介紹過。第三個音素符號為 U20。
3. **kek** —— **吃。**這個單字的限定詞很常見，用到這個符號的單字很多，字義包羅萬象。
4. **keny** —— **勇敢的，積極的，有力的，英勇的。**此為同音異義單字，以限定詞來區別不同字義。
5. **kebehoo** —— **涼水，涼爽。**為同音異義字，僅有限定詞不同。

語義

　　ker 這個字根與兩種災難相關：一為大自然災害，二是人為災害。天空打開閘門（它的嘴！），使得大雨傾盆而下，雷電交加。土地也會張開嘴巴吞食人類。石棺對希臘人而言是「吃人體」之物；古埃及人似乎也有相同觀念。

　　keny 這個字的符號組成，顯示人類的暴力是大自然暴力的延續。

　　在人們經常苦於口渴的埃及，吃、喝都是莫大的樂事，可用來抵償大自然發威造成的災難。

風暴	*keri* orage ḳrỉ
	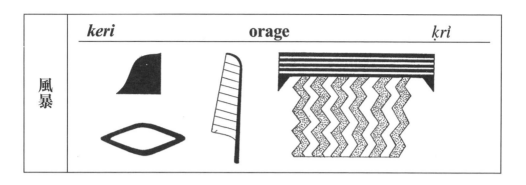

石棺	*keres(oo)* sarcophage ḳrś(w)
	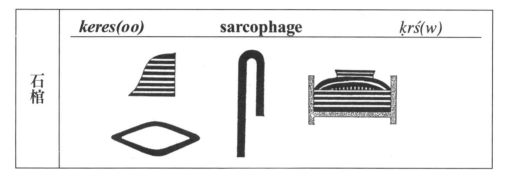

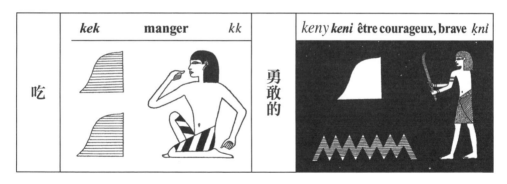

吃　　*kek* manger *kk*

勇敢的　*keny* **keni** être courageux, brave ḳnỉ

涼水	*kebehoo* eau rafraîchissante ḳbḥw

l　　　　　　　　　　　　　　　l

單音符號：獅子最先代表 r 音，後來為 l 音。也是「獅子」的表意符號。

語音和寫法

古埃及人用來指稱「獅子」的單字有好幾個，最常見的為 maï 和 ru。獅子圖案既是表意符號，也是 r 音的表音符號。在許多語言系統中常見原來發 r 音的轉變為 l 音，或是原來發 l 的音轉變為 r 音，甚至混淆兩個音。不過此類演變不屬於本書的探討範疇。

埃及語言裡沒有 l 音。為了標記外國法老的名字，才有這個音出現在埃及象形文字裡。自希臘統治埃及才有這樣的需求，在那之前的法老，他們的名字裡並無 l 音。

在第二十五王朝，由努比亞國王（衣索比亞）統治埃及，以象形繭圈起的王名若有 r 音，皆以獅子符號取代該音素的表音符號嘴巴。波斯統治埃及時代，任何書寫大流士和薛西斯名字的王名環，幾乎毫無例外只以獅子符號來代表 r 音。下一頁寫有大流士名字的王名環應該唸作「Tariush」，而不是沿襲已久的錯誤唸法：「Taliush」。

在亞歷山大、托勒密和克麗奧佩特拉的名字裡，萬獸之王獅子的符號當然代表了 l 音，但在最後一任男性法老托勒密十五世，凱撒的王名環，獅子符號同時代表 l 音和 r 音。而克麗奧佩特拉的名字，獅子符號代表 l 音，r 音則寫為嘴巴符號。但在其他的王名環，獅子符號都代表了 r 音，此寫法見於所有羅馬法老的王名環。

語義

這些象形繭框住的國王名字之間可有任何語義關聯？我們認為有。這個看法可能引來異議。但是別忘了，古埃及祭司和書記絕不是隨意書寫這些名字。因此，他們為什麼要用獅子符號來代表國王名字裡的這兩個子音？獅子圖案原本既是表意符號，也是 ru 的表音符號，主要用於書寫兩位獅子形象的神 Rooty，即舒神（Shoo）和泰芙努特（Tefnoot）。一些建築花紋也使用這個圖案。root 這個單字一般是「門」的意思，即區分屋子內與外的樞紐。用嘴巴符號，而不是獅子符號來寫 rooty 這個單字時，字義是外面。而 rooty 也有「外來者」、局外人、陌生人的意思。rooy 作為及物動詞時，意思是離開、走開，作不及物動詞，則為驅逐、趕走的意思……眾所周知，埃及人愛玩文字遊戲：在尊敬王室的表相之下藏著戲弄之意。

大流士	*Taryoosh(Talyoosh)* **Darius** *T3ryws (T3lywš)* 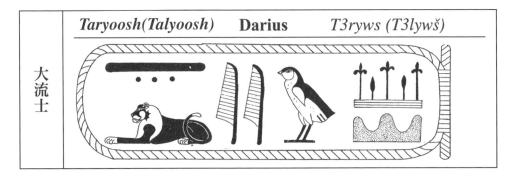
亞歷山大	*Alekzinderez* **Alexandre** *3lksindrs*
托勒密	*Petulemoose* **Ptolémée** *Ptwlmyś* 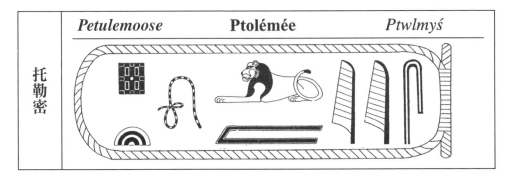
克麗奧佩特拉	*Kliupaderat* **Cléopâtre** *Ḳliwp3dr3t*

m  *m*

單音符號：貓頭鷹。

語音和寫法

1. **mesheroo** —— **傍晚。**貓頭鷹＝m，池塘＝sh，嘴巴＝r，鵪鶉＝w，這些音素組成這個單字；限定詞為落日圖案。

2. **mefkat** —— **綠松石，青綠色。**這個字使用到的所有「字母」皆已介紹過，限定詞為漂亮的彩色珠子圖形。

3. **moot** —— **死亡。**書寫時只寫出兩個音素符號。限定詞的男性圖案非常清楚表明字義。

4. **mesi** —— **出生。**這是古時的寫法，三塊集中在一起的狐狸皮圖樣為限定詞符號。此圖案後來成為雙音符號。

5. **medoo** —— **棍棒。**這個單字的限定詞寫在字首，三個表音符號才緊接在後，這是由於這個限定詞也是表意符號。

語義

　　這頁介紹的幾個單字裡，夜行性猛禽貓頭鷹皆以「終結者」之姿雄踞在前。這些字的語義範疇相當接近：傍晚時太陽發射出最後一道光芒，接著被努特神（Nut）吞入口中；閃耀的綠松石是從大地母親的腹中取出。綠松石的青綠色象徵空氣與生命。死亡這個單字的限定詞圖案看來像是自殺，也代表一種精神經驗：打開額頭的第三隻眼，將生命提升到另一個層次。棍棒這個單字的意思則屬於不同範疇。medoo 也可用來描述「言語」能夠打擊人，帶來傷害。

| 傍晚 | *mesheroo* | soirée | *mšrw* |

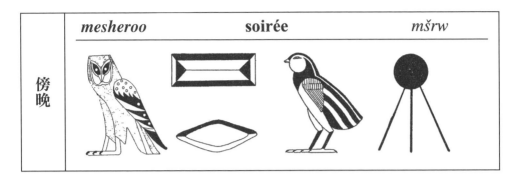

| 青綠色 | *mefkat* | turquoise | *mfk3t* |

| 死亡 | *m(oo)t* mort *m(w)t* | 出生 | *mesi* mettre au monde *mśî* |

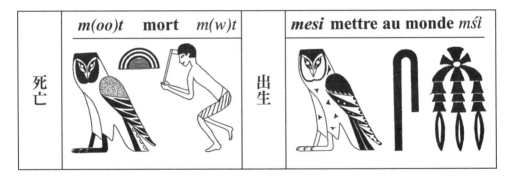

| 棍棒 | *medoo* | canne, bâton | *mdw* |

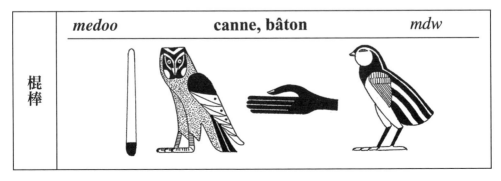

n  n

---

單音符號：水波或波動。

語音和寫法

1. **netjer** —— **神**。由三個音素和一個限定詞構成。限定詞為竿子繫上三角旗的圖案，是一種起源成謎的「神標」。
2. **nehet** —— **埃及無花果樹**。三個音素和一個限定詞。限定詞為無花果樹符號。
3. **nebi** —— **游泳**。這個活動需要用到水、腳和手臂。限定詞的圖像明白表示了字義。
4. **nekhakha** —— **鞭子**。這裡的寫法省略了若干音符。

語義

　　這些單字都由波動符號位居要角。神的光芒給人滋養，嘴巴符號恰好符合這樣的意涵；神話裡的無花果樹為神祇們的寶座；鞭子為神和國王的象徵物，具有力量和活力意涵。

　　游泳的男性在水裡掀起水波蕩漾，游泳這個單字的寫法給人非常具體、真實的觀感，這個字也有追求目標的意思。

神	*netjer*	dieu	*ntr*

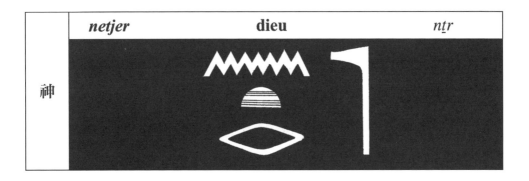

埃及無花果樹	*nehet*	sycomore	*nht*

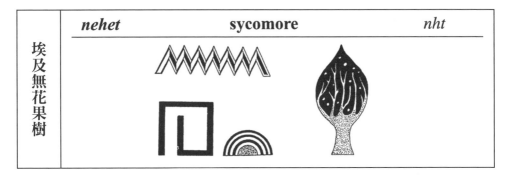

游泳	*nebi*	nager	*nbi*

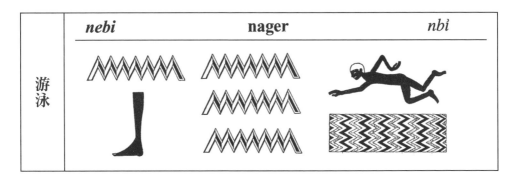

鞭子	*nekhakha*	fouet	*nḫ3ḫ3*

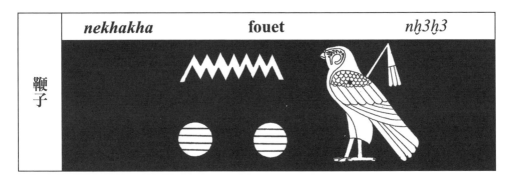

p  *p*

單音節符號：這個符號原本畫的是鋪在凳子上的席子，接著引申為代表凳子本身。

語音和書寫

1. **pet** —— **天空**。兩個字母符號和一個表意符號作為限定詞。

2. **pat** —— **貴族，人類**。三個音素，第四個為限定詞：一對貴族男女。

3. **penite** —— **大瀑布**。五個單音節符號構成（其中一個重複一次），兩個限定詞為：水道和水。

4. **pekhed** —— **打翻，翻倒**。三個音素和一個清楚又樸實的限定詞。

語義

　　你可在天空、高高在上的神和社會最高階層貴族間發現相似處。同樣的，瀑布的水猛烈地噴濺可能足以將人翻倒在地。這些字的字首不同，它們之間的關聯相當虛渺，但你只需一點想像力，就能看到這個語言的圖像文字表達力多麼生動、有彈性。

天空	*pet*	ciel	*pt*

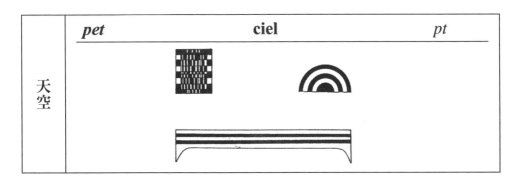

貴族，人類	*pat*	nobles ; humanité	*p^ct*

大瀑布	*penite*	cataracte	*pn^cyt*

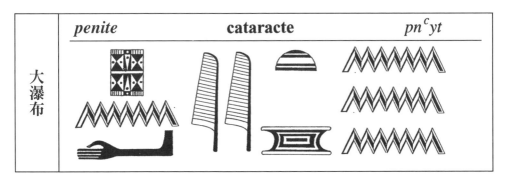

翻倒	*pekhed*	être renversé	*pḫd*

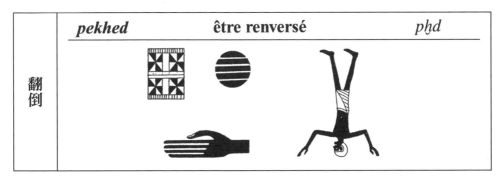

r  r

---

單音符號：張開的嘴巴，不畫牙齒。

語音和寫法

1. **remi** —— **哭泣。**兩個音素加上一個限定詞：流淚的眼睛圖案。

2. **ren** —— **名字。**這個單字沒有限定詞。

3. **rah** —— **太陽。**這個單字的限定詞為太陽符號，一條直線符號是為了強調太陽符號的本義。因此本字指的不是太陽神「拉」。

4. **remetch** —— **人，人類，埃及人。**多數時候不寫出 m 音符號。限定詞為坐著的男性圖案。

5. **rem** —— **魚。**不需要任何說明的一個單字。

語義

　　這頁的頭四個單字有緊密的語義關聯。根據埃及傳說，人類是以太陽神「拉」的眼淚造出 —— 人類這個單字即以拉的名字為字首。但是 rematch（remetch）也指埃及人 —— 對他們來說，其他異族不是真的人類！希臘人也有同樣觀念。他們聽不懂外國語言，用來指稱蠻族的單字其實是擬聲字，來自嘲諷地模擬外國人的發音！

　　魚這個單字不屬於上述的語義範疇。

哭泣	*remi*	**pleurer**	*rmỉ*

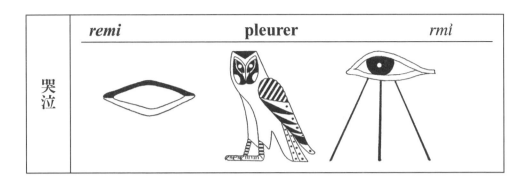

名字	*ren* **nom** *rn*	太陽 *rah* **soleil** *r^c*

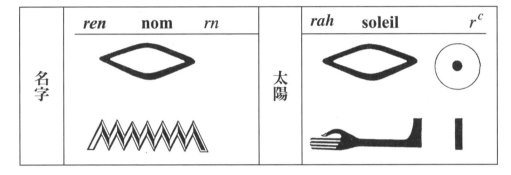

人類	*remetch*	**les gens**	*rmṯ*

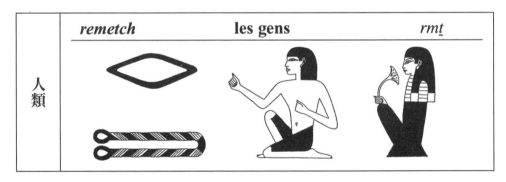

魚	*rem*	**poisson**	*rm*

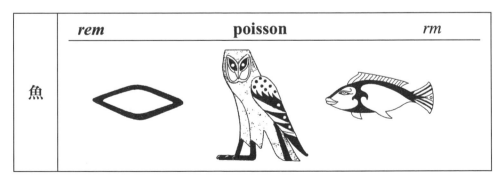

57

s ѕ́

單音符號：披掛在椅背的布（讓椅子坐起來更舒適）。此 s 音為 sand 的 s 發音。

語音和寫法

1. **seba** —— **星星**。由三個音素和兩個限定詞組成。限定詞為星星符號和太陽符號，傳達出光亮的意涵。

2. **ser** —— **預言，傳達，刺激**。寫法為兩個音素符號加上兩個限定詞：長頸鹿符號和把手放到嘴邊的男性。

3. **sedjem** —— **聽**。這個字有三個「字母」符號和一個限定詞。限定詞為牛的耳朵圖案。

4. **sesemet** —— **馬**。哪些是音素，哪個是限定詞，可說一目瞭然。

語義

　　這一頁介紹的單字都是嘶聲！祭司從遙遠的星星構成的星象來預言未來。長頸鹿可以看到很遠的地方，坐著的男性把手放到嘴邊，兩個符號也反映出字義。沒有耳朵怎麼聽到聲音呢？而蛇這種動物就像我們現代的感測器一樣，可以感知到環境中的任何波動。將 s 音重複兩次，彷彿重現馬兒在風中疾馳的噠噠蹄聲。

星星	*seba*	étoile	*śb3*

預言	*ser*	prédire	*śr*

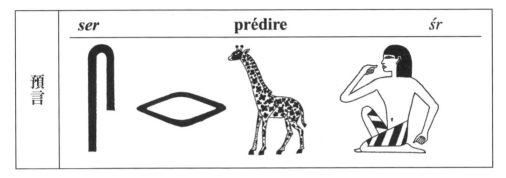

聽	*sedjem*	entendre	*śḏm*

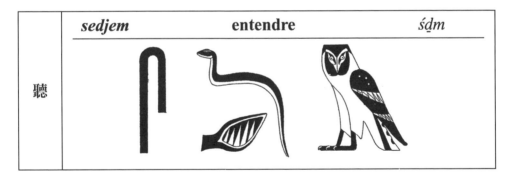

馬	*sesemet*	cheval	*śśmt*

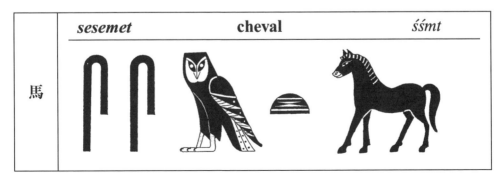

s / z  s

---

單音符號：閂閂符號，代表濁嘶聲 s，就如英語系統中的 z 音。

語音和寫法

1. **zeh** —— **男人**。一個音素和一個限定詞。

2. **zet** —— **女人**。兩個音素（t 的陰性符號）和一個限定詞。

3. **zah-h** —— **木乃伊**。三個單音符號和一個限定詞：木乃伊圖案。

4. **zesheshet** —— **小手鼓，鼓（埃及叉鈴）**。由三個單音符號構成，其中一個音素重複了一次，限定詞為埃及叉鈴圖案。這個擬聲字模擬了搖動叉鈴的聲音。

5. **zekhem** —— **聖殿**。三個音素和兩個限定詞構成。限定詞分別為：張開的手臂（膜拜或臣服之意）圖案，房屋圖案。如果拿掉房屋符號，這個單字就成了「sekhem」，意思為「忽略」。

語義

　　這一頁的單字都有「鎖起」的意涵。男男女女在世間生活，再來會進入冥界。就像祭神儀式一樣，喪葬儀式裡也會搖動叉鈴，鈴聲能喚醒亡者的五感，墳墓和棺木也就此開啟。這個樂器的颯颯聲響令人想起茂盛紙莎草的搖曳聲。而生長在沼澤地的紙莎草象徵著胚胎生命期。這些儀式大部分在聖殿裡舉行，這個場地由厚重牆壁圍起，因此儀式過程可保持隱密，不為外人知曉。

| 男人 | *zeh* **homme** *s* 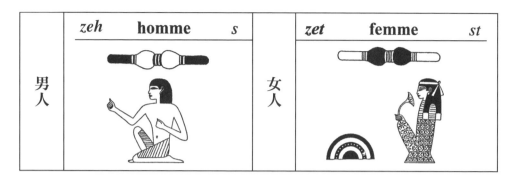 | 女人 | *zet* **femme** *st* |

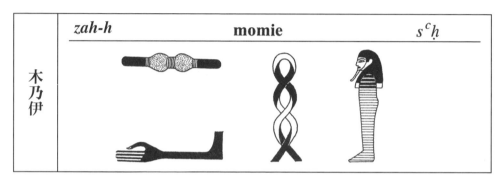

木乃伊 | *zah-h* **momie** $s^{c}\d{h}$

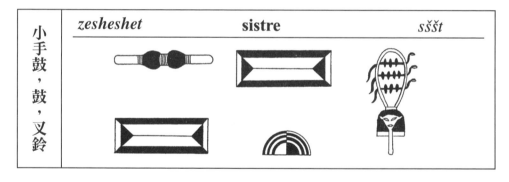

小手鼓，鼓，叉鈴 | *zesheshet* **sistre** *sššt*

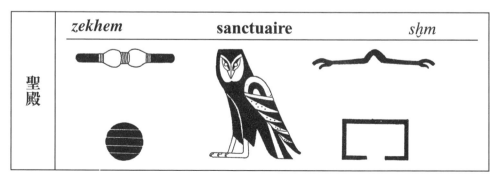

聖殿 | *zekhem* **sanctuaire** *s\d{h}m*

sh   š

單音符號：裝滿水的庭園池塘。

語音和寫法

1. **shemoo** —— **夏天。**埃及曆的三個季節之一。sh 符號加上雙音符號 mou（三個水波圖案）。太陽符號為限定詞。
2. **shem** —— **輕快地行走，旅行。**限定詞：行走中的雙腳。
3. **shepes** —— **尊敬。**三個音素符號。限定詞為坐在椅子上的顯貴男性。
4. **sheboo** —— **食物，神聖供品。**三個單音符號。限定詞為細長麵包圖案。三條直線代表複數形。

語義

　　這四個單字的語義迥然有別。shemoo 意指夏季和氾濫季。過了夏天才有耕種季和收穫季。只需把限定詞的太陽符號換成一桶穀物圖案，同個單字就成了「收穫」的意思。神聖的供品當然包含穀物收成。另一個相似處：在尼羅河氾濫的季節，兩岸農田會被淹沒，相關工作都得暫停，人們趁著農閒時期在河上舉行歡宴慶典。這時必須有人引導大家，並且照看大自然狀況：肩負這些職責的人必須擁有權威，人人都能聽從他的指令。

夏天	*shemoo*	été	*šmw*

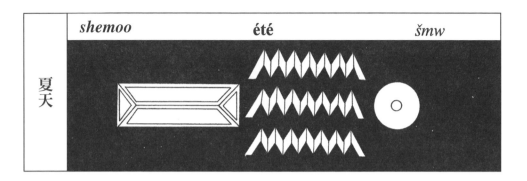

走	*shem*	**allez !**	*šm*

受人尊敬的	*shepes*	**vénérable**	*špś*

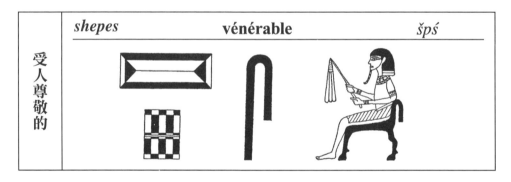

食物，供品	*sheboo*	**nourriture ; offrandes**	*šbw*

t  ı

單音符號：麵包。

語音和寫法

1. **temet** —— **木製拖板。**限定詞為樹枝，可見為木製。拖板用來滑行過墓地（亡者之城）的沙丘。拖板圖案不是限定詞，而是雙音符號 tem，它夾在兩個單音符號之間。

2. **teka** —— **火把。**限定詞為火把圖案。代表 ka 的張開手臂圖案，既是雙音符號也是表意符號。

3. **toot** —— **雕像，圖像。**這個單字的三個音素符號廣為人知，因為它們出現在圖坦卡門（Tutankhamun）的王名環裡。限定詞正是雕像圖案。

4. **tay** —— **麵包。**一個音素符號，兩個麵包圖案為限定詞，三條直線表示此字為複數名詞。

5. **tekhen** —— **方尖碑。**這個單字的寫法冊須多說明。

6. **tefen** —— **喜悅，慶祝。**三個音素「字母」，蓮花圖案（或鼻子圖案）為限定詞。

7. **tekhen** —— **用來指稱「音樂家」的單字之一。**這裡的手臂圖案為限定詞，因為透過手才能演奏樂器。

語義

　　拖板是用來載送人不滅的靈魂「卡」（ka）和靈柩臺（一種類似棺木的構造，有時在喪葬儀式中會用到）。「卡」在另一個世界能重獲新生，它在冥府的黑暗中猶如一道新生命的光芒；任何雕像都要透過儀式得到生命力；麵包是真正的食物，高貴的食物；赫里奧波里斯的聖石 —— 這頁的每個單字之間都有千絲萬縷的關聯。音樂和歡樂也屬於同樣的語義範疇，但寫法與上述幾個字不同。

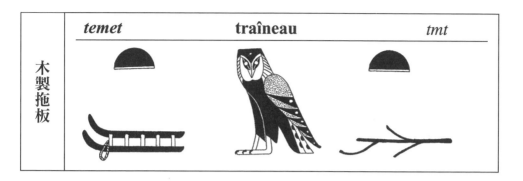

木製拖板 | *temet*   **traîneau**   *tmt*

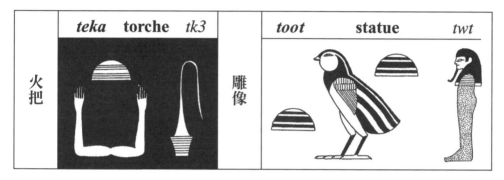

火把 | *teka*   torche   *tk3*

雕像 | *toot*   **statue**   *twt*

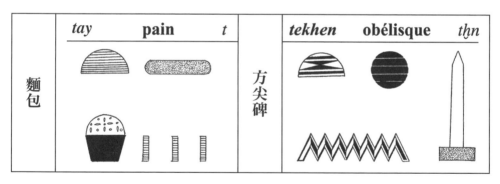

麵包 | *tay*   **pain**   *t*

方尖碑 | *tekhen*   obélisque   *tḫn*

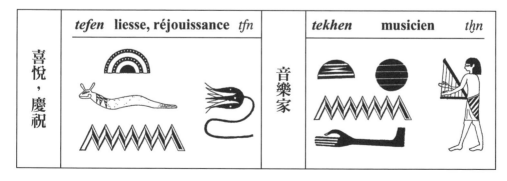

喜悅，慶祝 | *tefen*   liesse, réjouissance   *tfn*

音樂家 | *tekhen*   musicien   *tḫn*

tsh  *t*

單音符號：綁家畜的繩子，用來表示重讀的 t 音和塞擦音 tsh。

語音和寫法

1. **tshesem** —— **狗**。另兩個音素符號之前已介紹過，狗圖案為限定詞。

2. **tshitshi** —— **快步走**。這是擬聲字，因此兩個音素各重複一次。限定詞為行走中的雙腳。

3. **tsheboo** —— **腳底**。由三個音素和一個限定詞構成。

4. **tshebooty** —— **涼鞋**。三個音素構成這個單字（經常會省略 ou 符號），限定詞：兩隻涼鞋圖案。

語義

綁家畜的繩子符號出現在「狗」這個單字裡並不奇怪：繩子不只用來綁牛，也可綁狗和馬。拉起繩子，所有家畜都會快步走。

腳底是與涼鞋接觸的部位。涼鞋是用來保護腳，但它們也有隔絕作用，有如隔開人與土地的直接連結。

狗	*tshesem*	**chien**	*ṯsm*

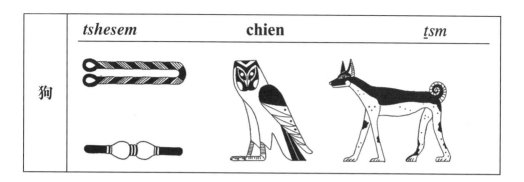

快步走	*tshitshi*	**trotter**	*ṯiṯi*

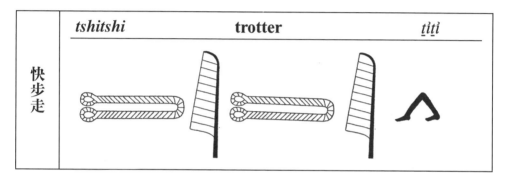

腳底	*tsheboo*	**plante de pied**	*ṯbw*

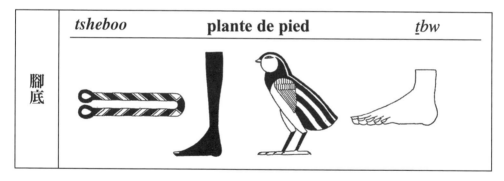

涼鞋	*tshebooty*	**sandales**	*ṯbwty*

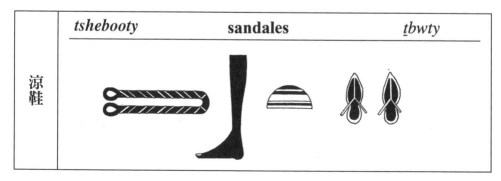

oo / w

w

單音符號：要書寫 oo / w 音時，最常用鵪鶉符號。不過也可用螺旋符號取代。
這兩個符號相當於閃語裡的 waf。

語音和寫法

1. **ooben** —— **升起，照耀。**三個音素，太陽符號為限定詞。
2. **oot** —— **屍體防腐香料。**兩個音素，兩個限定詞為：腫包（已在肚臍那個單字介紹過）和坐著的男性。
3. **ooahb** —— **負責淨化儀式的祭司。**三個音素，限定詞的圖像清楚呈現字義。
4. **ooeya** —— **聖船。**已經介紹過的三個音素，限定詞為聖船圖案。

語義

　　這一頁的單字用於描述喪葬儀式和轉化儀式。屍體防腐香料的作用是將亡者的身體準備好，以供他在來世復活重生。製作木乃伊的過程中有祭司負責淨化。儀式小船將復活的歐里西斯帶向未知河岸，在那裡，他期待「能像太陽神拉一樣永遠升起」。

升起，照耀	*ooben*	**se lever, briller**	*wbn*

屍體防腐香料	*oot*	**embaumeur**	*wt*

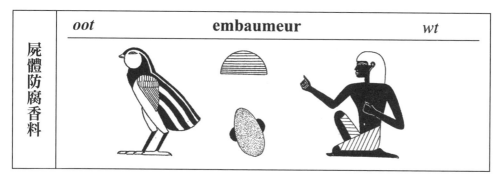

負責淨化的祭司	*ooahb*	**prêtre purificateur**	*w^{c}b*

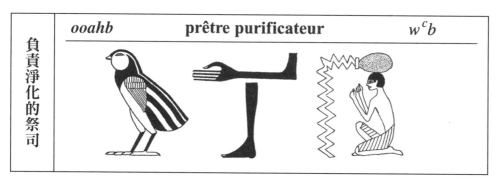

聖船	*ooeya*	**barque sacrée**	*wì3*

y y

單音符號：兩枝蘆葦穗代表 y 音，也等於兩個 i 音。

語音和寫法

1. **yh!** —— **嘿！在這裡（呼喊聲）。**兩個音素，限定詞為行走中的雙腳。
2. **Ihy** —— **搖動叉鈴的孩子神。**這裡的音素符號皆已介紹過，限定詞清楚表明字義。
3. **ya** —— **啊！（呼喊聲）。**兩個單音符號，限定詞為把手放在嘴邊的男性。
4. **youmah** —— **地名：小亞細亞的海或大湖。**它很可能是從外國名字轉寫的象形符號。三個水波的「水」符號為限定詞。

語義

　　日常生活裡經常用到呼喊。這些單字通常出現在墳墓的淺浮雕，每面浮雕看來就像漫畫裡的「對話框」。孩子神以叉鈴來呼喚祂的母親伊西絲－哈索爾神，是胚胎生命的象徵，Ihy「伊」這個字裡的蘆葦穗傳達出這樣的意涵。大湖的地名寫法也見蘆葦穗符號，同樣隱含生命的意涵。

嘿！在這裡	*yh !*	hé ! par ici !	*yḥ !*

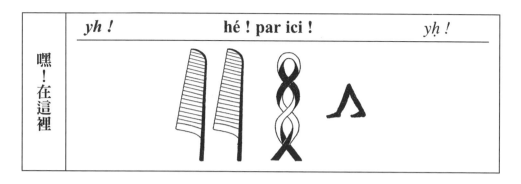

搖動叉鈴的孩子神「伊」	*Ihy*	Le dieu Ihy joueur de sistre	*Iḥy*

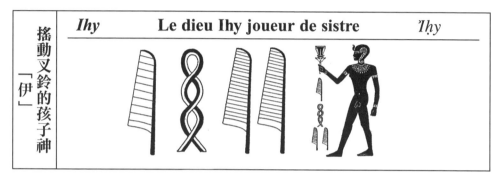

啊	*ya*	ya	*y3*

大海	*youmah*	la grande mer	*ywm^{cc}*

雙音表音符號

在古埃及書寫系統中，雙音符號的數量最多。我們挑選了八十三個最有代表性的符號。它們的圖案五花八門，語義各有趣味，出自古埃及的不同時代，讀者透過這些符號能夠了解象形文字的寫法演變。若干符號更組成不同尋常的單字寫法。

這一部分的雙音符號分類排序和先前的單音符號相同。最典型的例子是a音。aleph和aïn的a為兩個不同「符號」。我們會先介紹以aleph的a音構成的雙音符號，再來才是aïn的a音組成的雙音符號。因此，雙音符號akh的排序先於ah-oo。順序是由埃及象形符號的發音所決定。

幾個雙音符號為同音異義字（使用相同字根的字），比如hem有兩個表音符號。其他為多音字（同樣的符號有不同發音），ab和mer即是同符號的例子。不過，在此使用的分類方式並非隨意而為。要記住，對古埃及人來說，這些符號始終用來表示兩個音，但以現代字母轉寫時，可能出現三個甚至四個字母的狀況。

每個雙音符號的發音方式，我們會以單音符號來標記說明。透過這種方式，讀者可以逐漸學會和記下所有基本符號的發音與圖案。比如，你會在雙音符號ab的發音條目看到「埃及禿鷲」和「人腳」，雙音符號khen的發音則是「哺乳動物的腹部」和「水波」。就如前一個部分介紹的單音符號，每個雙音符號也有限定詞。

ab   *3b*

雙音符號：雕刻工具或雕刻師使用的鑿子（參見 mer）。

語音和寫法

發音：埃及禿鷲，人腳。

1. 和 2. **aboo** —— **大象**。換上別的限定詞也可指**象牙**。

3. **aby** —— **想要，希望**。限定詞：把手放到嘴邊的男性。

4. **aby** —— **豹**。限定詞圖案說明了字義，可指任何種類的豹。

語義

　　這個符號乍看有點古怪，但它的重量感傳達出穩定的意涵。作為限定詞的豹子則有靈活的四肢，給人輕盈的感受。「想要」這個單字的限定詞是把手放到嘴邊的男性，饒有趣味也很能說明字義。年幼孩子最想要的東西是食物，食物從嘴巴進入人體，在人的一生當中，嘴巴始終是重要的生理器官，也是情緒表達器官，甚至能透過言語（abab 是「著迷」、「震撼」、「敬畏」的意思）達到與他人的精神交流。

大象	**aboo**	éléphant	**3bw**

象牙	**aboo**	ivoire	**3bw**

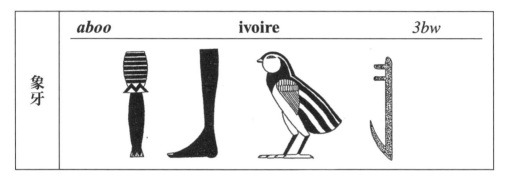

想要，希望	**aby**	désirer, souhaiter	**3b(ì)**

豹	**aby**	la panthère	**3by**

akh　　　　　　　　　　　　　　　　　　　　*3ḫ*

雙音符號：朱鷺。也是表意符號，用來指人類具有的神性。

語音和寫法

參考常見的埃及禿鷹符號和胎盤符號發音。

1. **akhoo** —— **受到眷顧祝福的靈。**此為古代的寫法，三隻朱鷺代表這是複數形，只有胎盤符號是表音音符。限定詞為顯貴之人。但此古代寫法不必要用限定詞。
2. **akhet** —— **地平線。**這是古時的寫法，取自金字塔。大地圖案為限定詞。後來的寫法改以水平線符號為限定詞。
3. **akhet(oo)y** —— **兩隻眼睛，月亮和太陽。**限定詞：眼睛圖案。
4. **akhoo** —— **全能力量（神祇、國王等等）。**限定詞：莎草紙卷軸（表示抽象概念的符號）。

語義

　　這種優雅鳥禽的羽毛在微風吹拂下熠熠生輝，對古埃及人來說，牠象徵輕盈、飄逸、光榮、良善、高貴，超凡脫俗 —— 因此有宇宙和神聖的意涵。

akhoo — les esprits bienheureux — *3ḫw*

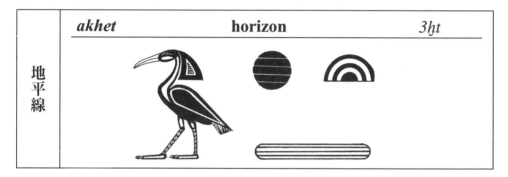

akhet — horizon — *3ḫt*

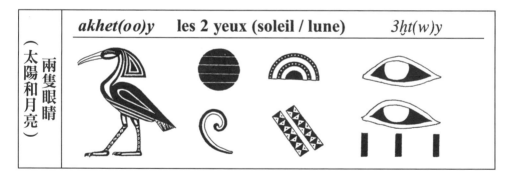

akhet(oo)y — les 2 yeux (soleil / lune) — *3ḫt(w)y*

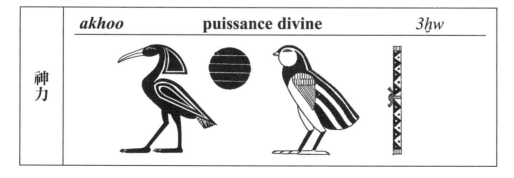

akhoo — puissance divine — *3ḫw*

ah-oo

3w

雙音符號：人的肋骨和脊椎骨造型圖案，可看到脊髓從兩側流出。

語音和書寫

發音：埃及禿鷲，鵪鶉。

1. **ah-oot** —— **時間長度。**限定詞為莎草紙卷軸（代表抽象概念的符號）。

2. **ah-oo** —— **空間長度。**沒有限定詞。

3. **ah-oo** —— **死亡，死的。**限定詞為男性圖案的簡化版，原本畫的是：遭綑綁的男性，倒地不起的男性，用棍棒敲擊額頭的男性。

4. **ah-oot** —— **禮物，供品。**這個寫法來自埃及全盛時期，限定詞有三個：兩個瓶子圖案，一個圓形麵包圖案。

語義

　　ah-oot 是非常具體的符號：富含肉類的食物，暗示著先有宰殺，這個字也指「大刀」。ah-oo-ee 意指製造暴力，限定詞為握有武器的手臂。食物為維持生命所需的，因此是慷慨的禮物，在塵世空間和任何時間都一樣：它出現在供品桌和祭神、祭死者的祭壇伸出的手也有給予這個正面意義。

長度（時間）	*ah-oot*	longueur (temps)	*3wt*

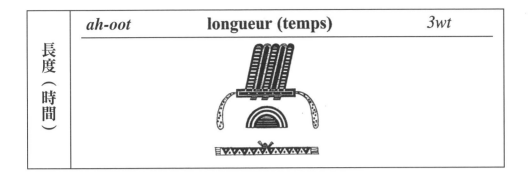

長度（空間）	*ah-oo*	long, longueur (espace)	*3w*

死亡	*ah-oo*	la mort	*3w*

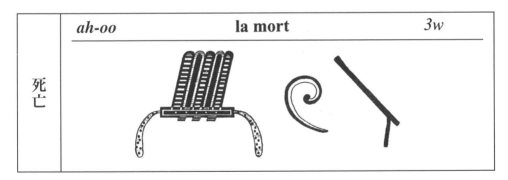

供品	*ah-oot*	les dons	*3wt*

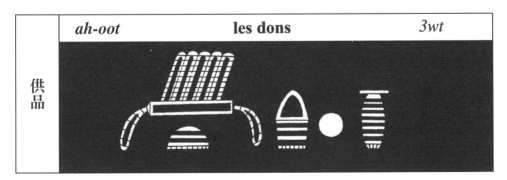

81

ah-a

$^c3$

結合了 aïn 和 aleph 的雙音符號。柱子造型圖案。也是「柱子」的表意符號。

語音和寫法

發音：手臂，埃及禿鷲。

1. **ah-a** —— **巨大、偉大**，以及任何類似的意涵。可作形容詞和名詞。這個單字有兩個音素符號，限定詞為莎草紙卷軸（抽象概念符號）。

2. **ah-a** —— **圓柱，柱子**；以一條直線強調柱子符號。限定詞為樹枝。

3. **Apep** —— **阿波菲斯（也稱阿佩普）**。蛇神，破壞之神。限定詞：蛇圖案。

4. **ah-a-ah** —— **種子，壞影響，病因**。限定詞：陰莖圖案。

語義

　　在使用這個雙音符號的單字裡，柱子符號都為橫躺，絕少為直立，這點令人驚訝。也許是為了圖案對稱和美感理由。

　　除了「柱子」這個意思，這個象形符號用於任何與膨脹、變大、擴展和溢出相關的單字，包含字面意義和比喻意義。

　　使用此符號的另一些單字有保護的意涵（守衛，門），不過令我們意外的是，此柱子圖案並無「支撐」的字義意涵。

	ah-a	grand	$^c3$

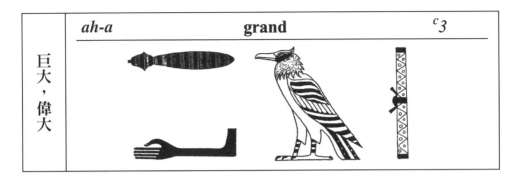

巨大，偉大

	ah-a	colonne, pilier	$^c3$

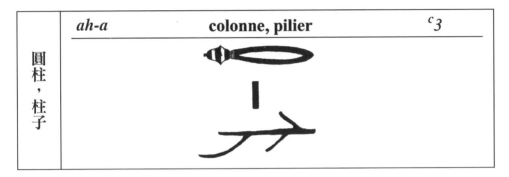

圓柱，柱子

	Apep	le serpent Apophis	^c3pp

大蛇阿波菲斯

	ah-a-ah	mauvaise influence ; semence	$^c3^c$

種子，病因

ahdj  $^c\underline{d}$

雙音符號：符號圖案為多用途的捲盤、捲線器，主要用來修補漁網。
捲盤的表意符號。

語音和寫法

發音：手臂，眼鏡蛇。

1. **ahdj** —— **捲線器，捲盤或捲筒。**一條直線強調捲盤符號本身的意思。限定詞：木頭符號（樹枝）。

2. **ahdj** —— **受到保護，安全。**先寫代表讀音的單音符號。限定詞：莎草紙卷軸（抽象概念符號）。

3. **ahdj** —— **砍，切碎，摧毀。**手符號代表音素 d；限定詞有兩個：刀子圖案，握有棍棒的手臂圖案。

4. **ahdj** —— **河岸，沙漠和灌溉河谷之間的帶狀土地。**儘管有音素 d，字尾發音無疑為 dge。限定詞：房子。

語義

　　這頁介紹的單字裡，只有一個為抽象意涵，其他都與日常生活的活動有關，包含正面和負面的行動。

　　使用此符號的單字字義範圍相當廣泛，它們彼此之間的關聯性有時令人困惑。例如：健康良好，狀態良好（指漁網？船？），找到庇護，切碎，破壞，展開殺戮（ir ahdjet）。後幾個單字可用來描述屠夫、肉販切肉，也指殺戮敵人、破壞敵人的城市和天然災害導致的毀壞。依照限定詞的不同，ahdj 也有燃燒、炙烤或動物脂肪的意思。ahdj 符號也見於錯誤、說謊、罪惡感……以及狂喜、高興等單字！

| 捲筒 | *ahdj* | bobine | ^c*d̲* |

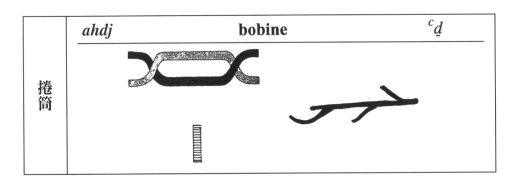

| 受到保護，安全 | *ahdj* | être à l'abri | ^c*d̲* |

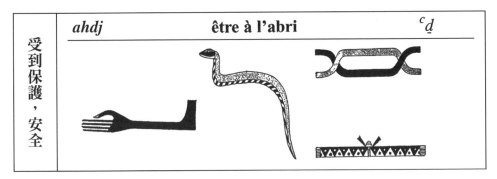

| 切碎 | *ahdj* | hacher | ^c*d̲* |

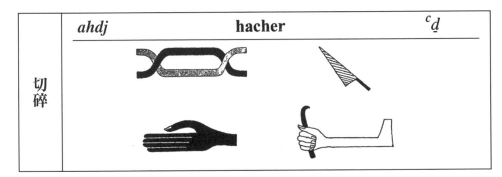

| 河岸 | *ahdj* | berge, côte | ^c*d̲* |

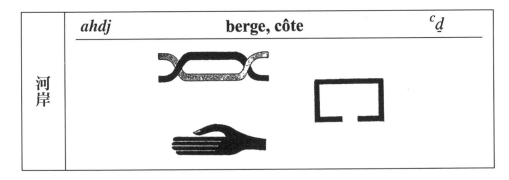

ahk  $^c\underset{.}{k}$

雙音符號：鸕鷀。

語音和寫法

發音：手臂，沙丘。

1. **ahk** —— **進入**（門，遊戲，系統，職位）。限定詞：行走中的雙腳。

2. **ahkoo** —— **朋友**。兩個限定詞：男性圖案，女性圖案，三條直線代表複數形。

3. **ahk-eeb** —— **密友**。雙腳符號和心臟符號皆為表音，後者在此是發音的（讀為 eeb）。限定詞：坐著的男性。

4. **ahkoo** —— **食物，糧食，收集，結束**。三條直線表示此為複數形名詞。

語義

　　這頁介紹的單字顯示鸕鷀符號用於許多有「進入」意涵的單字。此種鳥象徵富足，但也有傲慢無禮的含義：突然拜訪別人家不是受歡迎的行為。

　　任何時候到訪都受到歡迎，甚且可以自由進出的人，當然都是被對方視為朋友的人。密友則是我們「放入心裡」的人。

　　人們把所有進入屋裡的好東西囤積起來，就成了他們的儲備品和財富，就像鳥類將食物叼回巢裡給雛鳥吃。

進入	*ahk*	**entrer**	$^c\underline{k}$

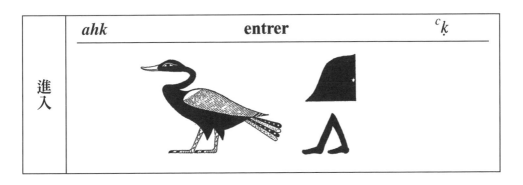

朋友	*ahkoo*	**amis**	$^c\underline{k}w$

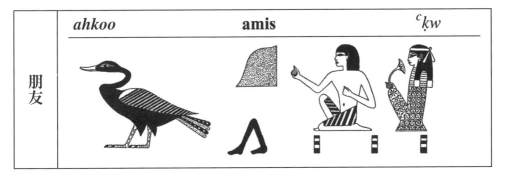

密友	*ahk-eeb*	**ami intime**	$^c\underline{k}\text{-}\hat{\imath}b$

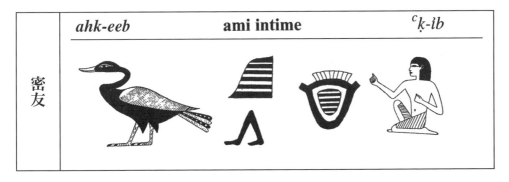

食物	*ahkoo*	**nourriture**	$^c\underline{k}w$

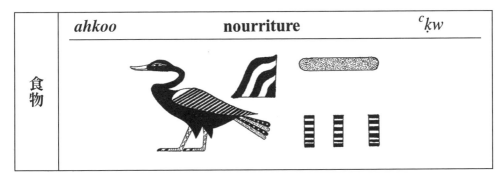

bah

b3

雙音符號：靈魂。靈魂鳥，埃及禿鸛（學名 ephippiorhynchus senegalensis）。
「靈魂」的表意符號。

語音和寫法

發音：人腳，埃及禿鷲。

1. **bahka**——**次日。**限定詞：星星符號。
2. **bah**——**豹皮或獵豹皮。**有兩個限定詞：豹頭符號和豹皮符號。
3. **bah**——**靈魂。**無限定詞。
4. **baht**——**母牛女神巴特、哈索爾女神的標誌。**限定詞為女神形象。
5. **bahk**——**工作**，繳稅，征服。限定詞：拿著棍棒的手。

語義

　　使用這個符號的單字字義五花八門。有靈魂這種微妙概念，也有觀察大自然（特別是敏捷的掠食性動物）得到的抽象概念，或文化符號和神聖標誌，也能表達日常生活的嚴酷現實。

次日	*bahka*	lendemain	*b3k3*

豹皮	*bah* peau de léopard *b3*	靈魂	*bah* âme *b3*

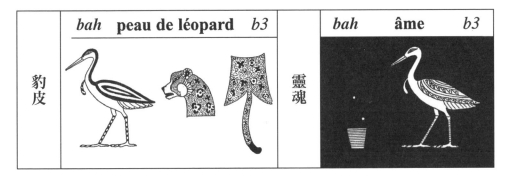

哈索爾女神的標誌	*baht*	emblème d'Hathor	*b3t*

工作	*bahk*	travailler	*b3k*

beh / hoo  *bḥ / ḥw*

雙音符號：象牙。為多音符號。

語音和寫法

有兩種讀音：最常用 beh（人腳符號、亞麻線搓成的燈芯符號）來代表，hoo 則少見（燈芯、鵪鶉）。最後，用於 tebeh 單字時為限定詞，字義為牙齒、笑。

1. **Hoo** —— **文字之神。**限定詞：神祇圖案。
2. **Behedet** —— **艾德夫（上埃及的城市，也是尼羅河三角洲的城市）。**限定詞：具有交叉路口的城鎮俯瞰圖形。
3. **behes** —— **小牛。**限定詞：小牛圖案。
4. **behes** —— **狩獵，追捕。**這個字詞純粹由單音符號組成，不用雙音符號。限定詞有兩個：拿著棍棒的手和行走中的雙腳。

語義

　　這個多音符號圖案與用到它的單字似乎沒有明顯的語義關聯。但 Hoo 和 behes 是例外，象牙符號除了表音，肯定也有表意作用！

文字之神	*Hoo*	le génie du Verbe	*Ḥw*

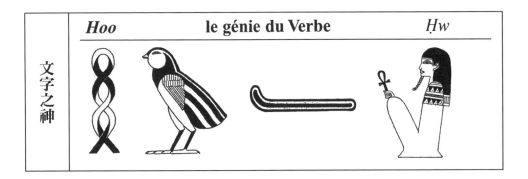

艾德夫	*Behedet*	Edfou	*Bḥdt*

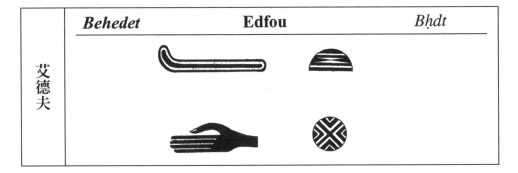

小牛	*behes*	veau	*bḥs*

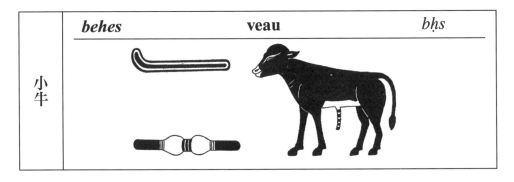

狩獵	*behes*	chasser	*bḥś*

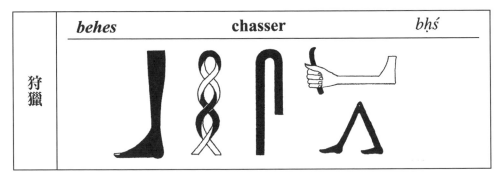

dja

d̠3

雙音符號：點火棒。「森林」的表意符號。

語音和寫法

發音：眼鏡蛇，埃及禿鷲。

1. **djotjot** —— **審判官，法官。**三個音素符號（點火棒重複一次）。兩個限定詞的其中一個圖案也是多音符號，但在此不發音，畫的應該是農具？再來為男性圖案，三條直線表示此字為複數形。

2. **djahdjah** —— **頭部。**寫法為兩個雙音符號。限定詞為人的頭部圖案。

3. **djah-is** —— **內戰。**限定詞：手持盾牌的戰士。

4. **djahdjah** —— **七弦豎琴。**兩個雙音符號和兩個單音符號。限定詞：樹枝圖案。

語義

　頭部、法官和法庭都代表權威的地位。內戰可被理解為對抗權威。

　七弦豎琴的樂音帶我們進入更平和的世界，但音樂世界也有激情。

　「船」這個字跟木材有關，再從船衍生出「航行」、「度過水面」的意涵。最後這個單字也用來描述神話中，太陽神拉搭乘航行過冥界尼羅河的太陽船。

審判官	*djotjot*	**les juges**	*ḏ3ḏ3t*

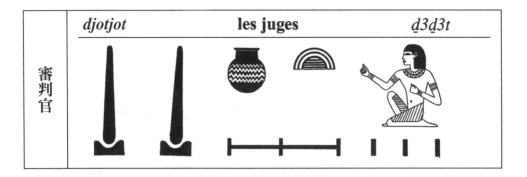

頭部	*djahdjah*	**la tête**	*ḏ3ḏ3*

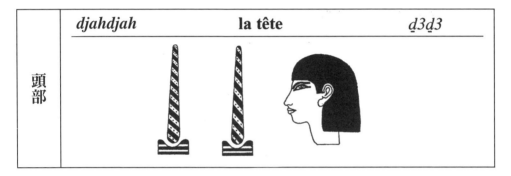

內戰	*djah-is*	**guerre civile**	*ḏ3iś*

七弦豎琴	*djahdjah*	**la lyre**	*ḏ3ḏ3*

djed

ḏd

雙音符號：節德柱。「柱子」的表意符號。

語音和寫法

發音：眼鏡蛇，人手。

1. **djed** —— **節德柱。**這個圖案也是表意符號，沒有限定詞

2. **Djedoo** —— **布西里斯。**尼羅河三角洲的一座城市。限定詞：具有交叉路口的城鎮俯瞰圖案。

3. **Djed** —— **孟菲斯城的一位神祇，節德神；**雙音符號重複的寫法，但第二個 djed 符號不發音。限定詞：神祇圖案。

4. **djedoo** —— **穩定的，持久的。**限定詞：莎草紙卷軸（抽象概念符號）。

語義

　　這個神聖符號也是古埃及早期建築的木雕圖案，代表歐里西斯的脊椎骨。布西里斯和阿拜多斯地區的人都信奉這位冥界之神。

　　節德神已和地底之神卜塔（Ptah）合併為一。卜塔神在孟菲斯地區受到信奉，為工匠的守護神。

柱子	*djed*	pilier djed	*ḏd*

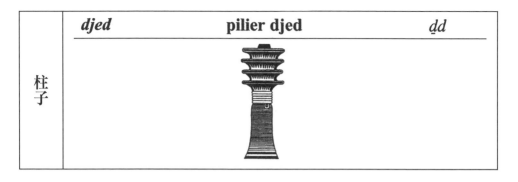

布西里斯	*Djedoo*	Busiris	*Ḏdw*

節德神	*Djed*	Djedy	*Ḏdy*

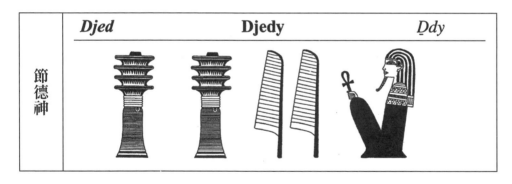

穩定的	*djedoo*	stable	*ḏdw*

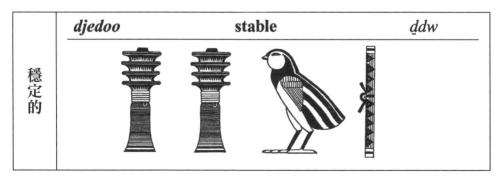

djer

d̠r

雙音符號：裝有水果的簍筐。（也參見 mer）。

語音和寫法

發音：眼鏡蛇，嘴巴。

1. **djeroo** —— **邊界，界限，盡頭**。限定詞為樹木生長在道路兩旁圖像。

2. **djertyoo** —— **祖先**。這個單字裡的鳥圖案為三音符號。限定詞描繪了坐在椅子上的顯貴之人。

3. **djerdjeri** —— **外國人**。限定詞：穿著亞洲服飾、有亞洲面孔的男性。

4. **djeri** —— **強壯的，強烈的**。限定詞：拿著棍棒的手。

語義

　　水果和嘴巴之間的語義關聯再清楚不過，但這頁的其他單字：界線、邊界、外國人、強壯的，乍看之下只有語音關聯性。不過，這裡介紹的單字，以及其他以 djer 為字首的字詞，確實屬於同個語義範疇，都有結尾、目的，甚至永恆（直到時間的盡頭）的意涵。

邊界	*djeroo*	la frontière	*ḏrw*

祖先	*djertyoo*	les ancêtres	*ḏrtyw*

外國人	*djerdjeri*	l'étranger	*ḏrḏrì*

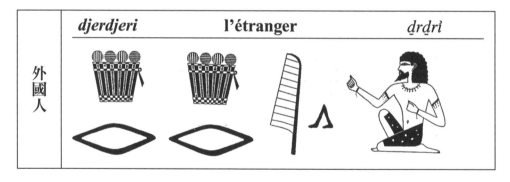

強壯的	*djeri*	fort	*ḏrì*

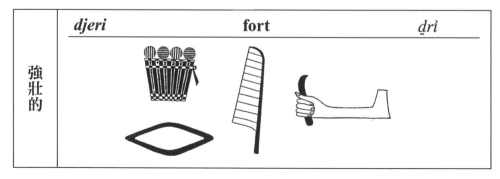

djoo

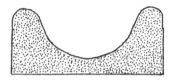

ḏw

雙音符號：沙漠的岩山。也是「山」的表意符號。

語音和寫法

發音：眼鏡蛇，鵪鶉。

1. **djoo** —— **山**。限定詞：岩石圖案。

2. **djoot** —— **邪惡，悲傷**。限定詞：惡兆鳥（麻雀）圖案。

3. **djoo-ee** —— **召喚神祇、其他有力量的人、其他能提供協助的人；祈求；祈禱**。限定詞：祈禱姿勢的男性。

4. **djoo-yoo** —— **瓶、壺、甕**，也可當限定詞使用。小牛圖像為雙音表音符號，讀為 iou。

語義

以 djoo 為字根的單字大多為負面意思。埃及的山為沙漠的岩山，寸草不生、一片荒蕪，惡劣的環境給人悲傷的感受。旅人在那裡遇上危險時，可能必須召喚、祈求神力來解救和保護他。

圓瓶裡裝有牛奶，原本是給小牛的食物，卻為人類奪走，也屬於負面的語義範疇。

山	*djoo*	**montagne**	*ḏw*

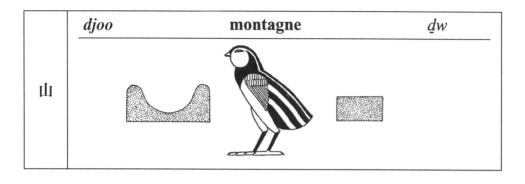

邪惡	*djoot*	**le mal**	*ḏwt*

祈禱	*djoo-ee*	**invocation**	*ḏwỉ*

瓶、壺、甕	*djoo-yoo*	**la jarre**	*ḏwỉw*

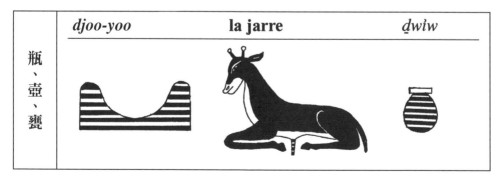

gem  *gm*

雙音符號：䴉或黑頭白䴉（plegadis falcinellus）。也是「䴉鳥」、「發現」和
「找到」的表意符號。

語音和寫法

發音：立起瓶子的臺座，貓頭鷹。

1. **gemeh** —— **察覺、端詳、觀看、發現、注視**。限定詞：眼睛圖案。

2. **gem** —— **找到**。限定詞：拿著棍棒的手。

3. **gemgem** —— **破壞、打破、撕裂**。擬聲詞，由重複的音素構成。限定詞：互相交叉的
   兩條線。

4. **gemeh** —— **葉子**。限定詞：樹木圖案。

語義

　　這種鳥以尖喙覓食，牠也是行動悄然無聲的掠食性動物，會在夜裡靜靜窺伺著獵
物，因此此符號構成的單字一部分有威脅意涵。其他用到該符號的單字，字義與該種
鳥的特性也有對應之處（例如本頁介紹的發現、破壞）。

　　而樹葉能為鳥禽和其他動物提供庇護。

察覺，發現

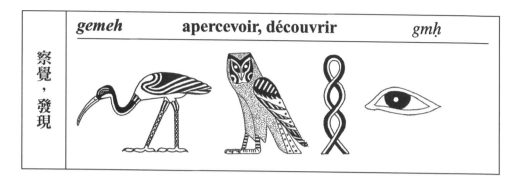

gemeh **apercevoir, découvrir** *gmḥ*

找到

gem **trouver** *gm*

破壞

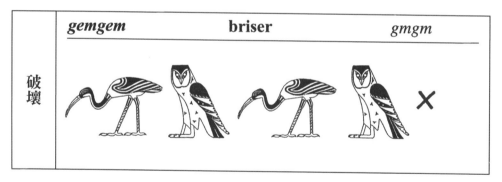

gemgem **briser** *gmgm*

葉子

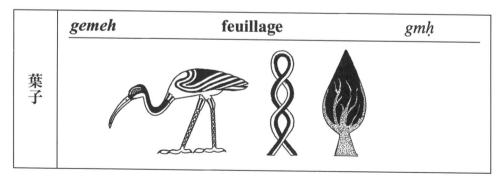

gemeh **feuillage** *gmḥ*

ha　　ḥ3

雙音符號：茂盛的紙莎草。

語音和寫法

發音：燈芯，埃及禿鷲。

1. **ha** —— **在……之後**；某個人的背後；背面（一般指頭部，但也可用於建築物）。限定詞：頭部側面。
2. **ha-oo** —— **隨從，尼羅河流域居民**；島嶼的兄弟，鄰居。限定詞：人民（男性圖案、女性圖案及三條直線代表複數形）。
3. **hot** —— **墳墓**。限定詞：房屋圖案。
4. **hom** —— **釣魚，捕捉**。限定詞：拿著棍棒的手（有時為拿著魚）。

語義

　　背部，反面，任何在你背後（時間和空間）的事物，任何在你周圍的事物，因此鄰居、墳墓這些單字屬於同樣的語義範疇。

　　此符號構成的單字與水、濕地、沼澤也有顯而易見的關聯，因為鄰居通常指的是北部（尼羅河三角洲濕地）居民，也擴及指希臘人，他們來自海水圍繞的島。最後要提的是，依照古埃及習俗，墳墓座落在蘆葦生長的原野，那裡也是所有生命有機體出現的地方，例如魚類。魚在當時已是重生的象徵。

| | *ha* | **derrière** | *ḥ3* |

在……之後

| | *ha-oo* | **l'entourage** | *ḥ3w* |

隨從

| | *hot* | **tombe** | *ḥ3t* |

墳墓

| | *hom* | **pêcher, attraper** | *ḥ3m* |

釣魚，捕捉

hedj

$ḥ\underline{d}$

雙音符號：洋梨形棍棒。「棍棒」的表意符號。

語音和寫法

發音：燈芯，鵪鶉。

1. **hedjet** —— **上埃及的白冠。**限定詞為白冠圖像。
2. **hedj** —— **白色的，明亮的。**限定詞：太陽圖案。
3. **hedj** —— **破曉、天亮，在日出時啟程。**限定詞：太陽符號，行走中的雙腳。
4. **hedj** —— **白色棍棒。**此為表意符號。

語義

　　所有白色的、光亮的，甚至閃耀的事物，都是hedj，特別是白色棍棒，雖然我們不知它是以何種材質製作。

　　本頁介紹的四個單字只是最常見的。白色材質和布料是hedj，金錢也是hedj，寶庫、祠堂、涼鞋、角膜、洋蔥，都寫為hedj，差別只在限定詞不同。上述的每個字都無負面意涵。

　　反之，hedji作為動詞則有負面含義，例如：傷害、摧毀、不服從、推翻、取消、遮蔽等等 —— 總之，都是靠揮動棍棒能做到的行為。此外，白色的東西不只等同於純淨，它也可能是無血色的、蒼白的、虛弱的、不存在的。埃及人敏銳地掌握到白色的雙面性：既是生命的光輝，也是死亡的蒼白。

上埃及的白冠	***hedjet***	**couronne blanche**	*ḥḏt*

白色的	***hedj***	**blanc**	*ḥḏ*

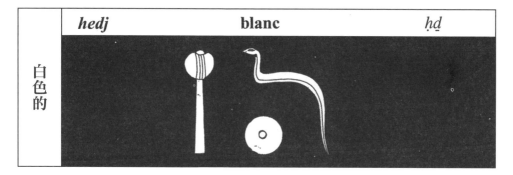

破曉、天亮	***hedj***	**le lever du jour**	*ḥḏ*

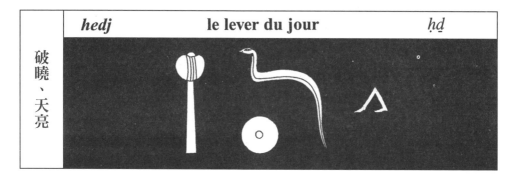

白色棍棒	***hedj***	**massue**	*ḥḏ*

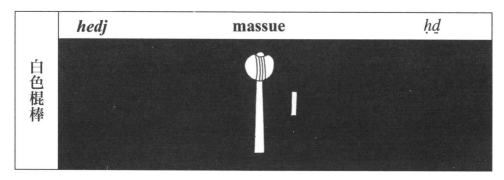

105

hem   ḥm

雙音符號：充滿水的水井。

語音和寫法

發音：燈芯，貓頭鷹。

1. **hemet nee-soot** —— **國王的妻子，王后**。限定詞：王后圖像。薹草圖案雙音符號和麵包符號為 nee-soot，即「國王」的意思，基於敬意而放到字首。

2. **hemet** —— **妻子，女性**。限定詞：女性圖案。

3. **hemooset** —— **相對物，一對中的一個；「卡」（靈魂）的陰性形**。限定詞為特殊標誌，這裡是盾牌和交叉的弓箭造型符號。

4. **hemes** —— **坐，取代一個人的地位和頭銜；受孕，生出**。限定詞：生產的女性圖像。

語義

　　將水井類比為子宮，並泛指女性生殖器官，正合乎人類的典型思維。不只有古埃及人會這樣聯想，但他們將想法明白展現於書寫系統當中。同一個單字可指女性生殖器官或女人，差別只在限定詞不同。從生物學的觀點來看，他們清楚知道所有生命都來自於水。

王后	*hemet nee-soot*	**reine**	ḥmt n(y) śwt

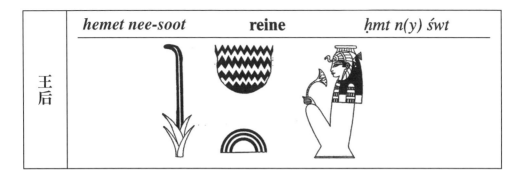

女人	*hemet*	**femme**	ḥmt

「卡」（靈魂）的 陰性形	*hemooset*	**contrepartie féminine du Ka**	ḥmwśt

受孕，生出	*hemes*	**concevoir, mettre au monde**	ḥmś

hem

ḥm

雙音符號：洗衣棒。「洗衣棒」的表意符號。

語音和寫法

發音：燈芯，貓頭鷹。

1. **hem-netcher** —— **神的僕人**。即祭司、神聖預言者。也可加上男性圖像為限定詞。
2. **hem-ka** —— **「卡」（亡者靈魂）的祭司**。限定詞為男性圖像，通常不加神祇圖像。
3. **hem** —— **男僕人**。限定詞：男性圖像。
4. **hemet** —— **女僕人**。限定詞：女性圖像。
5. **hem** —— **國王，陛下**。這裡的限定詞為神聖老鷹圖案（此單字通常不用限定詞）。

語義

　　這個日常生活用品是用來洗淨衣料。第一個單字像是藉由連續敲打的動作達到極高地位（左邊為神標符號）！

　　既是工具，使用這個符號的單字主要用來指稱使用洗衣棒的人，再來是為神祇服務的人。此外，同一個單字可用來指稱國王，因為他是神祇們最顯赫的僕人。也可用來指稱國王的父母親。此字的陰性形意思是王后。國王和他們的奴僕，發音和寫法一樣，差別只在使用的限定詞符號。

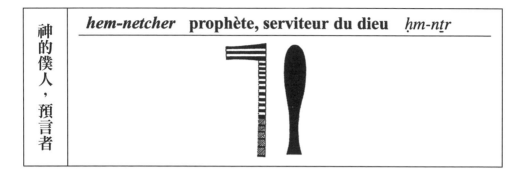

神的僕人，預言者

hem-netcher   **prophète, serviteur du dieu**   *ḥm-nṯr*

「卡」的祭司

hem-ka   **prêtre du ka**   *ḥm-k3*

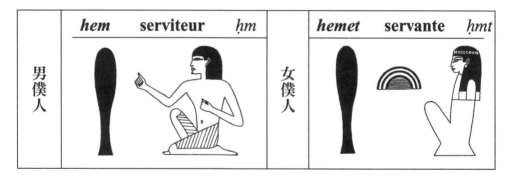

男僕人

hem   **serviteur**   *ḥm*

女僕人

hemet   **servante**   *ḥmt*

國王，陛下

hem   **majesté**   *ḥm*

109

hen		ḥn

雙音符號：有三個傘形花序的植物。也是該種植物的表意符號。

語音和寫法

發音：燈芯，水波。

1. **heni** —— **沼澤濕地植物，蒲草**。限定詞：植物圖案。
2. **henen** —— **陰莖**。限定詞：陰莖圖案。
3. **hen** —— **疾步走**。限定詞：行走中的雙腳。
4. **henzeket** —— **頭髮辮子**。限定詞：辮子圖案。

語義

　　hen通常寫為三朵傘狀花的植物符號，此字根用於九十個以上的單字和它們的衍生字。那些單字的字義包羅萬象，幾乎反映了古埃及文明的每一面，但它們之間的關聯多為語音的，而不是字義的。本頁所選的四個單字，髮辮、陰莖和疾走動作的寫法，它們的關聯性可說一目瞭然。包含hen符號的不同單字幾乎遍及生活、社會和宗教範疇。Henoo指的是太陽神搭乘的聖船。

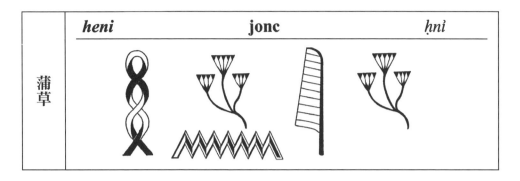

| heni | jonc | ḥni |

蒲草

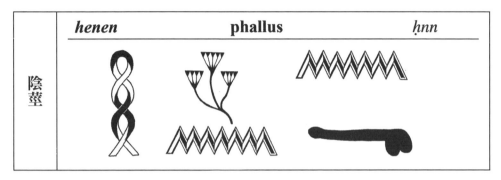

| henen | phallus | ḥnn |

陰莖

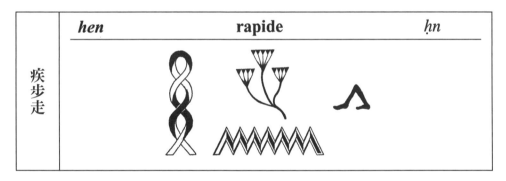

| hen | rapide | ḥn |

疾步走

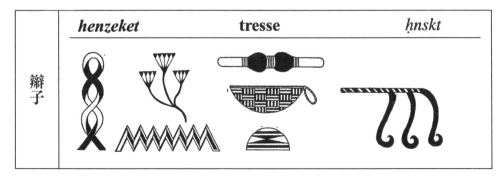

| henzeket | tresse | ḥnskt |

辮子

111

her   *ḥr*

雙音符號： 人的臉部正面，在埃及藝術中絕少見到的正面圖像。臉的表意符號。

語音和寫法

發音：燈芯，嘴巴。

1. **her** —— **臉。** 這個單字的寫法，通常以一條直線來強調臉部符號的本義。這裡的限定詞是肉片圖案（從新王國時期以來的寫法）。

2. **hereret** —— **花。** 限定詞：開花的植物圖案。

3. **heri-tep** —— **領袖，上司，** 關於，有關，就⋯⋯而論。限定詞為一條直線，用來強調臉部符號的本義。

4. **heryoo-renpet** —— **月外日子。** 無限定詞。

語義

　　任何直接面對的人或事（通常指帶著敵意、恐懼面對的），任何在上方的事物（當然是天空，但也可比喻主人或上級），那些單字都用到這個雙音符號。埃及曆每年「多出來」的五天向來為凶日，雖然它們是歐西里斯家族成員的生日。

臉	**her**	**visage**	*ḥr*

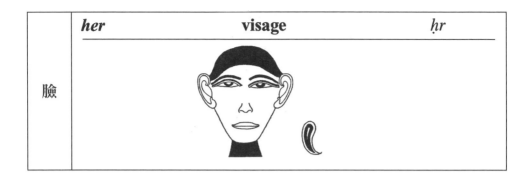

花	**hereret**	**fleur**	*ḥrrt*

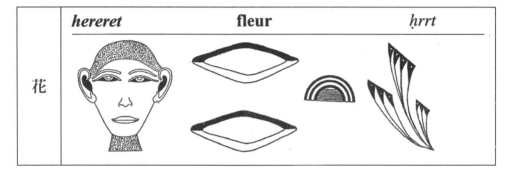

領袖，上司	**heri-tep**	**chef, supérieur**	*ḥrỉ-tp*

月外日子	**heryoo-renpet**	**jours épagomènes**	*ḥryw-rnpt*

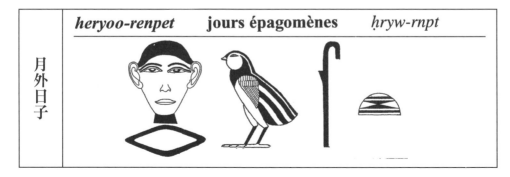

113

hes   *ḥś*

雙音符號：花瓶或瓶子。此種容器的表意符號。

語音和書寫

發音：燈芯，披掛在椅背的布。

1. **hes** —— **喜悅，高興。** 限定詞為莎草紙卷軸（抽象概念符號）、把手放到嘴邊的男性、一朵花，字義非常清楚。

2. **hesyoo** —— **可尊敬的，受眷顧、享福的（用於故人、亡者），受寵信者。** 限定詞男性、女性圖案，三條直線代表複數形。

3. **hesety** —— **稱讚，好意、寵愛。** 限定詞：把手放到嘴邊的男性。

4. **hesy** —— **值得稱讚的，值得尊敬的，受眷顧者。** 兩個限定詞：把手放到嘴邊的男性，身分顯貴的男性。

語義

　　包含這個字根、這個雙音符號的單字都是用來指稱正面的、歡樂的感受和活動。這樣的喜悅之情也擴及到以合宜儀式下葬的亡者：他們在冥界也必然只有喜樂。

| 喜悦，高興 | *hes* | joie, allégresse | *ḥś* |

| 受寵信者 | *hesyoo* | les favoris | *ḥśyw* |

| 好意，寵愛 | *hesety* | faveur | *ḥśty* |

| 受眷顧者 | *hesy* | le favorisé | *ḥśy* |

kha

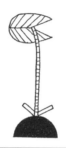

ḫ3

雙音符號：睡蓮的根、莖、葉。數字一千的表意符號。

語音和書寫

發音：胎盤和禿鷲。

1. **khabas** ── **天空，星空**。限定詞為三個星星符號＝複數形。
2. **khab** ── **河馬**。限定詞：河馬圖案。
3. **khaset** ── **多山的，沙漠似的，外國**。限定詞：岩山地區圖形。
4. **khasetyoo** ── **沙漠居民，貝都因人，外國人**。限定詞：男性，女性，代表複數形的三條直線。

語義

　　很容易理解象徵重生的蓮花何以與天空有關聯，又何以和另一範疇的單字（居住在尼羅河流域和濕地的動物）沾上邊。但用來指稱沙漠般的山區、山區居民的單字竟然也用了蓮花符號，這該怎麼解釋？上述單字之間的關聯只在發音部分，許多用到此雙音符號的單字皆是讀音相近。反之，荷花符號用來指稱數字一千，這是容易理解的，因為三角洲濕地裡有大量蓮花生長盛開。

	khabas	**firmament**	*ḫ3b3ś*

天空

	khab	**hippopotame**	*ḫ3b*

河馬

	khaset	**montagne désertique**	*ḫ3śt*

多山的，沙漠似的

	khasetyoo	**les bédouins**	*ḫ3śtyw*

貝都因人

khah

h^c

雙音符號：黎明第一道光線照在山丘上的景象。也是表意符號，意思是日出時的山丘。

語音和寫法

發音：胎盤，手臂。

1. **khah-oo** —— **王冠**。限定詞：這裡為藍冠圖案，也可用其他王冠圖案。
2. **khah-ee** —— **升起，照耀，出現（星星，國王登上王座）**。限定詞：莎草紙卷軸（抽象概念符號）。
3. **khah-oo** —— **武器，用具；葬禮儀式用具**。限定詞：樹枝圖案，代表複數形的三條直線。
4. **khah-moo** —— **喉嚨，頸子**。限定詞：長頸、有角動物的頭部或脖子圖案，肉片圖案。

語義

　　這個象形符號指的是初始之丘，它在造物神的召喚下從深淵出現，就像新生太陽一樣閃閃發光。

　　任何帶這個雙音符號的單字都有同樣意涵。根據限定詞的不同，可作上升或出現的意思，也可指大自然現象，或國王在盛大排場下現身，甚至指嬰兒誕生。任何木製、皮製或金屬製的武器、用具被舉起時也會閃閃發亮；同一個字也用來指稱某些女神。最後，不管你要看東西或被其他人看到，都得努力伸長脖子。

王冠	*khah-oo*	couronne	ḫᶜw

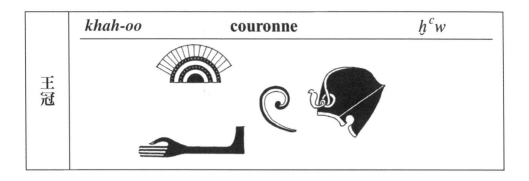

升起，照耀	*khah-ee*	se lever, briller	ḫᶜỉ

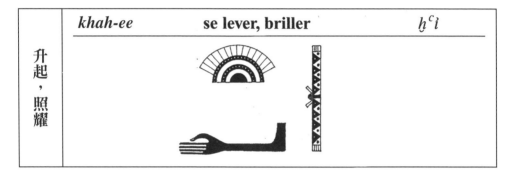

武器	*khah-oo*	armes	ḫᶜw

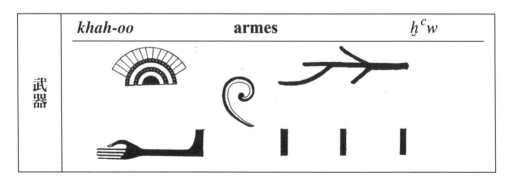

喉嚨	*khah-moo*	gorge	ḫᶜmw

khet

ḫt

雙音符號：樹枝，無葉子。也是木頭、樹、長度單位（一百腕尺）的表意符號。

語音和寫法

發音：胎盤，麵包。

1. **khetyoo** —— **平臺，講臺，階臺**（無論是大自然環境的臺地，或人工建造的）。限定詞：階梯、階臺圖案。
2. **khet** —— **通過（障礙，國家，時間等等）**。限定詞：行走中的雙腳。同樣的寫法也是動詞「退縮」。
3. **khet** —— **樹，木材。**限定詞為一條直線，用以強調樹枝符號的本義。
4. **kheti** —— **雕刻在⋯⋯上**，剪斷；雕刻師，封印，密封。限定詞：鑿刀，拿著棍棒的手（後者用於名詞）。

語義

　　有八十個以上的單字使用了這個雙音符號，那些字的字義與符號代表的木頭、樹枝、樹木含義直接相關。木材為建築材料，也可用來製造權杖。權杖為權威和主政者的標誌，指稱軍事征戰、人們歡欣鼓舞的單字也用到此符號，乍看可能奇怪，但多想一下，你就能理解其中關聯性。而雕刻這個字，意味拿鑿刀刻入木頭裡，帶有樹枝符號自是合理。古埃及人將樹木入藥，要指稱不同的樹木種類時，會使用相應的限定詞圖案。

階臺	*khetyoo*	terrasse	ḫtyw

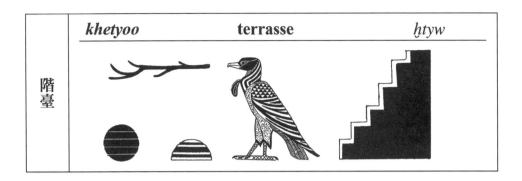

通過	*khet*	à travers	ḫt

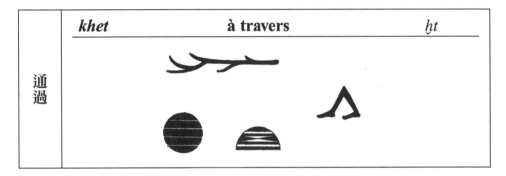

木材	*khet*	bois	ḫt

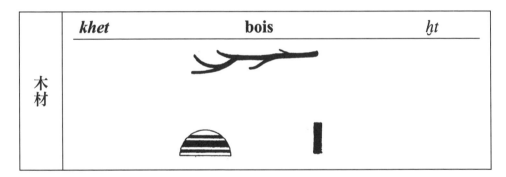

雕刻在……上	*kheti*	graver	ḫtỉ

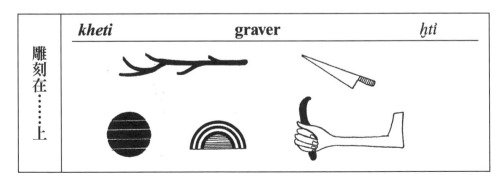

khoo

ḥw

雙音符號：拿著連枷的手。「保護」的表意符號。

語音和寫法

發音：胎盤，鵪鶉。

1. **Khoofoo** —— **基奧普斯（Cheops）**。沒有限定詞，但是這裡的寫法是以象形繭框起。

2. **khoo** —— **保護，含動詞和名詞**。限定詞：莎草紙卷軸（抽象概念符號）。

3. **khoo** —— **扇子**。限定詞：扇子。

4. **khoo-see** —— **壓填以製作磚頭，以磚塊建造**。限定詞：男人將沖積土壓入磚塊模型。

語義

　　拿著連枷的手臂圖案是神祇和王室的標誌，代表權力，基奧普斯的名字即是一例。此符號多用於保護意涵的單字，而不是鎮壓征服的意涵。「捆」、「撞入」和「弄平」這些動詞表示有力的動作，它們都有建造的意涵。「統治」這個字也是。khoo符號見於祭司頭銜，以及王室、神祇（例如哈索爾神）的標記。

基普奧斯

| *Khoofoo* | **Khéops** | *Ḫwfw* |

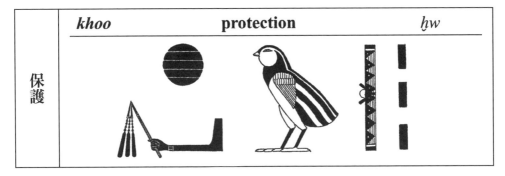

保護

| *khoo* | **protection** | *ḫw* |

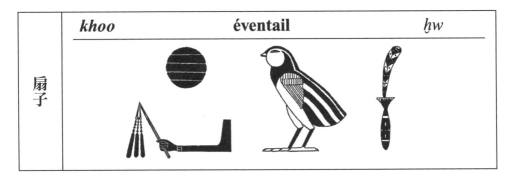

扇子

| *khoo* | **éventail** | *ḫw* |

建造

| *khoo-see* | **construire** | *ḫwśỉ* |

kha  _ḥ3_

雙音符號：非洲長頜魚（象鼻魚）。字尾加 t 的表音符號即為「象鼻魚」的表意符號。

語音和寫法

發音：哺乳動物的腹部，埃及禿鷲。

1. **khakhati** —— **風暴和暴風雨**。限定詞：雷電交加、下雨的天空。

2. **khat** —— **屍體**。限定詞：腫包圖案。

3. **khar** —— **袋子**。限定詞：袋子。

4. **kharet** —— **寡婦**。限定詞：寡婦圖像。

5. **khat** —— **非洲長頜魚**。限定詞：魚圖案。

語義

　　對古埃及人來說，看到長頜魚幾乎不會有開心的聯想。屍體這個單字有此符號，應該是基於魚和屍體的氣味相似。寡婦當然與死亡相關，也有拋棄與喪失保護的意涵。值得一提的是，古埃及書寫系統裡並沒有「鰥夫」這個字存在。用到這個符號的單字，包含任何變形的、偏離正軌的、應受譴責的，以及生理上、道德上醜惡的事物。「風暴」這個字的符號展現大自然的敵意力量；khakhati 也有國王震怒的意思。

暴風雨	***khakhati*** **orage** *ẖ3ẖ3tỉ* 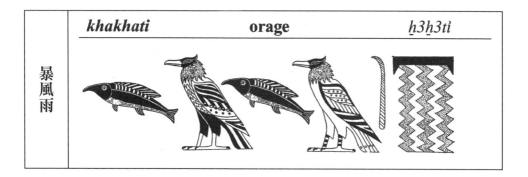

屍體	***khat*** **cadavre** *ẖ3t*	袋子	***khar*** **sac** *ẖ3r*

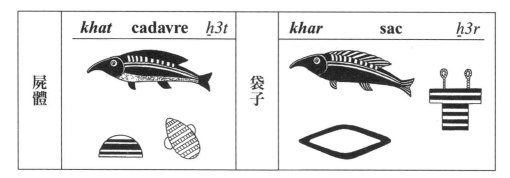

寡婦	***kharet*** **veuve** *ẖ3rt* 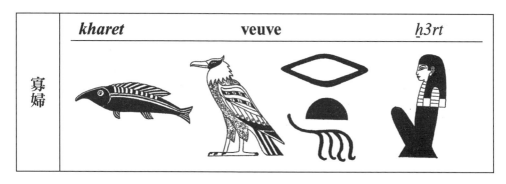

非洲長頜魚，象鼻魚	***khat*** **oxyrhynque, mormyre** *ẖ3t* 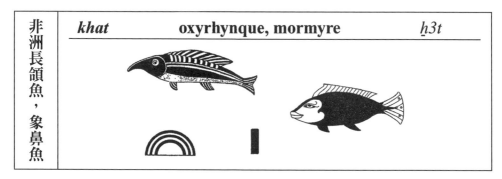

khen   *hn*

雙音符號：無頭的動物軀體圖形。

語音和寫法

發音：哺乳動物的腹部，水波。

1. khenoo —— **內部（房子，或醫學上的描述）**，住家。限定詞：房屋圖案。

2. khen —— **接近，靠近**。限定詞：行走中的雙腳。

3. khenoo —— **河流，水域，運河，沙漠水井**。限定詞：三個水波圖案（水）。

4. khenootyoo —— **外國民族**（都穿著動物皮？），**原始民族**。兩個限定詞：動物皮圖案，男性圖案，表示複數形的三條直線。此單字包含三音符號 tyoo。

語義

　　這個符號的基本含義為內部，例如：房子、身體、容器，及任何可以被裝滿、填滿的東西的內部。至於外國民族這個單字為什麼用到動物軀體符號？兩者其實有關聯，因為埃及人認為外國人都是原始人，穿著獸皮。河流和接近這兩個單字之間也有相似處。動物皮可以用來縫製為袋子、皮酒囊或衣服，衣服能為身體提供保護，與住宅有近似意涵。但大致說來，以此符號為字根的單字多為語音相似而非字義上有相關性。

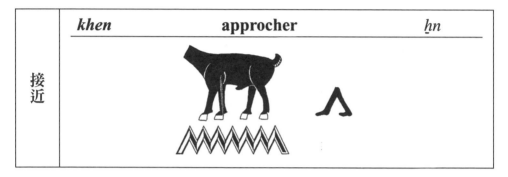

127

khen

ḥn

雙音符號：雙手握著船槳划船。一個相當傳神的造型圖像。

語音和寫法

發音：哺乳動物的腹部，水波。

1. **khenet** —— **水上遊行，水上旅行。**限定詞：儀式用聖船。

2. **kheni** —— **划船（通常和揚帆而行是相對概念）。**限定詞：儀式用聖船。

3. **khenen** —— **擾亂，介入，攪亂，觸怒，混亂，困惑，激怒（也有發炎之意）。**限定詞：胡狼圖案，賽特神（Set）會以此動物的形象示人。

4. **khenty** —— **雕像，圖像**（最初是用來指稱用於水上遊行的神像）。限定詞：雕像圖案。

語義

　　乘船的人以規律動作划槳，航向他們的目的地。運用到這個符號的單字字義範圍廣泛。首先，跟風吹動船帆的航行不同，划船動作會攪動水面，khentyu 為水手、船員的意思。水上遊行大多在重要宗教慶典期間舉行。在盛大儀式中，將神廟裡膜拜的神像取出，放置於儀式用聖船上。不可預期的水流流向和船槳的划動都會導致亂流產生。而規律、持續的划船動作也有折磨和騷擾的意涵。擾亂一字的限定詞為賽特神（khenenoo）的胡狼形象，他是破壞之神和混亂之神。

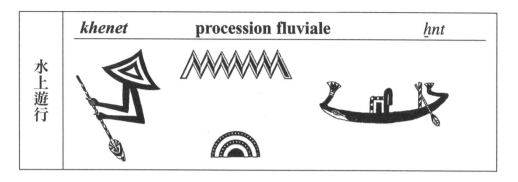

khenet　　procession fluviale　　_ḫnt_

水上遊行

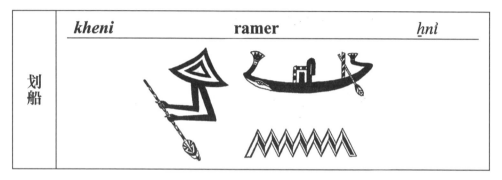

kheni　　ramer　　_ḫnỉ_

划船

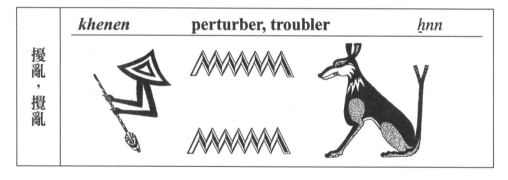

khenen　　perturber, troubler　　_ḫnn_

擾亂，攪亂

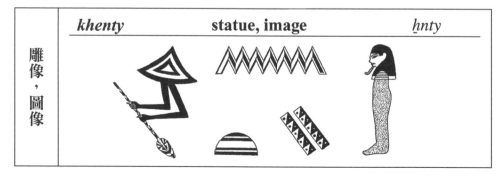

khenty　　statue, image　　_ḫnty_

雕像，圖像

129

kher

ḥr

雙音符號：肉店的砧板。

語音和寫法

發音：哺乳動物腹部，嘴巴。

1. **kheret** —— **財產，所有物，分得的一份，一塊土地，應付的東西**。限定詞：莎草紙卷軸（抽象概念符號），代表複數形的三直線。

2. **kheroo** —— **在⋯⋯之下，根基，下部**。限定詞：灌溉溝渠，受灌溉的土地。

3. **kherooy** —— **男性生殖器**。限定詞：睪丸（造型化圖像）。

4. **kher** —— **基礎（介系詞）：在⋯⋯之下，支撐，擔負，保持**。限定詞：無。

語義

　　這個嚇人的符號給人殘酷、實用的聯想。以它為字根的單字主要為持有、擁有的意思，或者宰制地位較低的東西或生物；也泛指持有、變為財產的事物。肉販在砧板上將動物肢解，也意味分解成塊。用到此符號的單字也有一部分、份額、一塊土地、一個灌溉區塊的字義。睪丸的象形符號寫法也和上述的意涵有關。大墳地（死者之城）kheret-Netcher這個字裡也有砧板符號。

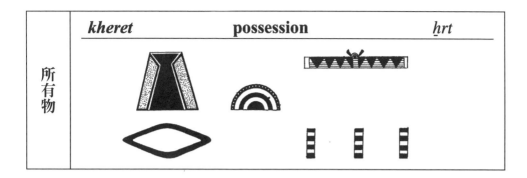

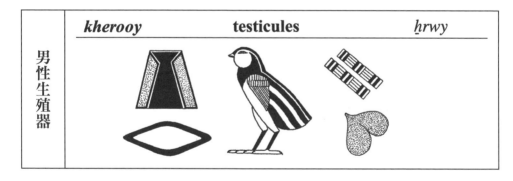

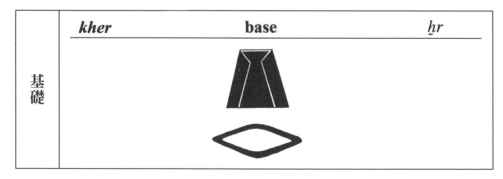

131

een  *in*

雙音符號：尼羅口孵非鯽；其學名為 tilapia nilotica。

語音和寫法

發音：蘆葦穗，水波。

1. **eenet** —— **a. 河谷；b. 尼羅口孵非鯽**。限定詞：a. 河谷符號；b. 魚圖案（這裡未介紹寫法）。

2. **eenem** —— **人皮或動物皮**（此頁介紹「動物皮」的寫法）。限定詞為動物皮圖像。

3. **eeneb** —— **牆，圍起**。作名詞時，限定詞為牆壁圖案，作為動詞時，再加上拿著棍棒的手圖案。

4. **eeneh** —— **a. 圍繞，包圍，發展，鑲金（容器的邊緣）**。限定詞：繩子圖案，拿著棍棒的手；**b. 眉毛**。限定詞：眉毛圖案（在此未介紹）。

語義

　　運用這個雙音符號的單字字義相當廣泛。河谷圖案令人聯想到魚兒群聚的水域。動物皮圖案意味皮與肉分開。魚必須活在水中才能維持生命，水就像防護魚的城牆，但魚也像被水囚禁。

　　金屬邊緣加固容器的邊緣，其功能就像眼睛上方的眉毛。

河谷	*eenet*	**vallée**	*ỉnt*

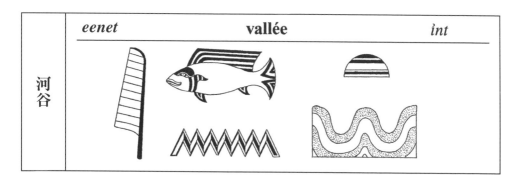

動物皮	*eenem*	**peau**	*ỉnm*

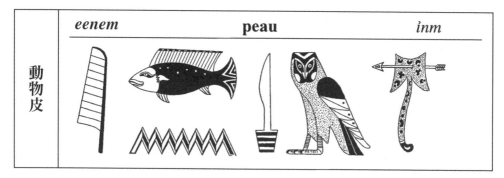

牆	*eeneb*	**mur**	*ỉnb*

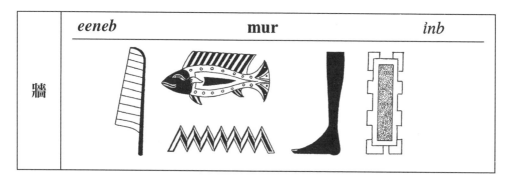

圍繞，發展	*eeneh*	**entourer ; développer**	*ỉnḥ*

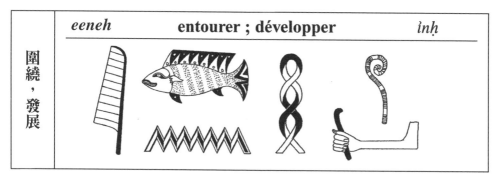

eer　　　　　　　　　　　　　　　　　　　　　　*ir*

雙音符號：人的眼睛圖案。「眼睛」的表意符號。

語音和寫法

發音：蘆葦穗，嘴巴。

1. **eeret** —— **眼睛**。限定詞為一條直線，強調眼睛符號的本義。

2. **eeree** —— **做，製作，創造，產生，建造等**，沒有限定詞。

3. **eertyoo** —— **藍色的**。限定詞：沙粒或有色的礦石，表示複數形的直線。

4. **eeret** —— **奶**。限定詞：奶瓶。

5. **eeret em eeret** —— **以眼還眼**。限定詞：一條直線符號。

語義

　　眼睛是最重要的感覺器官，也能傳遞出感情、力量。眼睛在日常生活中扮演不可或缺的角色。可以涵蓋所有活動的基本動詞「做」，以及五花八門的相關單字（例如產生、生出）都用到眼睛符號，恰恰是合情合理。母親生下嬰兒後開始泌乳，因此奶寫為eeret。

　　若干場合需要藍色的亞麻布。亞麻布是包裹屍體的布，它和「悲悼」、「悲痛不已」這個動詞有關。

　　「以眼還眼」這個單字的寫法完全表達出字義。

眼睛	*eeret* **œil** *ìrt* 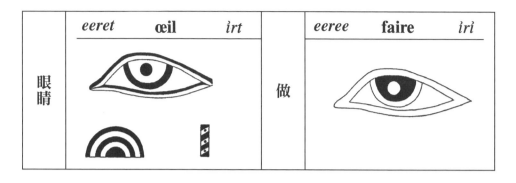	做	*eeree* **faire** *ìrì*

藍色的

eertyoo **bleu** *ìrtyw*

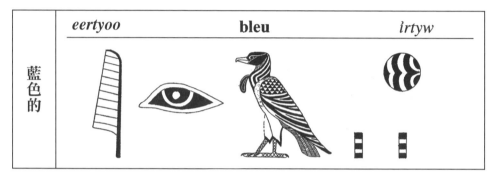

奶

eeret **lait** *ìrt*

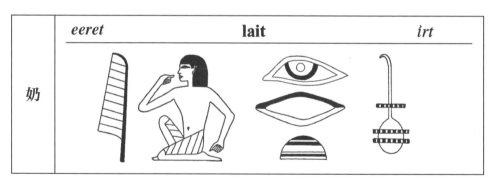

以眼還眼

eeret em eeret **œil pour œil** *ìrt m ìrt*

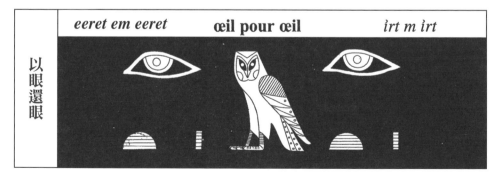

ees　　　　　　　　　　　　　　　　　*is*

雙音符號：蘆葦束。

語音和書寫

發音：蘆葦，披掛在椅背的布（或門閂）。

1. **eesoot** —— **全體人員（船員，工作人員），隊伍（軍隊）。**限定詞：男性圖案。

2. **eesoo** —— **蘆葦。**限定詞：植物圖案，代表複數形的三條直線。

3. **ees** —— **墳墓；會議室。**限定詞：房屋圖案。

4. **eesoot** —— **從前，昔日。**限定詞竟然是植物圖案。

語義

　　用到本符號的單字包含以下意涵：任何被束縛的、有界限的、聚集在一起的、封閉的事物，身體，全體人員，藺草叢，行政機關，大臣。

　　墳墓這種建築物也有界線，也是聚集的，ees 若換上不同的限定詞，則是王宮的意思（陰性名詞）。

　　社會的傳統習俗和其他事物往往是從很久以前、從古老時代沿襲相傳而來。老舊的東西可能是磨損的，老年、衰弱、緩慢（比喻性）等等也屬於同個語義範疇。

全體人員	*eesoot*	**équipage**	*iśwt*

蘆葦	*eesoo*	**roseaux**	*iśw*

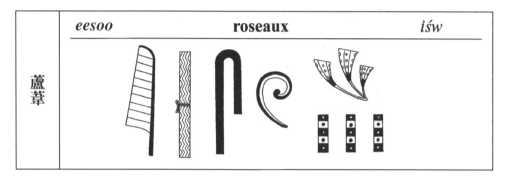

墳墓	*ees*	**tombe**	*is*

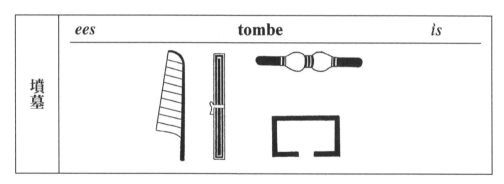

昔日	*eesoot*	**temps anciens**	*iśwt*

137

yoo 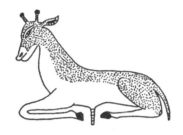 *iw*

雙音符號：剛生下來的羚羊（還帶著臍帶）。「牲畜」的表意符號。

語音和寫法

發音：蘆葦穗，鵪鶉。

1. **yoonen** —— **聖壇**。限定詞：房屋圖案。
2. **yooaht** —— **遺產，繼承的財產**。限定詞有三個：附著肉的牛腿骨，莎草紙卷軸（抽象概念符號），代表複數形的三條直線。牛腿骨圖案也是表音符號，發音為 iouâ。
3. **yoosoo** —— **天秤**。限定詞：樹枝；也可用天秤圖案。
4. **yoohoo** —— **氾濫**。限定詞：三個水波符號構成的水圖像。

語義

　　這一頁介紹的字詞都有正面的語義關聯，遺產 yooaht 這個字的寫法最值得玩味。該單字也可指稱男繼承人或女繼承人，不需加限定詞，或以代表抽象概念的莎草紙卷軸放在字尾。繼承的財產必須先經過秤重和估價，而尼羅河氾濫為埃及帶來穀物財富。至於聖壇，它與其他三個字的關聯似乎較偏語音性，當然聖殿裡也貯藏了各式各樣財寶。

　　使用這個羚羊符號的單字還包含：哭（氾濫的衍生字）、痛哭者、沾濕、灌溉、滲透。另外，還有傷害、帶給某人重擔、一盤肉、報答四條腿的動物等等單字。

聖壇	*yoonen*	**sanctuaire**	*iwnn*

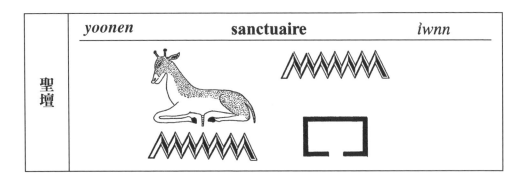

遺產，繼承的財產	*yooaht*	**héritage, patrimoine**	*iw^ct*

天秤	*yoosoo*	**balance**	*iwśw*

氾濫	*yoohoo*	**inondation**	*iwḥw*

ka *k3*

雙音符號：手肘彎曲的雙臂。「卡」（Ka）的表意符號。

語音和寫法

發音：簍筐，埃及禿鷲。

1. **ka** ── **人的精神性存在體**，人的生殖能力、本質和生命力。限定詞：一條直線，用以強調符號本義。

2. **kar(i)** ── **神廟，祠堂**。限定詞：祠堂圖像。

3. **ka** ── **公牛**。限定詞：公牛圖案和陰莖圖案。

4. **ka-oo** ── **水果，無花果**。限定詞：陰莖圖案，水果圖案，代表複數形的三條直線。

5. **kat** ── **女性生殖器官**。限定詞：母牛的子宮符號。

6. **kat** ── **工作，建造**。限定詞：頭頂簍筐的男性。

7. **kahm(oo)** ── **花園**。限定詞：運河圖案，一條直線。

語義

　　這七個單字之間有明顯的語義關聯。「卡」為人的雙重生命力，在人死後，只要通過儀式就能將它從肉體中喚出，它跟naos（神龕）這個字屬於同個語義範疇。公牛是人的生命力「卡」的另一面向。公牛的生殖能力、生長於花園裡的水果和受到灌溉的土地都有性的意涵。kat（女性生殖器官）這個單字直接以母牛子宮圖案為限定詞。換上不同的限定詞，kat就成了動詞，為工作、建造等等的意思。

生命力	*ka* force vitale de l'être *k3* 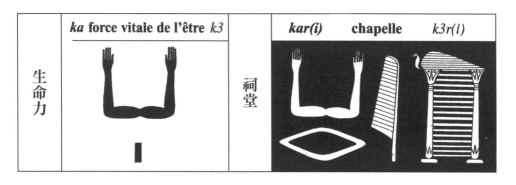	祠堂	*kar(i)* chapelle *k3r(i)*

公牛	*ka* taureau *k3*	埃及無花果樹的果實	*ka-oo* les figues du sycomore *k3w*

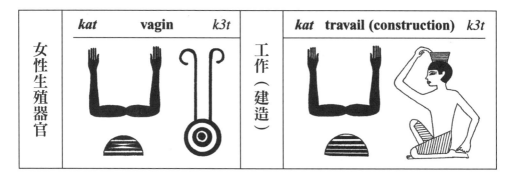

女性生殖器官	*kat* vagin *k3t*	工作（建造）	*kat* travail (construction) *k3t*

花園	*kahm(oo)* **jardin** *k3m(w)*

kem  *km*

雙音符號：鱷魚皮（或是鱷魚爪子？）的一部分。

語音和寫法

發音：簣筐，貓頭鷹。

1. **kemet** —— **黑色土地＝埃及**。限定詞：具有交叉路口的城鎮俯瞰圖形。
2. **kemet** —— **埃及人**。限定詞：男性圖案，女性圖案，代表複數形的三條直線。
3. **kemeet** —— **結論（書寫，書）**。限定詞：莎草紙書扣。
4. **kemi** —— **完成，做完，達成**。限定詞：莎草紙卷軸（抽象概念符號）。

語義

　　這個符號最先用於「盾牌」ikem這個單字，因此很容易理解字義跟鱷魚的關聯。至於它為什麼成為表示黑色的符號，仍然是個謎。任何與黑色有關的單字，即使是稍微沾上邊，都用到kem這個符號，比如埃及的肥沃土壤（近乎黑色）。那些黑土裡充滿著微小生命體，生命魔法在其中運行。這個單字來自古埃及人的獨特觀點。黑色土地kemet與沙漠desheret的黃紅色土地截然相反。可耕種土地上的居民稱為Kemet或kemetyoo。

　　文書是以黑色墨水寫成，寫下結論便完成了作品。本頁的後兩個單字屬於同個語義範疇。

埃及	*kemet*	**l'Égypte**	*ḳmt*

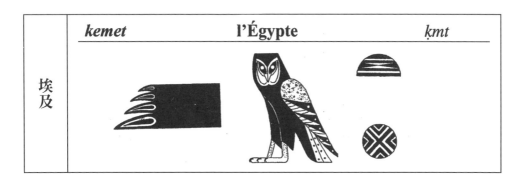

埃及人	*kemet*	**les Égyptiens**	*ḳmt*

結論	*kemeet*	**conclusion**	*ḳmyt*

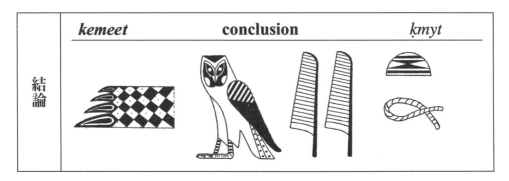

合計，完成	*kemi*	**totaliser, compléter**	*ḳmỉ*

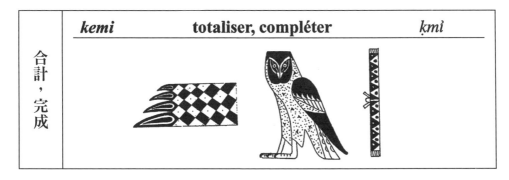

ked

kd

雙音符號：一個用途不明的工具，可能為木製，用於建築工程（製作磚塊時所使用的工具？）。也有人認為它可能是穀物量器或是陶器工匠所使用的抹刀（我們持此觀點）。這個圖案也是表意符號。

語音和寫法

發音：沙丘，人手。

1. **ked** —— **睡覺，睡眠。**限定詞：眼睛圖案。

2. **ked** —— **建造，建設，鑄造，製造。**限定詞：建造牆壁的男性圖像。

3. **kedoot** —— **速寫，素描，繪畫。**限定詞：莎草紙卷軸（抽象概念符號），三條直線代表複數形。

4. **ked** —— **建造者，陶匠，石匠。**最古時的寫法無須限定詞。這裡使用男性圖像為限定詞。

語義

　　這個看不出用途的象形符號很可能是普通工具，我們認為它用於抹平陶土，或製作磚塊時的塑形，或用陶輪拉坯製陶。現今的陶器工匠還使用同樣的方法和類似器具。ked陶匠這個單字即有這個符號。陶匠是非常重要的字彙，金字塔內部刻畫的象形文字常有它，而且不帶限定詞。

　　速寫的藝術家正是「描繪、調整象形文字的書記」—— sech kedoot。

　　以這個符號為字根的許多單字有相近的語義，例如：創造生命、造物（神的作為），創造職務、頭銜（國王的作為），創造習俗（社會的作為）。

　　做了各種活動之後，就到了一天睡覺的時間。古埃及人認為，夢也是一種創造（儘管是非實質的），而只有睡著之後才能做夢。

睡覺	*ked*　　　　　　dormir　　　　　　*ḳd* 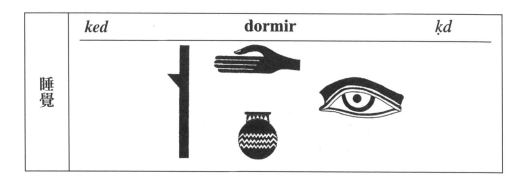

建造，建設	*ked*　　construction, construire　　*ḳd* 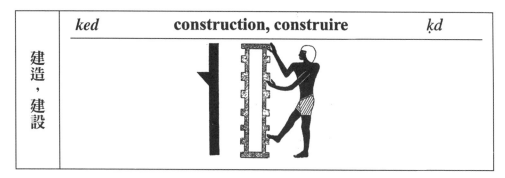

速寫，素描	*kedoot*　　　dessins　　　*ḳdwt* 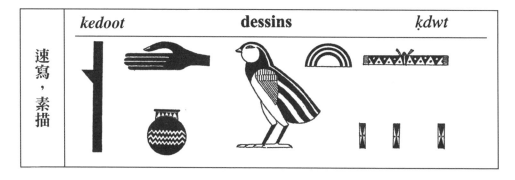

建造者	*ked*　　　constructeur　　　*ḳd* 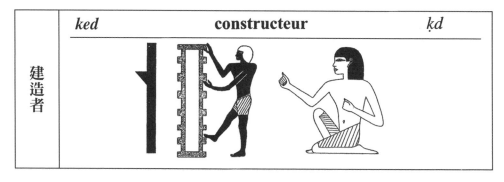

145

kes

$k\acute{s}$

雙音符號：骨製魚叉。此符號也可作為限定詞，用於任何骨製物品和相關單字。
「骨頭」的表意符號。

語音和寫法

發音：沙丘，披掛在椅背的布。

基於不明的原因，少數幾個單字裡的骨製魚叉符號讀作 gen，而不是 kes。我們認為這是翻譯的人將僧侶體寫法的樹枝符號 genoo 誤當為這個魚叉符號。

1. **kes** —— **骨頭**。無限定詞，只有一條直線用以強調魚叉符號的本身意義。

2. **kesenet** —— **壞事，痛苦，悲痛，煩惱，困難**。限定詞：惡兆鳥（麻雀）。

3. **kesen** —— **痛苦的，令人煩惱的，困難的，危險的，殘暴的，邪惡的**。限定詞：麻雀圖案。

4. **kezen** —— **痛苦的情況，受苦，煩惱，危險**。限定詞：骨製魚叉符號。

語義

　　所有與骨頭相關的單字都含有這個雙音符號。魚叉是用來攻擊、傷害、造成疼痛，最後致死，此符號也是以下單字的限定詞：石棺、埋葬、葬禮、喪葬儀式用具。

　　這個符號讀作 gen 的單字有：genoot（檔案文件或紀事錄），genooty（雕刻師）。

骨頭	*kes*	**os**	*ḳś*

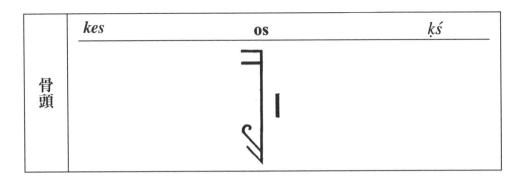

痛苦，困難	*kesenet*	**peine, douleur**	*ḳśnt*

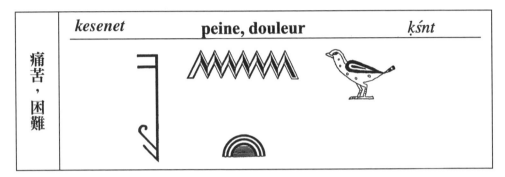

痛苦的	*kesen*	**douloureux**	*ḳśn*

痛苦的情況、危險	*kezen*	**état, situation pénible**	*ḳsn*

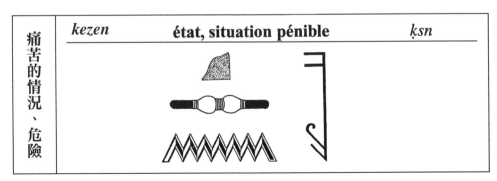

147

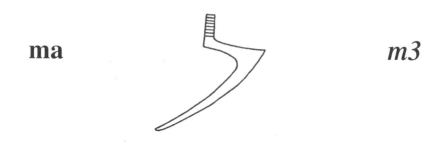

ma   *m3*

雙音符號：鐮刀。船尾（有時是船首）的表意符號，因其形狀似鐮刀。

語音和寫法

發音：貓頭鷹，埃及禿鷲。

1. **ma-a** ── **看，注視，注意，發現；視覺。** 限定詞：眼睛圖案（但在此置於字首）。

2. **ma-aht** ── **真理，正義，秩序。** 限定詞：代表瑪亞特女神的羽毛圖案，莎草紙卷軸（抽象概念符號）。

3. **ma-ah-kheroo** ── **公正的聲音＝說出真相的人，正當的，有理的，勝利的。** 限定詞：把手放在嘴邊的男性圖像。

4. **ma-ee** ── **獅子。** 限定詞：獅子圖案。

語義

　　弓和儀式船的特殊形狀都令人聯想到鐮刀。由於語音理由，它後來成為任何有視覺、真相、真理意涵（包含比喻性的）的單字字根。Maat 瑪亞特為主掌宇宙萬物平衡秩序的女神。古人死後到歐西里斯的審判大廳接受審判時，死者的心臟和瑪亞特女神的羽毛同時放在天平的兩端：如果兩邊一樣重，即證明死者是未犯過的，他便可獲得永生。用到此符號的單字還包括：引導、指揮、陽光等等。

　　獅子 ma-ee 和母獅 ma-eet 也以此符號為字首，這是基於語音理由。

看，注視	*ma-a*	**voir, regarder**	*m33*

真理，正義	*ma-aht*	**vérité, justice**	*m3ᶜt*

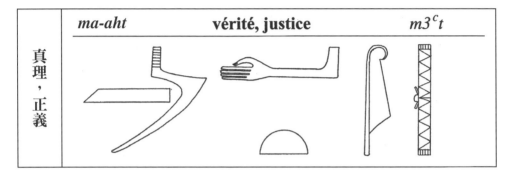

正當的、有理的、未犯過的	*ma-ah-kheroo*	**justifié**	*m3ᶜ-ḫrw*

獅子	*ma-ee*	**lion**	*m3ỉ*

meh  *mḥ*

雙音符號：鞭子。「手臂」的表意符號。

語音和寫法

發音：貓頭鷹，燈芯。

1. **mehoo** —— **下埃及沼澤濕地，北方的黑土之地**。限定詞：紙莎草植物。
2. **mehy** —— **守護者**。限定詞：手持刀子的男性圖案。
3. **meh** —— **握住，抓住**。限定詞：拿著棍棒的手。
4. **meh-eeb** —— **自信的，字面意義為將心填滿**。限定詞：莎草紙卷軸（抽象概念符號）。
5. **Meheneet** —— **盤繞之物；眼鏡蛇女神麥里特**，也指神祇和國王頭上的蛇形標誌。限定詞：蛇圖案。

語義

　　使用這個雙音符號的單字分為幾類主要意涵。第一類取此符號代表手臂的意思，在古埃及，手臂可作為長度測量單位，即為：腕尺（cubit）。手可抓取或握住東西，而守護者的手裡必須拿著武器。「自信」這個單字和水流、洪水（meheet）屬於相同語義範疇，字面意義是以各種點子和感受「填滿」心臟。荷魯斯（Horus）的左眼為月亮之眼，「填滿」才是圓滿的滿月。「盤繞」這個字及蛇形標誌也許令人聯想到水波律動的紋路。

　　最後來談一下埃及這個字。環繞尼羅河三角洲的沼澤濕地和平原位於埃及北部。在那裡茂盛生長的植物是什麼？是紙莎草。

下埃及沼澤	*mehoo*	Basse-Égypte	*mḥw*

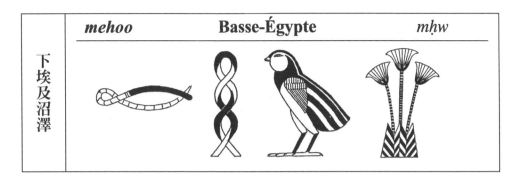

守護者	*mehy*	gardien	*mḥy*

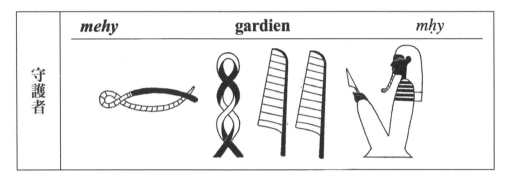

握住	*meh* tenir *mḥ*	*meh-eeb* confident *mḥ-ib* 自信的

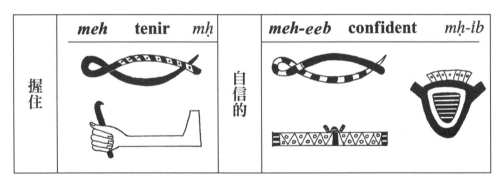

麥里特（女神）	*Meheneet*	Mehenyt (déesse)	*Mḥnyt*

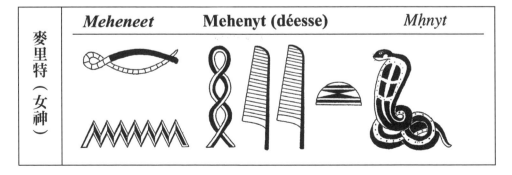

mee  *mì*

雙音符號：繩子繫住的牛奶瓶。

語音和寫法

發音：貓頭鷹，蘆葦穗。

1. **meen** —— **今天，現在**。限定詞：太陽符號。

2. **meow** —— **貓，雄貓**。限定詞：貓或哺乳動物的皮。

3. **mee** —— **金屬戒指**。限定詞：一條直線，代表複數形的三條直線，坩堝（或陶窯），戒指圖案。

4. **semee** —— **報告，傳達，抱怨，宣布，宣告，控訴；接受**。限定詞：把手放到嘴邊的男性。

語義

　　mee符號代表「就像」、「相當於」的意思，所有相同語義範疇的單字都使用了這個圖案。因此，「今天」等同於當日的陽光，也是「現在的」。「貓」這個單字的讀音恰恰是該種動物的叫聲（顯然近似擬聲字）。報告是忠實記錄一個時段發生的事件。

　　mee為金屬戒指，它和本頁的另三個單字幾乎沒有語義上的關聯。與液體有關的單字，像是「果汁」、「飲料」等字，也用到這個牛奶瓶符號。

今天	*meen*	**aujourd'hui**	*mìn*

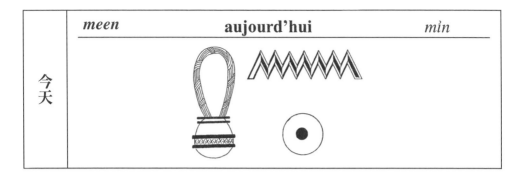

貓	*meow*	**chat**	*mìw*

金屬戒指	*mee*	**bague de métal**	*mì*

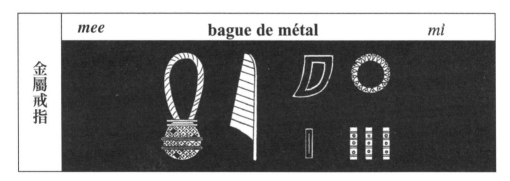

報告，帶回	*semee*	**rapport, rapporter**	*śmì*

153

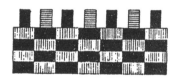

men　　　　　　　　　　　　　　　　　　*mn*

雙音符號：從上方和側面角度呈現的棋盤和棋子。menet＝遊戲（棋盤）的表意符號。

語音和書寫

發音：貓頭鷹，水波。

1. **Men-nefer** —— **孟菲斯**。限定詞：金字塔圖案，具有交叉路口的城鎮俯瞰圖形。
2. **Men-kaow-Ra** —— **孟卡拉（麥西里努斯，Mycerinus）**。限定詞：象形繭。
3. **menoo** —— **紀念物**。限定詞：無，僅有代表複數形的圖案。
4. **men-hedj** —— **書記的石板**。限定詞：書記的石板和筆記用具圖形。

語義

　　這個雙音符號最主要的意涵為強壯的、穩定的、持久的等等，但運用到它的單字字義廣泛，彼此之間不必然有語義上的關聯。孟菲斯城能夠長久存續下來是由於紀念物（特別是金字塔）的存在，例如孟卡拉金字塔和神廟等建築。書記的石板則屬於另一個語義範疇。運用此符號的單字相當多，差別只在音素組合和限定詞不同，比如：蒙圖神（Menthu）的名字、哈索爾女神的項鍊（meneet）、奶媽（menaht，它和meneet顯然有語義關聯，因為哈索爾女神有母牛的形象），還有：扇子、疾病。這些單字之間可不是八竿子打不著關係嗎？

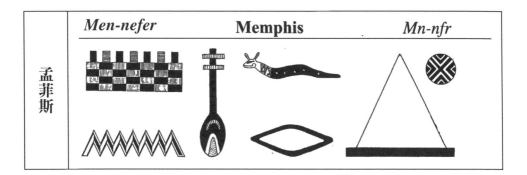

| 孟菲斯 | *Men-nefer* | **Memphis** | *Mn-nfr* |

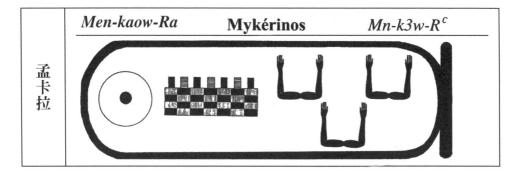

| 孟卡拉 | *Men-kaow-Ra* | **Mykérinos** | *Mn-k3w-R^c* |

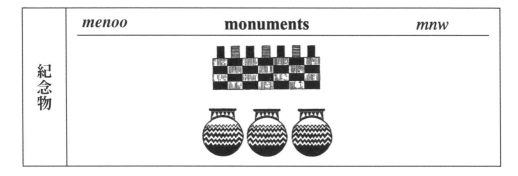

| 紀念物 | *menoo* | **monuments** | *mnw* |

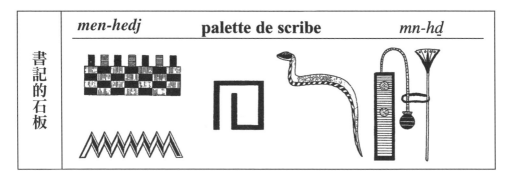

| 書記的石板 | *men-hedj* | **palette de scribe** | *mn-ḥḏ* |

mer　　　　　　　　　　　　　　　　　　　　*mr*

雙音符號：鑿子，一種鐫刻工具。

語音和寫法

發音：貓頭鷹，嘴巴。

1. **mer** —— **金字塔。**限定詞：金字塔圖案。
2. **semeroo** —— **朋友，宮廷官銜，大臣。**限定詞：貴族男性圖案，代表複數形的三條直線。
3. **mer** —— **賽特（Set）標記。**限定詞：賽特神圖像。
4. **meret** —— **疾病，痛苦。**限定詞：惡兆鳥（麻雀）圖案。

語義

　　金字塔的鐫刻工匠使用鑿子相當合理。不過，「大臣」這個單字，使用mer的另一個表音符號 —— 鋤頭圖案似乎更合乎字義。

　　鑿子用於鑿刻石頭固然是非常好的工具，但是刺入活生生動物的肉裡肯定帶來疼痛！因此不意外的是，用到這個符號的單字包含：生病、疾病、痛苦、受苦等等。金字塔既是作為墳墓之用，含有鑿子符號的單字也有悲痛的意涵，例如：死者守護神奈芙蒂斯（Nephthys）——「哀悼歐西里斯的人」；會吐火、焚燒所經之路的蛇女神。賽特神的標記有鑿子符號當然不足為奇。

金字塔	*meroot*	**pyramide**	*mr*

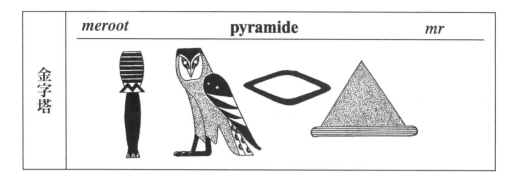

大臣	*ta mery*	**courtisans**	*t3 mry*

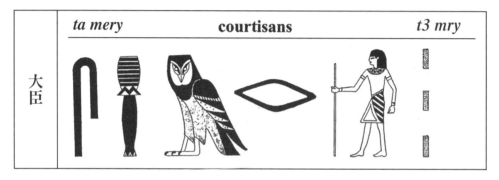

賽特標記	*meri*	**épithète de Seth**	*mri*

疾病，痛苦	*mer*	**maladie, douleur**	*mr*

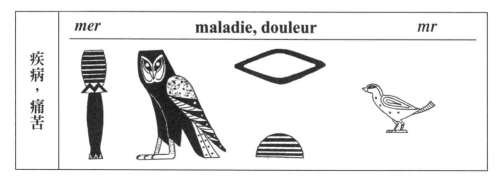

mer *mr*

雙音符號：木犁（倒過來的）。「鋤頭」的表意符號。

語音和寫法

發音：貓頭鷹，嘴巴。

1. **meroot** —— **愛**。限定詞：把手放到嘴邊的男性。
2. **ta mery** —— **受珍愛的土地＝埃及**。限定詞：城鎮俯瞰圖形，拔除葉子的椰棗葉柄與嘴巴圖案（它也是 ri 的表音符號）。
3. **meri** —— **愛，渴望，希望**。限定詞：把手放到嘴邊的男性。
4. **mer** —— **奶罐**。限定詞：瓶子圖案。

語義

　　此雙音符號 mer 為鋤頭圖形（也參考前一個同音符號的鑿子圖形），含有此符號的單字語義相當多元，而且大致都是正面的意思。其中「愛」、「被愛」、「受珍愛的」及「受珍愛的土地（埃及）」幾個單字最廣為人知。

　　奶罐跟食物、化妝品屬於同個語義範疇，例如：糕點、菜、油料、香膏、脂肪等等。從「香膏」這個單字可轉換到死亡相關的詞彙，像是：死亡、木乃伊製作、腐化、亞麻布繃帶（裹屍布）。此 mer 符號也跟儀式有關：神廟裡唱頌神讚歌的歌手是 meret，他們的守護神為麥爾特女神（Meret）。

愛	*meroot*	amour	*mr*

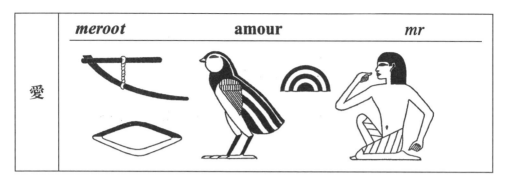

受珍愛的土地＝埃及	*ta mery*	terre aimée : Égypte	*t3 mry*

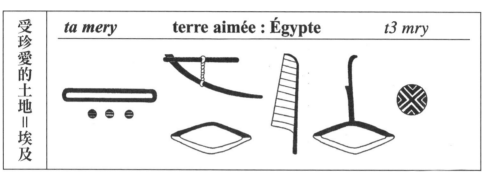

去愛	*meri*	aimer	*mrỉ*

奶罐	*mer*	jarre	*mr*

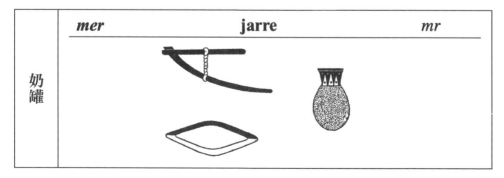

mes　　　　　　　　　　　　　　　　　　*mś*

雙音符號：三塊集中在一起的狐狸皮（或胡狼皮）；也像兜襠布？丁字帶？狐狸皮
　　　　物品的表意符號。

語音和寫法

發音：貓頭鷹，披掛在椅背的布。

1. **mesoot** —— **出生。**限定詞：生產的女性圖案。
2. **meses** —— **衣服，罩衫。**限定詞：繩結圖案。
3. **mesdjer** —— **耳朵。**限定詞：牛耳圖案。
4. **mestepet** —— **靈柩臺，可搬運的聖壇（神龕）。**限定詞：樹枝圖案或神龕放在拖板上
　　的圖案。

語義

　　許多與出生、後代、孩子和生產有關的單字都含有這個雙音符號。任何帶子、結飾
或作為覆蓋物的物品，其寫法都有這個不尋常的符號。

　　神祇或天界的事物若與生產有關，也用到這個符號，梅絲赫奈特（Meskhenet）為
生育女神。與出生相對的另一端為死者躺臥的靈柩臺。扛出神祇雕像來遊行時使用的
神龕，其單字寫法也有這個符號。Mesekhtyoo為北斗七星，meseket為銀河。

　　耳朵這個單字也有狐狸皮符號又是怎麼回事？這個字詞多出現在婦幼醫學文書或法
術咒語當中。

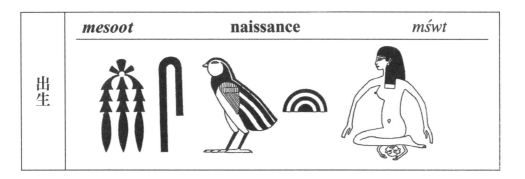

出生 | *mesoot* — naissance — *mśwt*

罩衫 | *meses* — tunique — *mśś*

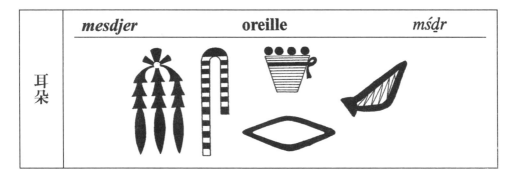

耳朵 | *mesdjer* — oreille — *mśḏr*

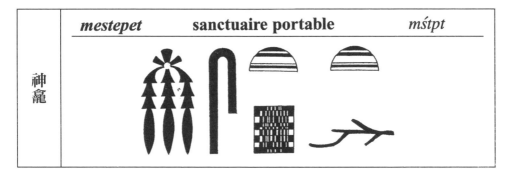

神龕 | *mestepet* — sanctuaire portable — *mśtpt*

met   mt

雙音符號：男性生殖器官。

語音和書寫

發音：貓頭鷹，麵包。

1. **metmet** —— **討論（動、名詞）**。限定詞：耳朵符號，把手放在嘴邊的男性圖案。

2. **metet** —— **正確的、準確的時刻（正午）**。限定詞：太陽符號，一條直線。

3. **meteroo** —— **證人，證明，文件**。限定詞：手指圖案，把手放在嘴邊的男性。

4. **mety-haty-eeb** —— **勇敢的，有膽量的（擁有強健的心）**。限定詞：代表複數形的三條直線。

語義

　　陰莖圖案這個象形符號可用於幾種語義的詞彙：

◆ 在前面的，靠近的。

◆ 男子氣概，陰莖，男人，勇氣，兒子（比喻意涵）。

◆ 液體的流動（蛇毒；河流氾濫），聲音或話聲（證人）。

◆ 用來傳送空氣或液體的管子形狀器官。

◆ 精準，準確，直接。

◆ 聲譽，報酬。

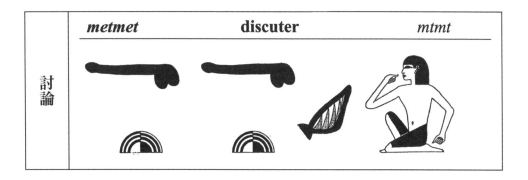

討論 | *metmet* | **discuter** | *mtmt*

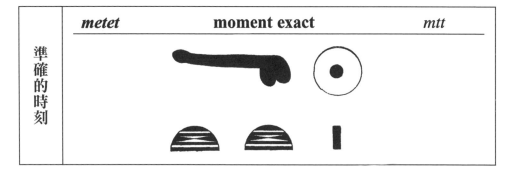

準確的時刻 | *metet* | **moment exact** | *mtt*

證人 | *meteroo* | **témoins** | *mtrw*

勇敢的，有膽量的 | *mety-haty-eeb* | **valeureux, courageux** | *mty-ḥ3ty-ib*

moo  *mw*

雙音符號：三個波浪圖案。水的表意符號。

語音和書寫

發音：貓頭鷹，鵪鶉。

1. **moo-oo** —— **儀式舞者**。限定詞：跳舞的男性。

2. **moo** —— **水，精液，任何人體體液**。限定詞：無。此字也是表意符號。

3. **moo-n(oo)-pet** —— 雨水：**字面意義為天堂來的水**。限定詞：天空圖案。

4. **moo-(n)-Ooseer** —— **歐西里斯的精液**。限定詞：木乃伊圖像。

語義

　　水是造物的奇蹟，它有很多比喻性用法。純淨的水為新年開始這一天的尼羅河漲水，新年也是「父親們和母親們」（神祇們，特別是歐西里斯）從鄉村回來的時候。

　　水可以來自天堂：埃及當地的降雨極少，但可以是猛烈的暴雨。

　　每年夏季的尼羅河氾濫象徵著新生。在葬禮過程中，moo-oo（舞者）再現歐西里斯重生復活的儀式。

儀式舞者	*moo-oo*	**danseurs rituels**	*mww*

水	*moo*	**eau**	*mw*

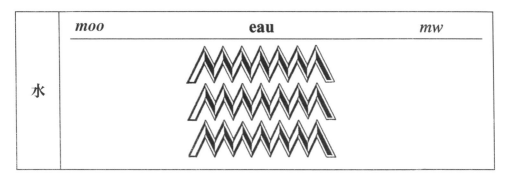

天堂來的水，雨水	*moo-n(oo)-pet*	**eau du ciel : pluie**	*mw-n(w)-pt*

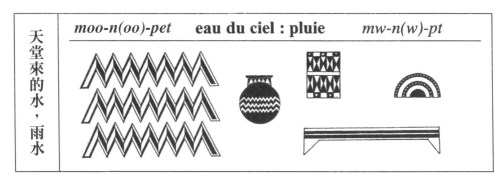

歐西里斯的精液	*moo-(n)-Ooseer*	**essence, semence d'Osiris**	*mw-(n)-Wśîr*

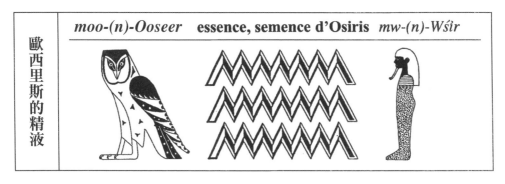

neb  *nb*

雙音節符號：柳條編織的簍筐圖案。作為表意符號時，為統治者、主人之意。

語音和書寫

發音：水波，人腳。

1. **nebty** —— **上下埃及主人（禿鷲女神和眼鏡蛇女神）**。無限定詞。
2. **neb-er-djer** —— **萬物（宇宙）的統治者**。限定詞：神祇圖案。
3. **neb ahnkh** —— **生命的主人＝石棺的婉轉說法**。
4. **neb** —— **統治者，主人**。限定詞：一條直線（以強調符號的本身意義）。

語義

你可能會納悶，為什麼簍筐這樣的普通物品可作為符號，出現在意涵如此崇高的詞彙裡。以我們之見，這是基於語音理由。不過，石棺確實有「容器」的意涵，容器為「完整的整體」，與神、女神，甚至是國王的特性相得益彰。

禿鷲女神和眼鏡神女神各自棲息在簍筐上，祂們統轄一切。上埃及的禿鷲女神奈赫貝特（Nekhbet），下埃及的眼鏡蛇女神烏托（Uto）（亦稱瓦吉特），此雙女神名為埃及王名的的第三個稱號，代表紅冠與白冠，雙重王冠（pa-sekhemty，希臘文轉譯為pschent）的力量。

雙女神	*nebty*	les deux maîtresses	*nbty*

宇宙的統治者	*neb-er-djer*	le maître de l'univers	*nb-r-ḏr*

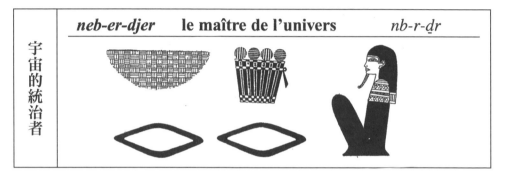

石棺	*neb ahnkh*	sarcophage	*nb ᶜnḫ*

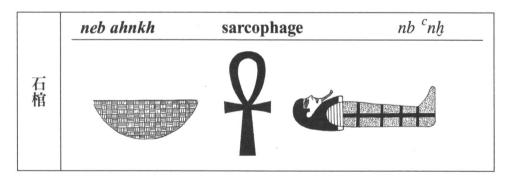

統治者，主人	*neb*	maître, seigneur	*nb*

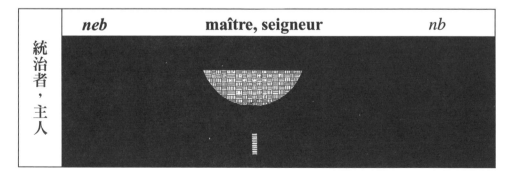

neb  *nb*

雙音符號：黃金或串珠項鍊。「項鍊」、「純金」的表意符號；也作為純金、銀的限定詞。

語音和寫法

發音：水波，人腳。

1. **Nebeet** ── **翁布城，現稱為考姆翁布**。限定詞：城鎮俯瞰圖形。
2. **neboo** ── **黃金**。限定詞：熔化的金塊，表示複數形的三條直線。
3. **neboo** ── **豐饒之神哈索爾**。限定詞：神聖的毒蛇。
4. **nebeet** ── **黃金項鍊**。限定詞：無。
5. **nebi** ── **鍛造金屬，澆注於模子裡**。限定詞：進行冶金的男性。

語義

　　由於符號的本義，運用它的單字不多。有此符號的日常生活單字，包括任何以貴重金屬（金、銀、琥珀、天然白金等等）所製作的東西，鍛造金屬的技術，以及任何貴重金屬冶煉而成的產品。國王的寶物都貯存於「金之屋」和「銀之屋」。

　　神祇的肉是黃金，祂們的骨頭是銀；太陽發散金色光線；陽光是天堂的黃金。

　　翁布城為賽特神的主要信仰中心，那裡有賽特神聖殿。

　　國王王名的第二個稱號為「黃金荷魯斯」。

翁布城	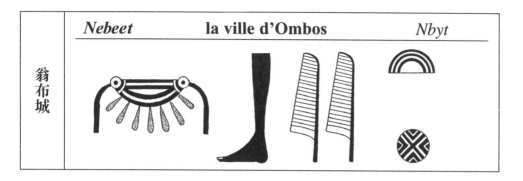 *Nebeet* la ville d'Ombos *Nbyt*

黃金	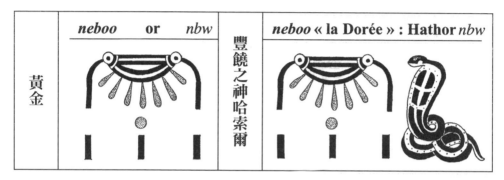 *neboo* **or** *nbw* 豐饒之神哈索爾 *neboo* « la Dorée » : Hathor *nbw*

黃金項鍊	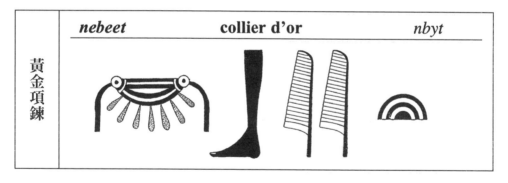 *nebeet* collier d'or *nbyt*

鍛造金屬	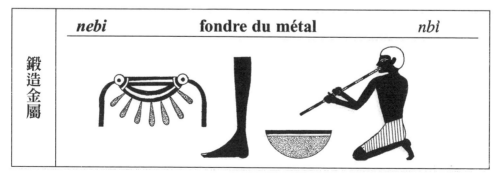 *nebi* fondre du métal *nbỉ*

169

nedj　　　　　　　　　　　　　　　　　　　*nd̲*

雙音符號：不確定畫的是什麼：風車或一種工具？

語音和寫法

發音：水波，眼鏡蛇。

1. **nedjnedj** —— **徵求忠告，問，詢問。**限定詞：把手放在嘴邊的男性。
2. **nedj** —— **請教，尋找情報，查問消息。**限定詞：把手放在嘴邊的男性。
3. **nedj** —— **a.磨穀，摩擦，磨碎，攪拌；b.保護，拯救某個人。**限定詞：都是拿著棍棒的手。
4. **nedj-r** —— **徵求某人的忠告。**限定詞：一條直線。
5. **nedj-her** —— **問候；表示敬意；表達尊敬；贈送禮物或捐贈。**限定詞：莎草紙卷軸（抽象概念符號）。

語義

　　此象形符號的第一種語義為研磨穀物，磨石和研磨工人是同樣的發音和寫法。麵粉是食物，因此被放入嘴中。詢問、找資訊、餵養心靈，這些單字在語義或比喻意思上與磨石有相關性。

　　拿著棍棒的手有保護的意涵。接受忠告、接受餵養和接受保護的人，必須對忠告者、餵養者和保護者表示尊重和禮貌，nedj為「保護」，nedj-her為「表示敬意」。

詢問	*nedjnedj*	s'informer	*nḏnḏ*

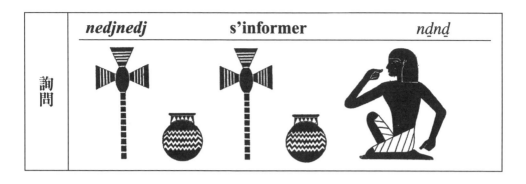

請教	*nedj*	consulter	*nḏ*

磨穀，保護	*nedj* protéger ; moudre *nḏ*	徵詢忠告	*nedj-r* demander conseil *nḏ-r*

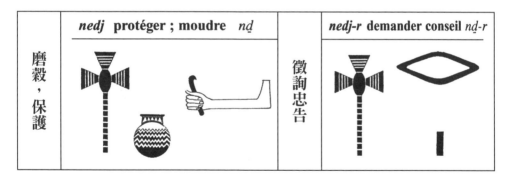

表示敬意，贈送禮物	*nedj-her*	hommages ; dons	*nḏ-ḥr*

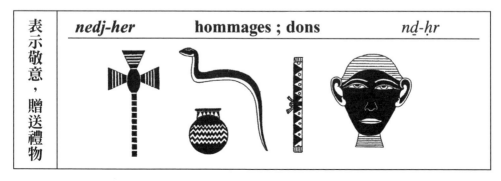

neh

nḥ

雙音符號：珠雞（numida m. meleagris）。

語音和寫法

發音：水波，燈芯。

1. **neheh** ── **永恆，永遠地**。限定詞：太陽符號。
2. **nehebet** ── **蓮花花苞**。限定詞：蓮花圖案。
3. **nehebet** ── **頸部，軛（用於人或獸，一種用木頭製造的梁）**。限定詞：肉片圖案。
4. **nehet** ── **祈禱，誓言**。限定詞：把手放在嘴邊的男性。

語義

永恆和象徵重生的蓮花之間不無關聯。

蓮花可彎折的莖可以被類比為人類和動物（特別是屠場裡被宰殺的那些動物）的頸子。牲畜的軛也有同樣的意涵。

「祈禱」和「誓言」則屬於不同的語義範疇，某些神祇，特別是有蛇護力量的蛇神，名字中也有此符號。埃及南邊的鄰國居民為Nehesy，即努比亞人。

neheh	éternité	*nḥḥ*

永恆

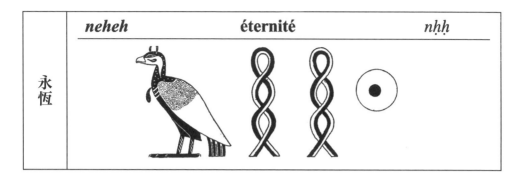

nehebet	bouton de lotus	*nḥbt*

蓮花花苞

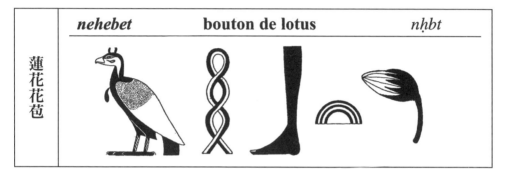

nehebet	cou	*nḥbt*

頸部

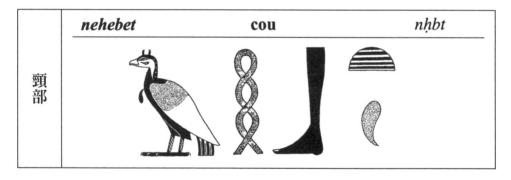

nehet	prière, vœu	*nḥt*

祈禱，誓言

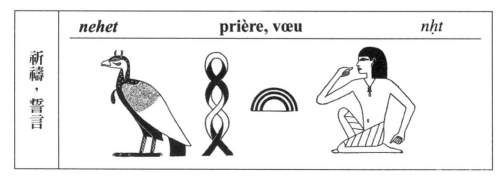

雙音符號：肉店的菜刀。刀子的表意符號。

語音和書寫

發音：水波，貓頭鷹。

1. nem —— **侏儒**。限定詞：侏儒圖案。

2. nemes —— **假髮，王家成員戴的頭飾，或神祇戴的頭飾**。限定詞：頭飾圖案。

3. nemnem —— **受到感動，發抖，打顫**。限定詞：行走中的雙腳。

4. nemah —— **躺下，睡著（也作比喻之用）**。限定詞：躺在床上的木乃伊圖像。

語義

　　這一頁介紹的單字之間並沒有明顯的語義關聯。使用此菜刀符號的單字包括有：因為恐懼顫抖的人，睡著（限定詞符號為木乃伊躺的柩床，以床來比喻睡覺）。nemes這個字指國王戴的頭飾，跟本頁其他單字相比，可見nemes一字裡的菜刀符號與其他符號等高，這是符合字首位置的寫法差異。

　　用到菜刀符號的單字裡，nemet是最接近該符號本義的字，為殺戮的意思（這頁未介紹）。

　　至於「侏儒」這個字，我們認為字裡的菜刀符號僅為語音作用。

侏儒	*nem*	nain	*nm*

王室成員戴的頭飾或神祇戴的頭飾	*nemes*	coiffe royale, divine	*nmś*

受到感動，發抖，打顫，	*nemnem*	se mouvoir ; trembler, frissonner	*nmnm*

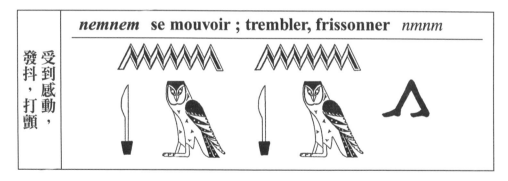

睡著	*nemah*	s'endormir	*nm^c*

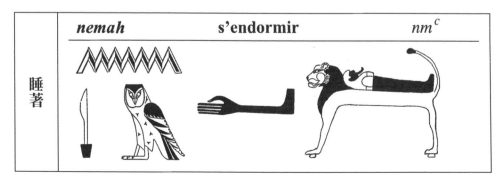

nen  *nn*

雙音符號：帶有葉子的兩根藺草。

語音和寫法

發音：兩個水波符號。

1. **neny** —— **疲倦，疲勞，遲鈍的**。限定詞：突然跪倒在地的男性。

2. **nenet** —— **水中天**。限定詞：顛倒的天空符號。

3. **nen** —— **這個，那個，這些，那些**。限定詞：無。

4. **nenyoo** —— **無生氣的人＝死者**。限定詞：突然跪倒在地的男性，「死亡」的表意符號，代表複數形的三條直線。

語義

　　除了指示性形容詞，以及希拉孔波利斯（Hierakonpolis）的古名Nenynesut以外，包含這個符號的單字大多與死亡有關。死亡之前身體的疲憊、精疲力盡、無精打采狀態，皆以「拖著一個人的腳」、「失去平衡」等詞彙來表達。生活步調悠閒時才能夠好整以暇「品嚐」液體，此單字裡的藺草符號正好呼應這種悠然的意涵。

疲勞	*neny*	être fatigué	*nny*

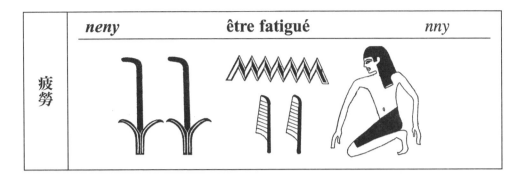

水中天	*nenet*	ciel inférieur	*nnt*

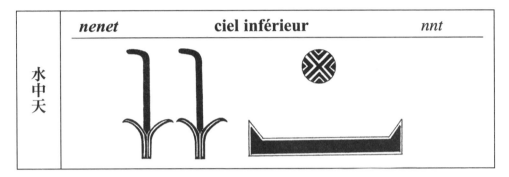

這個，這些	*nen*	ce, ces	*nn*

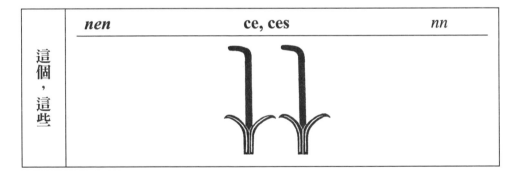

死者	*nenyoo*	les défunts	*nnyw*

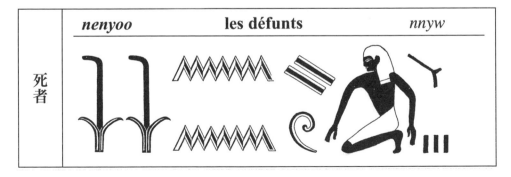

nes *nś*

雙音符號：舌頭的輪廓圖形。

語音和寫法

發音：水波，披掛在椅背的布。

1. **neser** —— **火焰**。限定詞：點亮的燈座符號。
2. **neset** —— **座椅，王座**。限定詞：立起瓶子的臺座符號。
3. **nes** —— **舌頭**。限定詞：肉片符號，一條直線。
4. **neseb** —— **舐、舔**。限定詞：把手放在嘴邊的男性。
5. **nesyoot** —— **手臂，標槍，長矛**。限定詞：金屬材質的坩堝，一條直線。

語義

　　這頁介紹的單字中，neset座椅似乎和其他單字屬於不同語義範疇。舌頭可以被比作刀子——言語可以傷人。標槍是透過人的手臂擲向遠處，字裡的舌頭符號可視為如刀子傷人。

　　古埃及人認為蛇會吐火；舌頭可用來比喻火焰。

　　至於舔這個單字，與舌頭的關聯顯而易見。

火焰	*neser* **flamme** *nśr* 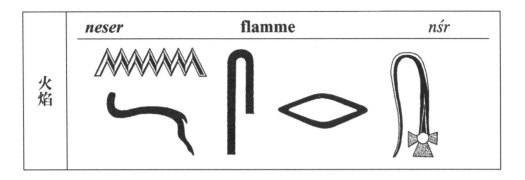

王座	*neset* **trône** *nśt*	舌頭	*nes* **langue** *nś*

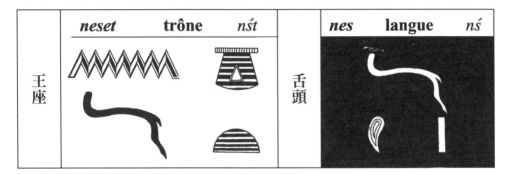

舐、舔	*neseb* **lécher** *nśb* 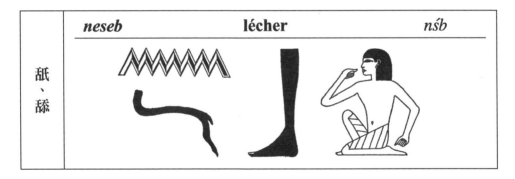

標槍	*nesyoot* **javeline** *nśywt* 

179

net  *nt*

雙音符號：兩枝弓箭從弓袋兩頭露出。表意符號，指涅伊特女神。

語音和寫法

發音：水波，麵包。

1. **Neith** —— **涅伊特女神**（母音 i 來自希臘語）。
2. **Netikrety** —— **尼托克麗斯，神聖崇拜者。**限定詞：崇拜者圖案。

語義

　　這個雙音符號只用於女神的名字，她是戰爭女神和未婚女性保護神。限定詞的圖像看起來像女法老尼托克麗斯，她擁有「阿蒙神妻」的頭銜。

Neith	**déesse Neith**	*Nt*

涅伊特女神

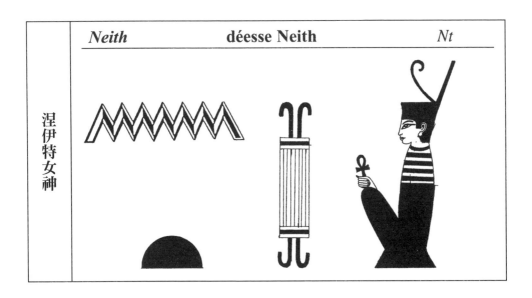

Netikrety	**Nitocris**	*Ntìḵrty*

尼托克麗斯

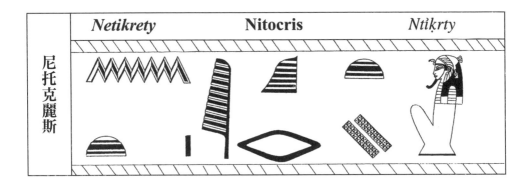

181

noo  *nw*

雙音符號：球形容器。作為表意符號時，指的是球形底部的瓶子或碗，即使是金屬材質也可以使用此字。

語音和寫法

發音：水波，鵪鶉（或螺旋圖形）。

1. **noot** —— **天空女神努特（Nut）**。限定詞：努特女神圖案，可看到它與其他符號合而為一。
2. **noo-oon/nenoo** —— **原初之水**。限定詞：三個水波符號（水）。
3. **noo** —— **時間，持續的時間**。限定詞：太陽符號。
4. **manoo** —— **西方的山**。限定詞：岩山圖案。

語義

　　使用這個雙音符號的單字字義五花八門，其中許多字顯然和日常生活有關，例如：兒子、布料、繩子、偏見、狩獵場、軟膏、香水等等。也有一些單字具有宗教和宇宙的意涵，就如這一頁所介紹的四個單字。

　　天空女神為努特，原初之水神為努恩（Nun）。努特女神每晚會吞下太陽，到早晨時再將它生出來。時間這個單字是由日夜遞嬗的畫面來表達。

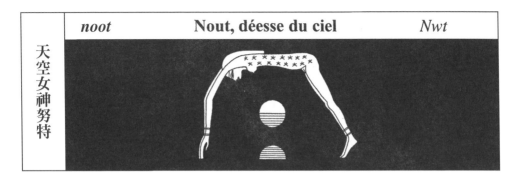

| 天空女神努特 | *noot* | **Nout, déesse du ciel** | *Nwt* |

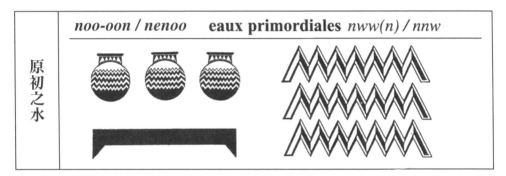

| 原初之水 | *noo-oon / nenoo* | **eaux primordiales** *nww(n) / nnw* |

| 時間 | *noo* | **temps** | *nw* |

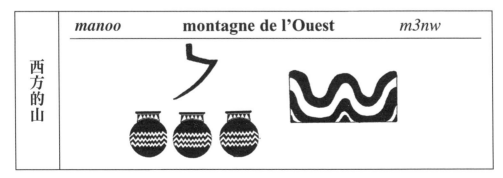

| 西方的山 | *manoo* | **montagne de l'Ouest** | *m3nw* |

pa  *p3*

雙音符號：飛翔中的針尾鴨（dafila acuta）。

語音和寫法

發音：凳子（墊子），埃及禿鷲。

1. **pa** —— **飛，飛走**。限定詞：翅膀圖案。
2. **pa-oot** —— **原初時間**。限定詞：翅膀圖案。
3. **pakh** —— **抓、撕，扯裂**。限定詞：無。
4. **Pakhet** —— **有爪動物，扯裂者：獅子女神帕赫特**。限定詞：獅子圖案。

語義

　　大家可以明白時間和飛翔之間的語義關聯，但這裡說的是「原初時間」，也就是萬物尚未被創造出來，時間還未存在之前。因此，從那神祕混沌時期來的神被稱為pa-ooty。

　　pakh抓、撕和Pakhet帕赫特女神這兩個單字都有此針尾鴨符號。獅神當然是以爪子和牙齒來自衛！斯比歐斯‧亞特米多斯（Speos Artemidos）神廟裡的塞赫麥特女神（Sekhmet）為上埃及的母獅神，她是掌管月經（有時間意涵）的女神。

	pa	voler	p3

飛

	pa-oot	temps primordiaux	p3wt

原初時間

	pakh	déchirer, griffer	p3ḫ

抓，扯裂

	Pakhet	déesse-lionne Pakht	P3ḫt

獅子女神帕赫特

peh   *pḥ*

雙音符號：貓科動物的下半身（獅子、豹、獵豹）。

語音和寫法

發音：凳子（墊子），燈芯。

1. **pehoo** —— **沼澤，低窪濕地，氾濫地，耕地。**限定詞：運河圖案。
2. **pehty** —— **力氣，力量。**限定詞：拿著棍棒的手。
3. **peharooey** —— **使節，使者，外交官。**限定詞：行走的男性。
4. **peh-eeb** —— **達成心願，遂願。**限定詞：莎草紙卷軸（抽象概念符號）。

語義

　　所有包含這個符號的單字都與肉體力量有關。圖案本身的意涵很清楚：貓科動物的猛撲能力來自下半身腿、爪子和尾巴（作為方向舵）的力量。達成、到達、結束、征服、擊打等動詞也隱含這類力量的意涵。被派遣出任務的使節必須有堅強性格，因為旅程和任務可能很危險；如果你想成功達成心願，也得有堅毅韌性。

　　使用peh符號的單字還有：後部、肛門、臀部，延伸意涵的字詞包括：終點、後方守衛、旬星（decans）、一組旬星出現的十天。

沼澤	***pehoo***	marécages	*pḥw*

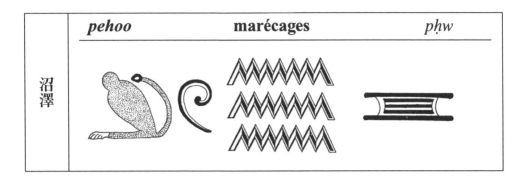

力氣，力量	***pehty***	**force, pouvoir**	*pḥty*

使節	***peharooey***	**missionnaire**	*pḥ3rwy*

達成心願	***peh-eeb***	atteindre le désir du cœur	*pḥ ib*

per **pr**

雙音符號： 從上方俯瞰的房屋形狀。

語音和寫法

發音：凳子（墊子），嘴巴。

1. **per-ahnkh** —— **「生命之屋」，神廟裡的謄寫室，教育中心。** 限定詞：房屋圖案。
2. **per** —— **外出。** 限定詞：行走中的雙腳。
3. **peret** —— **埃及冬季（播種季）；儀式遊行（同樣的圖像）。** 限定詞：太陽符號。
4. **Peret sepedet** —— **天狼星偕日升。** 限定詞：星星符號。
5. **pery** —— **a. 英雄，戰士。** 限定詞：男性；**b. 野牛。** 限定詞：公牛。

語義

以這個雙音符號組成的單字基本有房屋的意涵。「生命之屋」是神廟裡的一部分。（雙重）「大屋」Pa-per-ah（Pharaoh一字的源頭）即是王宮。黃金之屋、銀之屋、國王的寶庫等等也含有此符號。

per符號也可指私宅，衍生出的單字包括：遺產、行政機關、國王之屋、家庭等等。房屋不僅是居住的地方，也是人來人往之處。古埃及人在他們的「冬季」播種作物。

七十天過後，為「天狼星偕日升」（Peret sepedet），天狼星與太陽同時升起的日子（雖然因陽光影響而觀察不到它的蹤影），也相當於索提斯女神（Sothis）（水上之星，Sepdet）返回之日。古埃及人當日為女神舉行慶典遊行，指稱該遊行的單字也含有房屋符號。

本頁介紹的最後一個字為英雄，一位英雄必須鼓足勇氣以戰士或戰鬥者之姿登場，就像公牛準備就緒衝入競技場一樣。

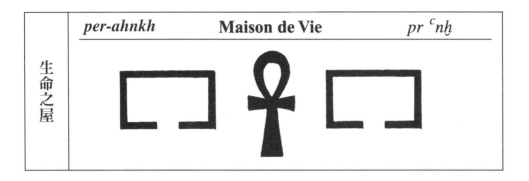

生命之屋

per-ahnkh   **Maison de Vie**   *pr $^c nh̬$*

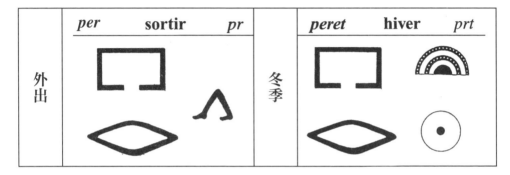

外出

per   **sortir**   *pr*

冬季

peret   **hiver**   *prt*

天狼星偕日升

Peret sepsdet   **lever héliaque de Sirius**   *prt śpdt*

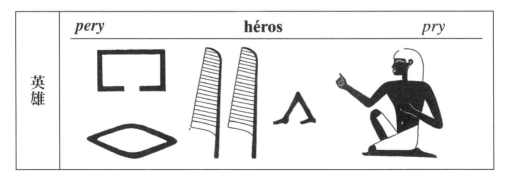

英雄

pery   **héros**   *pry*

roo  *rw*

雙音符號：趴下的獅子。「獅子」的表意符號（站立的獅子符號發音為 maï）。

語音和寫法

發音：嘴巴，鵪鶉

1. **Rooty** —— **兩頭聖獅（舒和泰芙努特）**。不需要限定詞，因為從象形符號組合就能一目瞭然。
2. **roo-eet** —— **審判廳，行政場所**。限定詞：房屋圖案。
3. **roo** —— **毀謗，傷害，惡意**。限定詞：莎草紙卷軸，擊打自己額頭的男性。
4. **rooah-ee** —— **鐵（？），金屬材質的器具**。限定詞：刀子圖案。

語義

　　兩隻獅子為舒神和泰芙努特女神，但是如果以房屋圖案作為限定詞，該單字的意思為「獅穴」。

　　審判廳，毀謗，金屬（這裡為刀子符號），這些單字都屬於同一個語義範疇，但限定詞大異其趣。

兩頭聖獅	*Rooty* **les deux lions divins** *Rwty* 

審判廳	*roo-eet* **cour de justice** *rwyt* 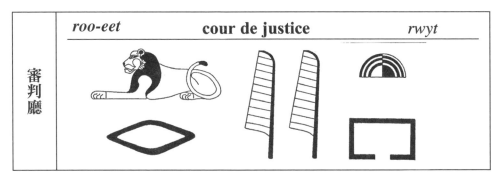

毀謗，惡意	*roo* **calomnie, injure** *rw* 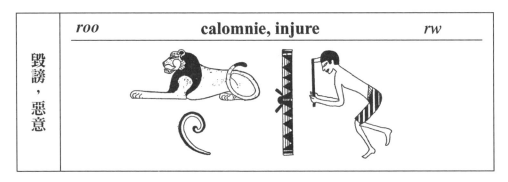

金屬	*rouah-ee* **métal** *rw3y* 

sa / za  *s3*

雙音符號：針尾鴨（dafila acuta）。

語音和寫法

發音：閂閂（最原始寫法）或披掛在椅背的布，埃及禿鷲。

1. **sah** —— **兒子**。限定詞：男性圖像。
2. **saht** —— **女兒**。限定詞：女性圖像。
3. **sah Rah** —— **太陽之子**（國王頭銜）。限定詞：無，太陽符號即足以表明意義。
4. **Hesaht** —— **神聖的聖牛西賽特**。限定詞：聖牛圖像。

語義

　　「兒子」這個單字為什麼會用到這個雙音符號，我們僅能看出語音上的理由，也許有特殊原因將它們聯繫在一起。

　　太陽神拉之子當然是國王。這個稱號是國王「五個稱號」的最後一個，它於第五王朝時代被納入國王的王名。

　　這個象形符號也見於聖牛西賽特的名字寫法。

兒子	 *sah* **fils** *s3*

女兒	 *saht* **fille** *s3t*

太陽神拉之子	 *sah Râh* **fils du soleil** *s3-R^c*

聖牛西賽特	 *Hesaht* **la vache céleste** *Ḥs3t*

193

za / sa   *s3 / ś3*

雙音符號：除了 B59 以外，za 或 sa 音還可用這兩個符號來標記。第一個符號是編織墊或折疊起來的牧人帳篷；第二個符號是作為牲畜腳鐐的繩子。一個是「牧人帳篷」的表意符號，另一個是畜欄的表意符號。此兩個符號通常可以任意交替。

語音和寫法

發音：閂閂（或披掛在椅背的布），埃及禿鷲。

1. **sa-oo** —— **魔法師**。限定詞：男性圖案。
2. **sa** —— **保護，看守，守護**。限定詞：莎草紙卷軸，代表複數形的三條直線。
3. **Sa-oot** —— **呂科波里（Lycopolis）的埃及名**。限定詞：具有交叉路口的城市俯瞰圖形。
4. **sa-oo** —— **祭司體系（等級）**。限定詞：男性圖案。

語義

　帳篷象徵保護；閂閂是束縛或固定。

　從保護的意涵可衍生出下列單字：守衛、監視、巫師製作的護身符，有城牆圍繞的城鎮，城牆既可提供保護，也把人禁閉在裡頭。za-oo 這個單字也具有保護的意涵，有形的字義為拿著武器的守衛（sa-oo 為動詞），其限定詞為持棍棒的男性。巫術也可提供保護，因此祭司體系裡的帳篷符號有語義上的關聯性。

魔法師	*sa-oo*	**magicien**	*s3w*

保護	*sa*	**protection**	*s3*

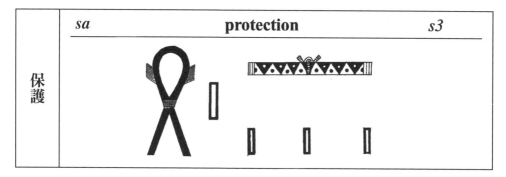

呂科波里	*Sa-oot*	**Lycopolis**	*S3wt*

祭司體系	*sa-oo*	**phylé de prêtres**	*s3w*

sah

š3

雙音符號：盒子加上蓋子，也許是某樣物品的背面。「背後」的表意符號。

語音和寫法

發音：披掛在椅背的布，埃及禿鷲。

1. **em-sa** —— **接著，之後。**限定詞：無。
2. **saa** —— **智慧，智者，謹慎。**限定詞：一個或兩個男性圖案。
3. **sah** —— **馬廄，倉庫。**限定詞：房屋符號。
4. **sa-oo** —— **滿足，饜足。**限定詞：把手放在嘴邊的男性。

語義

　　這裡介紹的單字，它們在語義上的關聯不多。sah 為馬廄，saht 為牆壁（限定詞：牆壁圖案），兩者都為建築物。

　　智慧、智者和謹慎屬於同一個語義範疇。

　　另一方面，滿足和物品背面毫無語義相關性。

　　使用此符號的單字相當少。僅舉幾個未在此頁介紹的字：sah「需要」；sahry「貧困的人」；sah-ee「承認」。

接著，之後	*em-sa*	**suivant, après**	*m-ś3*

智者	*saa*	**un sage**	*ś33*

馬廄，倉庫	*sah*	**étable ; magasin**	*ś3*

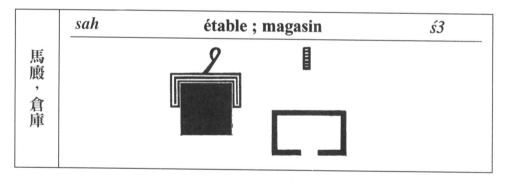

饜足	*sa-oo*	**satiété**	*ś3w*

197

sek *śk*

雙音符號：以麥稈製成的掃帚（可與三音符號 wah〔T27〕比較）。

語音和書寫

發音：披掛在椅背的布和籃子。

1. **seki** —— **死亡，掙扎**（特別是使用在否定句……）。限定詞：惡兆鳥（麻雀）圖案。
2. **sekoo** —— **作戰，戰鬥。**限定詞：拿著棍棒的手，代表複數形的三條直線。
3. **sekoo** —— **軍隊，軍人，同伴。**限定詞：持棍棒的男性圖樣，男性圖樣，三條直線代表複數形。
4. **sek** —— **長矛（青年軍隊使用的）。**限定詞：繫上繩子的棍棒。

語義

　　掃帚是清潔工具，可用來指實質意義上和比喻意義上的清掃。此符號用於灰塵、洗、掃、擦等單字。比喻性的單字包括：掃除障礙、征服或摧毀敵人等。這裡介紹的四個單字屬於第二種字義範疇；它們皆有軍事意涵，包括軍隊、長矛武器和帶來死亡的戰爭。

死亡	*seki*	**périr**	*śki*

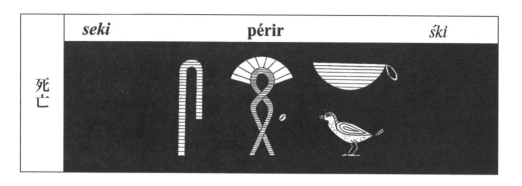

作戰	*sekoo*	**bataille**	*śkw*

軍隊	*sekoo*	**troupes**	*śkw*

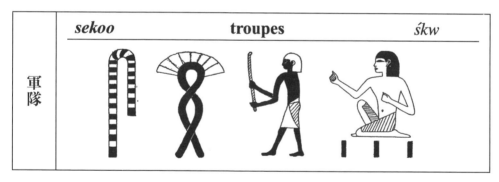

長矛	*sek*	**lance**	*śk*

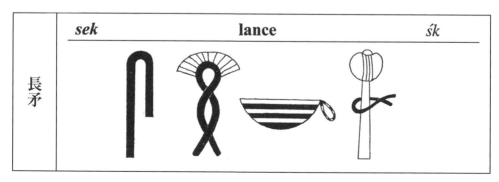

199

sen  *śn*

雙音符號：弓箭的箭頭。「弓箭」的表意符號。

語音和寫法

發音：披掛在椅背的布，水波。

1. **senet** —— **姐妹。**限定詞：女性圖案。

2. **sen** —— **兄弟。**限定詞：男性圖案。

3. **senetcher** —— **焚香。**限定詞：球（這裡是樹脂做的球，但可以是金屬、石頭材質或種子聚合而成）。

4. **senoo** —— **同伴，朋友。**限定詞：男性圖案，兩條直線。

語義

使用此符號的單字與社會生活有關。

頭兩個單字與家庭相關 —— 兄弟指的不僅是自己家裡的，也包括堂表兄弟。「他摯愛的姐妹」指稱的不一定是這個男人的姐妹，通常是指他的妻子，這樣的用法也適用於「兄弟」，「她摯愛的兄弟」通常指稱的是丈夫。

在社會中，每個人都有各自的朋友、伴侶和夥伴。在神界，伊西絲和奈芙蒂斯（Nephthys）為同伴 —— senooty。

這個sen符號也有「聞」的意涵。神聞到的氣味是焚香。同樣的符號也有擁抱（限定詞：女性圖案，國王的手圖案）、接觸或捉取的意思。

最後，sen也是圖二的兄弟意思，與它語義相關的詞彙相當多，例如：第二、同樣等等。

姐妹	*senet*	sœur	śnt

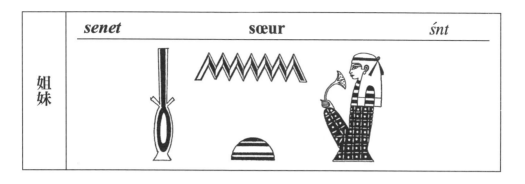

兄弟	*sen*	frère	śn

焚香	*senetcher*	encens	śntr

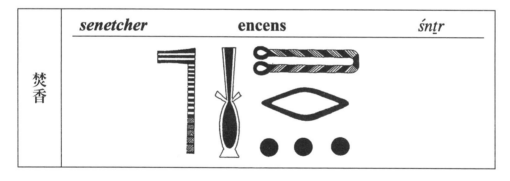

朋友，同伴	*senoo*	compagnon	śnw

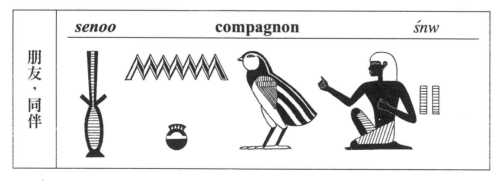

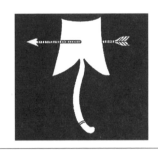

set　　　　　　　　　　　　　　　　　　　　*śt*

雙音符號：被弓箭射穿的動物皮（含尾巴）。

語音和寫法

發音：披掛在椅背的布，麵包。

1. **setoot**——**光線（太陽的）**。限定詞：太陽。
2. **seti**——**發射，投、擲，刺激，注、倒，放射出，開始（氾濫）**。限定詞：持棍棒的男性。
3. **Setet**——**薩提特（Satet）（沙提〔Sati〕）女神**。限定詞：女性圖案。
4. **seteet**——**精液，後代，子孫**。限定詞：陰莖，三條直線代表複數形。

語義

　　此符號描繪弓箭刺入動物皮，含有這個雙音符號的單字都有攻擊的意涵。這個符號能用於任何導致疼痛的、刺穿的、燙傷的，任何發光的和創造的事物詞彙。陽光和精液兩字也屬同樣的意涵。

　　射箭或扔石頭也屬這個符號的語義範圍。這兩個動詞可延伸比喻「尼羅河開始氾濫」，薩提特女神和尼羅河第一瀑布的神祇司掌著洪水。

光線	*setoot*	**rayons**	*śtwt*

發射	*seti*	**tirer**	*śtì*

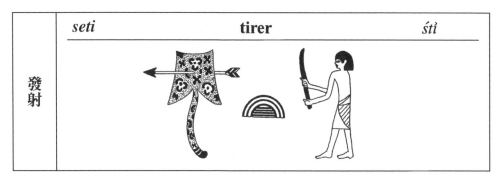

薩提特（沙提）女神	*Setet*	**déesse Satet (Satis)**	*Śtt*

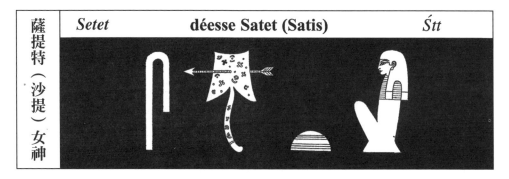

精液，後代	*seteet*	**semence ; postérité**	*śtyt*

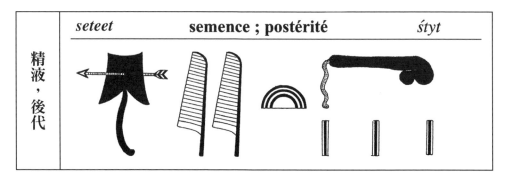

soo

św

雙音符號：有兩對葉子的藺草或其他燈心草科植物。

語音和書寫

發音：披掛在椅背的布，鵪鶉。

1. **n(ee)-soot** —— **上埃及國王**（「他是生長在三角洲的蘆葦」）。限定詞：國王圖像。

2. **Sootekh** —— **賽特神**。限定詞：胡狼圖形。

3. **nesoo-eet** —— **國王身分**。限定詞：莎草紙卷軸（抽象概念符號）。

4. **soot** —— **燈心草或蘆葦**。限定詞：植物符號。

語義

除了作為人稱代名詞以外，這個符號其實鮮見使用。

為什麼「國王」，特別是「上埃及國王」這兩個字詞用的符號，描繪的是一種在下埃及北部沼澤地生長的植物呢？這迄今仍然是無解的謎。

國王身分指的是地位和職務的抽象概念。賽特神為大自然風暴之神和沙漠之神，祂的名字裡有這個蘆葦符號，可能只是基於語音理由。

此圖案也是表意符號，為蘆葦或藺草的意思。

上埃及國王 | *n(ee)-soot* — **roi de Haute-Égypte** — *n(y)-śwt*

賽特神 | *Sootekh* — **le dieu Seth** — *Śwtḫ*

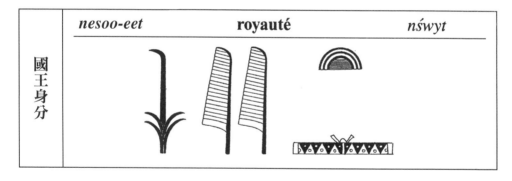

國王身分 | *nesoo-eet* — **royauté** — *nśwyt*

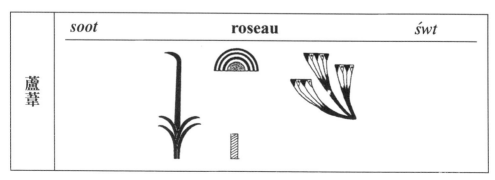

蘆葦 | *soot* — **roseau** — *śwt*

sha

š3

雙音符號：睡蓮盛開的池塘。作為「睡蓮池」的表意符號，作為「沼澤」單字的限定詞。

語音和寫法

發音：池塘，埃及禿鶯。

1. shaee —— **旅行，逃走，脫逃。**限定詞：行走中的雙腳。
2. shasha(ee)t —— **串珠項鍊，黃金項鍊或寶石項鍊。**限定詞：項鍊或帶子圖案。
3. sha-ee —— **豬，或代表賽特神形象的黑野豬。**限定詞：豬圖案。
4. Shashank —— **舍順克（Shoshenq）國王。**限定詞：象形繭（框住國王名字橢圓形或長方形框）。

語義

　　此符號的基本意涵有兩個：池塘和花，以及動作。採用此符號語音的單字非常多，字義也廣泛。這頁介紹的單字顯示野豬和利比亞的舍順克國王之間有語義上的關聯。古埃及人將異族國王等同於貝都因人「沙漠商人」；換句話說即是沙漠住民：住在沙漠之神賽特神領地的人。賽特神形象為sha-ee黑豬，伊西絲女神的形象是白母豬（sha-eet）。

　　項鍊可能令人想起美麗的睡蓮，大型項鍊oosekh的串珠形狀即以蓮花形狀為靈感來源。

旅行，逃走	*shaee* **voyager ; s'enfuir** *š3ỉ*	

項鍊	*shasha(ee)t* **collier** *š3š3(y)t*	

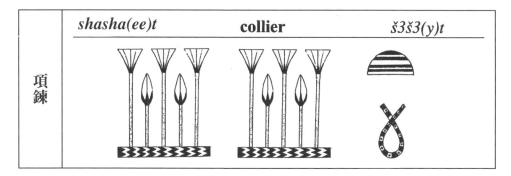

代表賽特神形象的黑野豬	*sha-ee* **cochon noir de Seth** *š3ỉ*	

舍順克（國王）	*Shashank* **Chechonq (roi)** *š3š3nḳ*	

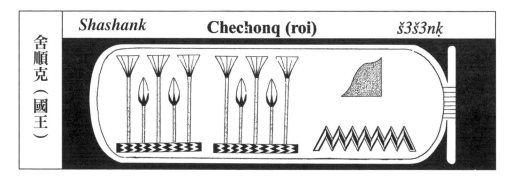

207

shed  *šd*

雙音符號：皮製酒囊。

語音和書寫

發音：庭園池塘，人手。

1. **shedi** —— **朗讀，朗誦。**限定詞：把手放到嘴邊的男性。
2. **shedi** —— **餵食，吮吸，養育。**限定詞：女性胸部圖形。
3. **shed** —— **女陰。**限定詞：肉片圖案。
4. **Shedet** —— **古代鱷魚城的埃及名。**限定詞：具有交叉路口的城鎮俯瞰圖形。

語義

　　皮製酒囊可盛裝液體，也可從裡頭倒出液體（比如水），通常是直接以口就囊飲用。此符號的意涵可延伸為餵養、吮吸、養育、保護、導師或教育者。

　　人的聲音從氣管發出，後者猶如管子，因此讀、朗讀、宣布、攪動等字使用的酒囊符號也有語義上的相關性。

　　一般而言，女性性器官經常被比擬為容器，特別是裝水的容器。

　　鱷魚讓人聯想到水，「鱷魚城」單字裡的酒囊符號也有語義上的關聯。

朗讀	*shedi*	**lire**	*šdỉ*

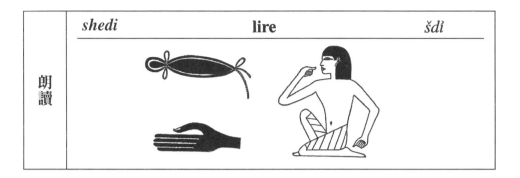

吮吸，養育	*shedi*	**sucer ; élever**	*šdỉ*

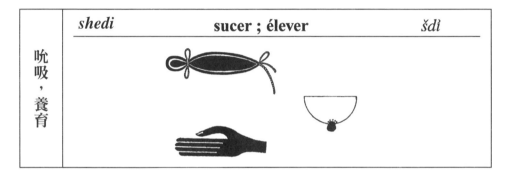

女陰	*shed*	**vulve**	*šd*

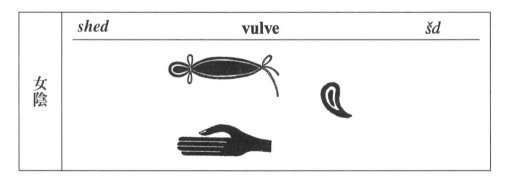

鱷魚城	*Shedet*	**Crocodilopolis**	*Šdt*

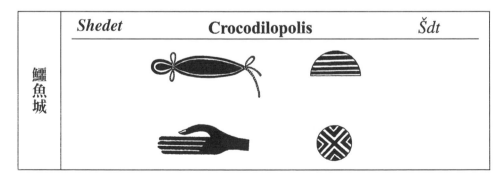

shen

šn

雙音符號：圍成一圈的繩子，兩端朝下。可作為戒指、帶子的限定詞。

語音和寫法

發音：庭院池塘，水波。

1. **shenoo** —— **框起國王名字的象形繭。**限定詞：象形繭的圓形圖案。
2. **shenoo** —— **頭髮。**限定詞：頭髮圖案。
3. **shen** —— **樹。**限定詞：樹木圖案。
4. **shen djet** —— **尼羅河刺槐。**限定詞：刺槐圖案。

語義

　　這個符號的基本意涵為繞行、環繞、包圍、呈圓形的。使用它的單字分為兩大類：一為有保護意涵的，二為有限制意涵的。

　　第一類單字的字義包含環繞、圍起和保護，特別是比喻性的含義。因此，shenoo 象形繭一字有著「被太陽包圍」的意涵，國王、王室成員名字被框在猶如護身符的橢圓形或方形裡。頭髮和髮辮框住臉部。在建築方面，牆壁具有保護作用，但也帶來限制，這是繩子符號構成的第二類字義範疇，包括：監獄牆壁，圍捕某個人。被埋葬的死者由泥土包圍住，但是只要透過巫術儀式，他就能得到釋放……

　　樹根也是由泥土包圍。

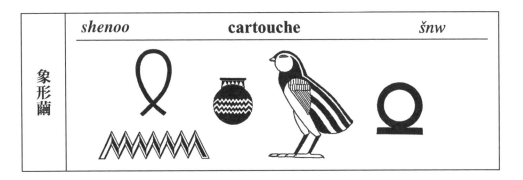

象形繭

| *shenoo* | **cartouche** | *šnw* |

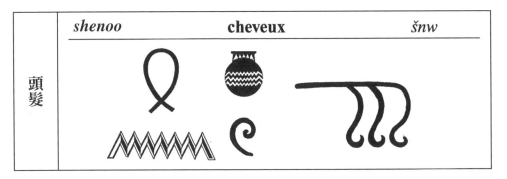

頭髪

| *shenoo* | **cheveux** | *šnw* |

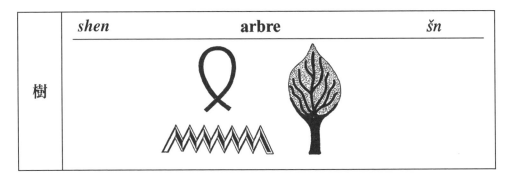

樹

| *shen* | **arbre** | *šn* |

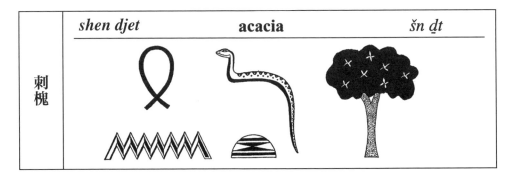

刺槐

| *shen djet* | **acacia** | *šn ḏt* |

shs

šś

雙音符號：圈成一圈的繩子，兩端朝上。

語音和寫法

發音：庭園池塘，披掛在椅背的布。

1. **shes**——**雪花石膏**。限定詞：石頭圖案。
2. **sheser**——**弓箭**。限定詞：弓箭圖案。
3. **shes**——**繩子，條帶（皮革）**。限定詞：上端圈起的繩子。
4. **shes**——**靈柩床，棺材**。限定詞：靈柩床。

語義

　乍看之下可能不覺得，但這裡介紹的單字都有語義上的關聯。基本意涵為「珍貴的」、「細緻的」、「做出挑選」。

　雪花石膏，特別是哈特努布地區（Hatnub）的藍石，是一種貴重材料，通常作為陪葬品，但國王在世時也會使用此材質的容器、物品。這個符號不是指粗繩，而是王室使用的細繩和亞麻線。木乃伊的亞麻衣服和繃帶就和其他喪儀用品一樣昂貴。

　舌頭（sheser）的形狀就有如繩或弦。弦可用來射出弓箭（sheser）。要標記建築物的地基，可在兩個定點之間拉起繩子。

	shes	albâtre	šś

雪花石膏

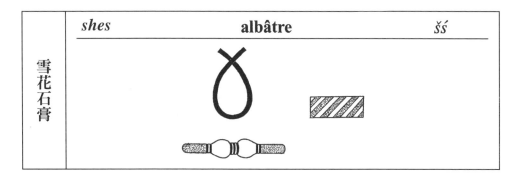

	sheser	flèche	šśr

弓箭

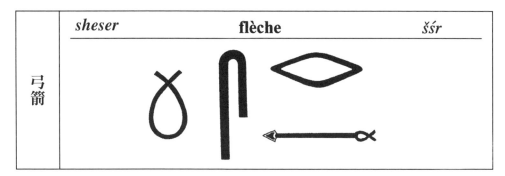

	shes	corde	šś

繩子

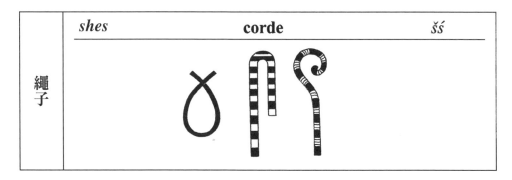

	shes	cercueil, lit funéraire	šś

棺材，靈柩床

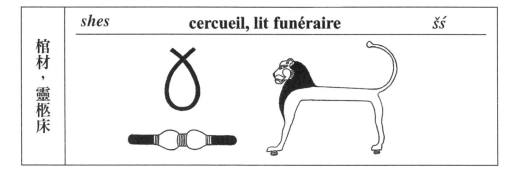

shoo

šw

雙音符號：駝鳥羽毛側面輪廓。「羽毛」的表意符號。

語音和寫法

發音：庭園池塘，鵪鶉。

1. **shoot** —— **羽毛**。限定詞：無，一條直線強調羽毛符號的本義。

2. **shoo** —— **光（日光和月光）**。限定詞：太陽符號。

3. **Shoo** —— **舒神**。限定詞：神祇圖像。

4. **shoo-oo** —— **可食用植物**。限定詞：花朵盛開的植物圖像。

5. **shoo-eet** —— **影子（光的相對物）；神靈**。限定詞：太陽符號。

語義

　　這個雙音符號表達出輕薄、輕盈和空氣感的意涵，畢竟符號畫的正是鳥的羽毛。舒神是空氣之神。同樣發音的單字也用來指太陽和月亮的光芒，與陰影為相對概念。陰影也是神的靈，可左右凡人眼前所見。為王室女性成員所建造的小神廟稱為shoo-(eet)-Re，字面意義為「太陽神拉的陰影」。

羽毛	*shoot* **plume** *šwt* 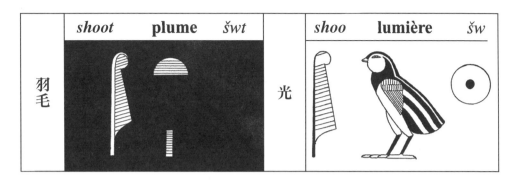	光	*shoo* **lumière** *šw*

舒神　*Shoo*　**le dieu Shou**　*Šw*

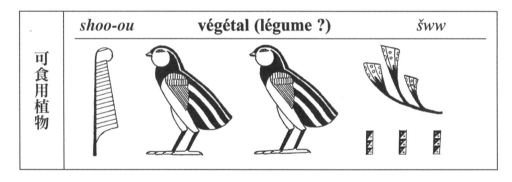

可食用植物　*shoo-ou*　**végétal (légume ?)**　*šww*

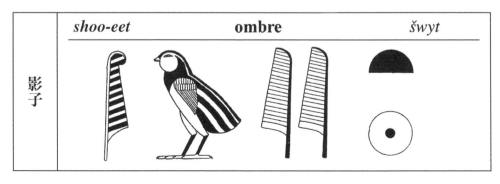

影子　*shoo-eet*　**ombre**　*šwyt*

215

ta  *t3*

雙音符號：平地與石頭、沙粒。「大地」和「國家」的表意符號。

語音和寫法

發音：麵包，埃及禿鷲。

1. **Tatenen** —— **土地之神塔特嫩。**限定詞：神祇圖案。
2. **Ta-meri** —— **受寵愛的土地＝埃及。**限定詞：池塘或石頭，城鎮俯瞰圖形。
3. **ta-djeser** —— **神聖的國家，大墓地。**限定詞：岩山圖形。
4. **Sa-ta** —— **大蛇薩塔。**限定詞：蛇圖案。

語義

　　包含這個雙音符號的單字有土地、國家、地點等意涵。

　　孟菲斯地區信奉的土地之神塔特嫩和大蛇薩塔「土地之子」，皆是古埃及人將大地底下力量具象化的形象，他們相信此力量左右影響所有生靈。現代科學已經證實地底下力量的存在。ta-djeser，「神聖之地」這個單字還包含「拿著手杖的手臂」符號（djeser），其意涵為：祕密的、受保護的、達不到的、宏大的等等。

　　「受寵愛的土地」，當然是指埃及！

216

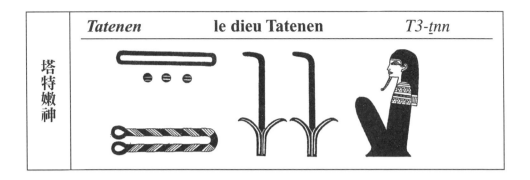

	Tatenen	le dieu Tatenen	T3-ṯnn
塔特嫩神			

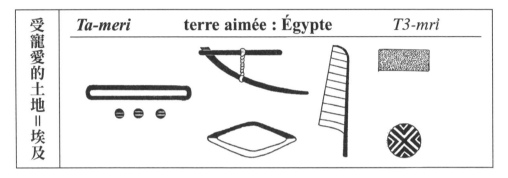

	Ta-meri	terre aimée : Égypte	T3-mrỉ
受寵愛的土地＝埃及			

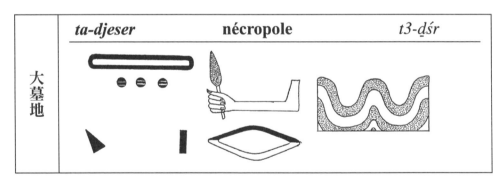

	ta-djeser	nécropole	t3-ḏśr
大墓地			

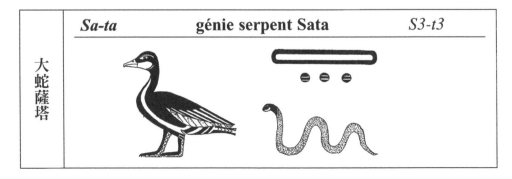

	Sa-ta	génie serpent Sata	S3-t3
大蛇薩塔			

ta  *t3*

雙音符號：烘烤陶器的烤窯。「陶窯」的表意符號。

語音和寫法

發音：麵包，埃及禿鷲。

1. **ta** —— **熱的，性急的、易怒的（性格）**。限定詞：點亮的燈座圖案。

2. **tash** —— **邊境，邊界**。限定詞：庭園池塘符號，一條直線。

3. **ta** —— **烤窯、烤爐**。限定詞：房屋符號。

4. **tahet** —— **液體沉澱物，殘餘，藥**。限定詞：瓶子圖案，三條直線表示複數形。

語義

　　烤窯和熱屬於相同意涵。含有烤窯符號的tahet，可指烹調過程中蒸氣凝結所生成的液體，也可指藥物的一種原料，通常是一種不明混合物。

　　邊境、邊界、界線這個單字則令人聯想到ta發音的另一個表音符號：大地圖案。編織女神Ta-eet的名字也用到陶窯符號，ta-eet也是木乃伊繃帶的意思，但限定詞不同。

ta	chaud	t3

熱的

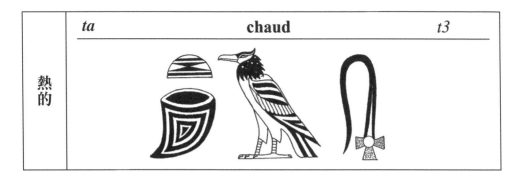

tash	frontière	t3š

邊境

ta	four	t3

烤爐

tahet	dépôt d'un liquide ; médicament	t3ḥt

液體沉積物，藥

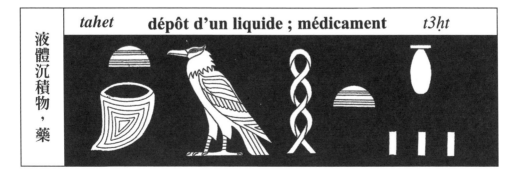

tee

ti

雙音符號：搗杵。動詞「重踩」、「踩壓」的表意符號。

語音和寫法

發音：麵包，蘆葦穗。

1. **tee-oo** ── **是的！**限定詞：把手放在嘴邊的男性圖像。
2. **ee-tee** ── **最高統治者、君王。**限定詞：國王圖像。
3. **teet** ── **伊西絲結。**限定詞：伊西絲結圖案。
4. **Tee-yee** ── **特雅（Tiyi）王后。**限定詞：王后圖像。

語義

　　除了作為肯定意思的感嘆詞以外，這頁的其他字詞在語義上都有相關性：一般用於指稱國王、王后的名字以及作為伊西絲女神的標誌。「伊西絲結」指的也許是男神或女神衣服腰帶懸垂的結。

　　teet也是圖像或形狀的意思；tyew（tiw）指的是咬緊牙關！這兩個單字之間僅有語音上的關聯。

| 是的！ | *tee-oo* | oui | *tỉw* |

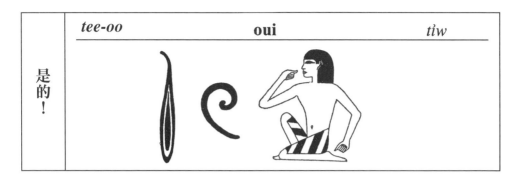

| 最高統治者 | *ee-tee* | souverain | *ỉty* |

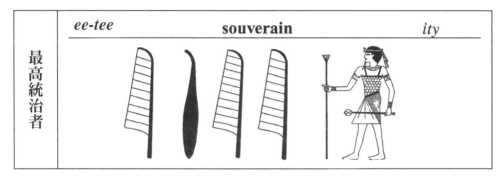

| 伊西絲結 | *teet* | nœud d'Isis | *tỉt* |

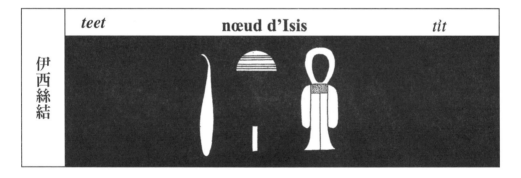

| 特雅王后 | *Tee-yee* | la reine Tiyi | *Tyy* |

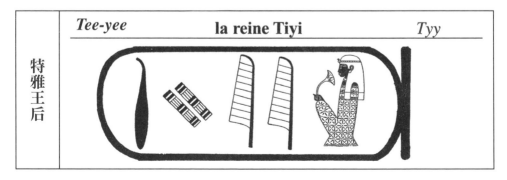

tem 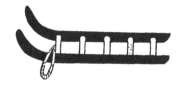 *tm*

雙音符號：拖板。「拖板」的表意符號。

語音和書寫

發音：麵包，貓頭鷹。

1. **Tem** —— **阿圖姆神**。限定詞：神祇圖案。
2. **temoo** —— **人類，人們**。限定詞：男性圖案，女性圖案，三條直線代表複數形。
3. **tem** —— **完整，不完整**。限定詞：無。
4. **temet** —— **拖板**。限定詞：無（此圖案也是表意符號）。

語義

　　埃及有木橇？並不是用在雪地滑行，而是為了穿越沙地之用。在必須載運重物的場合，特別是舉行喪葬儀式時，有賴木橇拖板將棺木和供應亡者永生所需的陪葬品從尼羅河畔載運到位於沙漠的大墓地。

　　形容詞tem可表示「完整的」、「不完整的」、「存在的」、「不存在的」。這矛盾來自於創世神阿圖姆的本質，祂自身結合了有限的生命和自然界的週期循環。祂是人類和其他生命體的源頭。

阿圖姆神	*Tem*	le dieu Atoum	*Tm*

人類	*temoo*	l'humanité	*tmw*

完整，不完整	*tem*	complet ; inachevé	*tm*

拖板	*temet*	traîneau	*tmt*

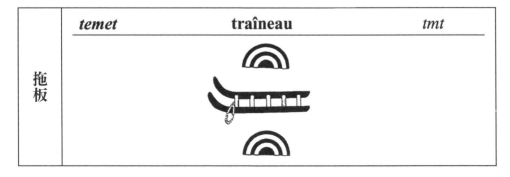

tsha

*t*3

雙音符號：剛出生不久的小鳥、小鴨。「雛鳥」的表意符號。

語音和寫法

發音：綁家畜的繩子，埃及禿鷲。

1. **tshat(y)** —— **大臣**。限定詞：男性圖案。
2. **tsha** —— **雛鳥，幼獸**。限定詞：一條直線，或鳥圖案。
3. **tsha-ee** —— **男性，男人**。限定詞：陰莖圖案，男性圖案。
4. **tshabet** —— **借款給某人**。限定詞：穀物量器。

語義

　　使用tsha符號的單字字義範圍相當廣泛多元。此符號可用於指高官職務，比如大臣、侍立在國王兩側的持扇者、國王的轎夫。

　　在另一方面，「小鴨」、「幼獸」到「小孩」也含有此符號。tasha-ee「男人」這個字用於「抓住男人」、「得到男人」（就如伊西絲與歐西里斯），意思是嫁給一個男人。（反過來「抓住女人」即是娶妻）。這樣的表達方式反映出古埃及人的觀念：男性和女性可自由選擇結婚的對象。

　　「借款給人」、「禮物」、「偷竊」也有小鴨符號。運用此雙音符號的字詞還包括：布料、穀物、小數量的、容器、書、風等等。

大臣	*tshat(y)*	**vizir**	*t̠3t(y)*

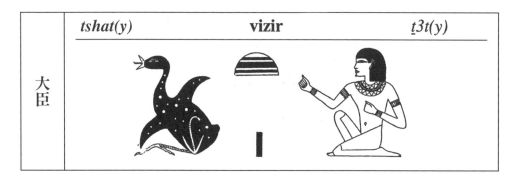

雛鳥	*tsha*	**oisillon**	*t̠3*

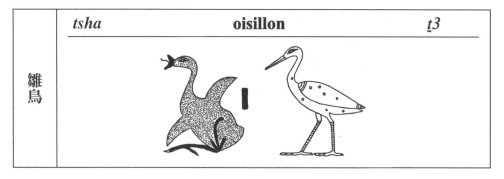

男人	*tsha-ee*	**mâle**	*t̠3y*

借款	*tshabet*	**un prêt**	*t̠3bt*

tshez  t̠s

---

雙音符號：有結飾的帶子。「椎骨」的表意符號。

語音和書寫

發音：綁家畜的繩子，門閂。

1. **tshezoo** —— **脊椎，脊柱**。限定詞：椎骨圖案。
2. **tshezet** —— **結（衣服繩帶的）**。限定詞：繩帶圖案。
3. **tshezoo** —— **將軍、司令，首領，保護者**。限定詞：持棍棒的男性，男性圖案。
4. **tshez** —— **字詞，呼喊**。限定詞：把手放到嘴邊的男性。

語義

　　基本意涵是綁、繫，就如符號圖案上畫著打出的結。椎骨與韌帶「綁在一起」，它們共同構成脊柱，此脊柱既堅硬又柔軟。

　　綁的概念可延伸到下列字義的單字：參與、編織、形塑、形成、組合在一起、引導等等，以及其他延伸比喻的字詞。

　　下命令的首領、字詞、呼喊、句子、格言這些字也屬於同樣的語義範疇。

脊椎	*tshezoo*	**vertèbres**	*ṯsw*

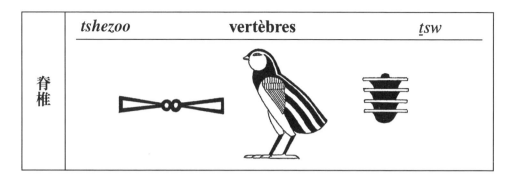

結	*tshezet*	**nœud**	*ṯst*

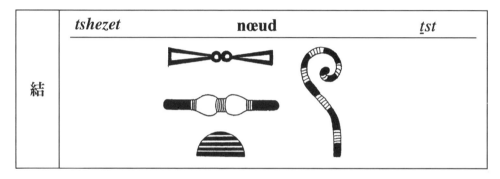

首領，將軍	*tshezoo*	**général, chef**	*ṯsw*

字詞	*tshez*	**parole**	*ṯs*

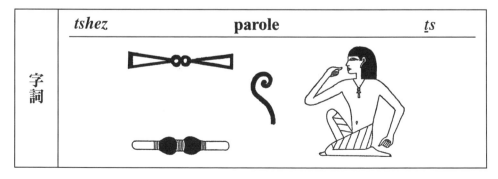

wa *w3*

雙音符號：套索，活結，繩子。

語音和寫法

發音：鵪鶉，埃及禿鷲。

1. **wat** —— **道路，路線**。限定詞：樹木生長在道路兩旁圖案。
2. **wah-oo** —— **波、波浪（海或湖）**。限定詞：三個水波符號。
3. **Wahwaht** —— **努比亞，埃及北部邊境**。限定詞：岩山圖案。
4. **wah** —— **遙遠的（空間和時間）**。限定詞：樹木生長在道路兩旁圖案。

語義

任何路徑，無論是時間裡、空間裡或只在腦內想像的，都可用這個符號表達。

農田地區的道路有樹木遮蔭，在荒蕪的岩石山區、沙漠地區，人們過著不安定的生活，時時有受到進犯、襲擊之虞，兩個地區恰是強烈對比。這樣的觀察啟發另一種新思維。人的心靈可提前構思、擬定計畫，即使成果可能是好或壞，收穫豐碩或毫無所獲。而有時可能毫無點子、想法，貧瘠乾扁得就像在陽光下曬乾的 wah-ee 海棗。但是持續照耀的陽光可能點燃精神力，過於昂揚時就是造反，在埃及這個遙遠的沙漠國度，造反意味著「燃燒」。

	wat	**chemin**	*w3t*

道路

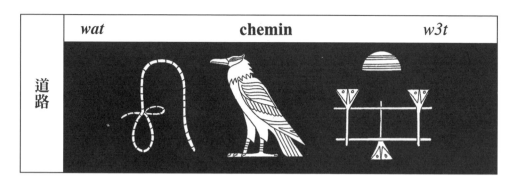

	wah-oo	**vagues**	*w3w*

波浪

	Wahwaht	**le Ouaouat, Nubie**	*W3w3t*

努比亞

	wah	**loin**	*w3*

遙遠的

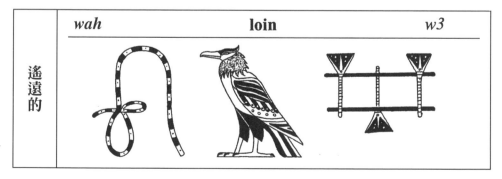

wah

w^c

雙音符號：有一個倒勾的魚叉。「魚叉」的表意符號。

語音和書寫

發音：鶴鶉，手臂。

1. wahtet —— **女神，神聖的毒蛇。**限定詞：眼鏡蛇圖形。
2. wah —— **一（數字），獨一無二的。**限定詞：一條直線。
3. wah-oo —— **孤獨，私人領域。**限定詞：無。
4. wat —— **囚犯。**限定詞：雙手綑綁於後方的戰俘圖案（畫的是亞洲人五官）。

語義

　　魚叉只有一個倒勾，因此有數字「一」和獨一無二的意思。「國王獨一無二的摯友」為國王那些家臣用來彰顯自己獨特地位的稱號。因此，國王有一群「獨一無二」的朋友，但不是真的只有唯一的一位！

　　只要被毒蛇咬上一口就足以送命。戰士可能只消挨一箭就倒地，就像魚叉只靠一個倒勾就擊中魚。

　　人在孤獨中可以真正地面對自己；他在自己的私人領域是「唯一」的存在。

神聖的毒蛇	*wahtet*	uraeus royal	$w^c tt$

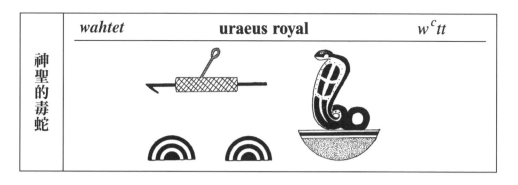

一，獨一無二的	*wah*	un, unique	w^c

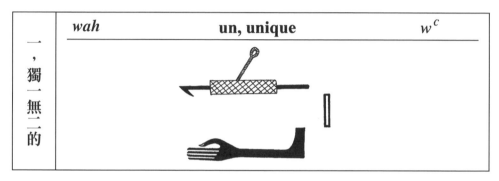

孤獨	*wah-oo*	solitude	$w^{cc}w$

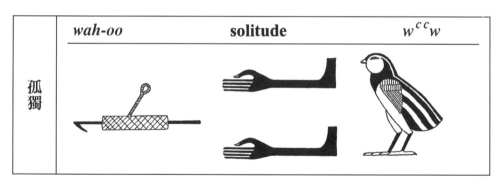

俘虜，囚犯	*wat*	captif	$w^c t$

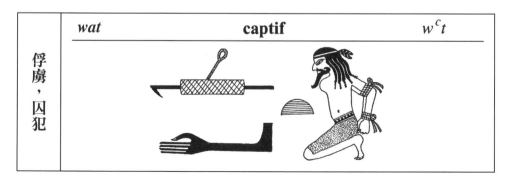

oodj  wḏ

雙音符號：纏繞細線的棒子。

語音和寫法

發音：鵪鶉，眼鏡蛇。

1. **oodj** —— **命令，引導，指揮**。限定詞：拿著棍棒的手臂。

2. **oodjeet** —— **旅行，遠征**。限定詞：行走中的雙腳。

3. **oodj** —— **下命令、指令、法令**。限定詞：代表抽象概念的莎草紙卷軸。

4. **oodj** —— **石碑，界碑，邊界碑**。限定詞：石碑或石頭圖案。

語義

　　這個象形符號用於表示方向或動作的單字，包括有力的動作，例如「指揮」這個單字，就以拿著棍棒的手符號也表達出強健、精力旺盛的意涵。

　　本頁介紹的第三個單字可指下指令、制定法令、下達訓誡，也是命令、准許、信任、推薦某人的意思。限定詞不再是「引導」裡具體的手臂符號，而是代表抽象概念的莎草紙卷軸。

　　界碑代表任何事都有界線。石碑上的銘文記錄著遠征、法令、誡規、訓言，一塊碑石也是各種事件的歷史記錄。

命令	*oodj* **ordonner** *wḏ* 

遠征	*oodjeet* **expédition** *wḏyt* 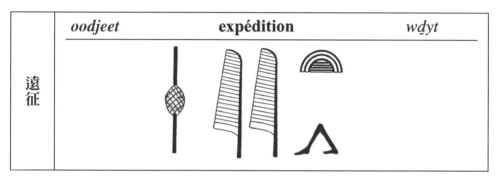

下命令	*oodj* **commande, précepte** *wḏ* 

石碑	*oodj* **stèle** *wḏ* 

oon  *wn*

雙音符號：古埃及人將沙漠野兔稱為 sekhât。但野兔符號表示的卻是 oon（oonen）音，它同時也是「在」、「存在」的表意符號。

語音和寫法

發音：鶺鶺，水波。

1. **oon-oot** —— **時間，準時的服務。**限定詞：星星符號，太陽符號。
2. **Oonen-nefer** —— **歐西里斯。**限定詞：神祇圖像。
3. **oonem** —— **吃，切成片，筋疲力盡。**限定詞：把手放到嘴邊的男性。
4. **oonesh** —— **胡狼，狼。**限定詞：犬科動物圖像。

語義

　　用到這個雙音符號的單字與生命、存在的必要機能相關，無論這些存在或生命體是在地面之上、地面之下，甚或在宇宙裡。

　　在一天固定時間起落的太陽和星星成為「時間」、「小時」這個字詞的限定詞。「手裡捧著星星」的神祇、負責日晷和一天時計的祭司、須在某個時刻前完成的任務，這些字詞都和時間有語義上的關聯。

　　要進食（吃）才能活下去。冥界之王 Oonen-nefer 歐西里斯為死而復生之神，此字組成的符號有「存在的他」、「人間國王」、「活下來的勝利者」意涵。

　　狗和胡狼在墓地裡遊蕩，牠們身上的顏色就像木乃伊製作之神阿努比斯一樣黑：死亡是一個時間循環的結束。

	oon-oot	heure	wnwt
時間	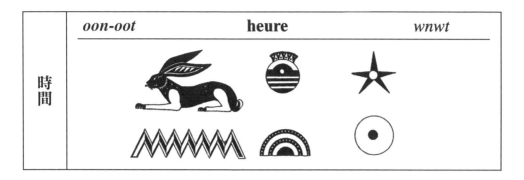		

	Oonen-nefer	Osiris-Onnophris	Wnn-nfr
歐西里斯	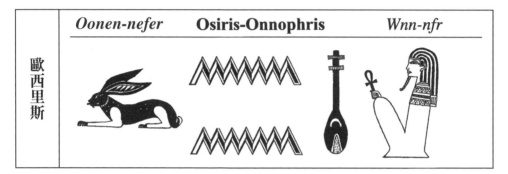		

	oonem	manger	wnm
吃			

	oonesh	chacal	wnš
胡狼，狼	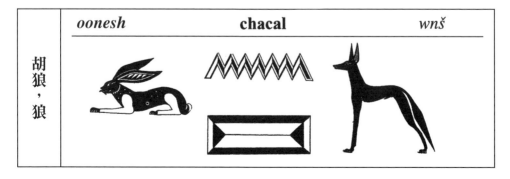		

oon  *wn*

雙音符號：也許是星星圖案。

語音和寫法

發音：鵪鶉，水波。跟野兔符號（B80）是同音；這兩個符號或多或少可以互換。

1. **oonemet —— 食物。**限定詞：把手放到嘴邊的男性，麵包，碗，代表複數形的三條直線（簡略寫法）。
2. **ooneb —— 花，花束。**限定詞：花束圖案。
3. **oondjoot —— 同伴。**限定詞：男性圖像，女性圖像，代表複數形的三條直線。
4. **oondjoo —— 山羊，公山羊，牛。**限定詞：山羊圖形。

語義

這個符號的發音和野兔符號相同。花朵一字的寫法，顯示此雙音符號和野兔符號在語義上並無不同，但用到星星符號的單字含義更廣泛。

無論是人或動物吃的食物都稱為oonemet，單字裡當然用的是星星符號。含有此符號的單字五花八門，從環境、植物、花、動物到社會，範圍相當廣。

食物	*oonemet*	**nourriture**	*wnmt*

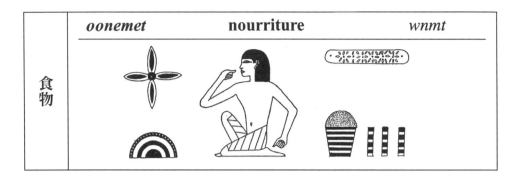

花，花束	*ooneb*	**fleur ; bouquet**	*wnb*

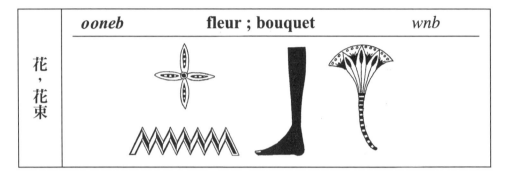

同伴	*oondjoot*	**les associés**	*wnḏwt*

山羊，牛	*oondjoo*	**bouc ; bétail**	*wnḏw*

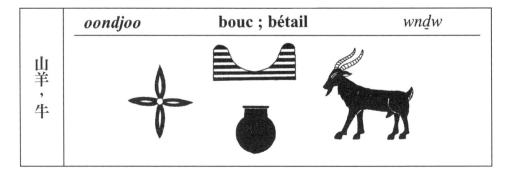

oop　　　　　　　　　　　　　　　　　　　　*wp*

雙音符號：形狀優美的牛角。「牛角」和「頭部頂部」的表意符號。

語音和寫法

發音：鶴鶉，凳子（墊子）。

1. **oopet-rah** —— **一個月的第一天。**限定詞：無。
2. **Oo-pooh-ow-oot** —— **烏普奧特神。**限定詞：該神祇圖像。
3. **oopootee** —— **使者。**限定詞：男性圖案。
4. **oop** —— **打開。**限定詞：互相交叉的兩條線。

語義

　　牛角位於牛頭頂部，尖銳的角會刺出大「開」口，這些意涵左右了使用該符號單字的語義。

　　太陽無疑也有「開啟」之力：它開啟每一天、每一個月和每一年。

　　狗神烏普奧特（或寫為 Wepwawet）為開路神，負責為死者開啟到冥界之路。不消說，使者、密使和特使經常是開路者，也總是行經難走的路。

　　動詞 oop 有許多相近語義，不只指打開，也有分開、剃鬍、劃分、評判和辨別等其他意思。

一個月的第一天	*oopet-rah*	**premier jour du mois**	*wpt r^c*

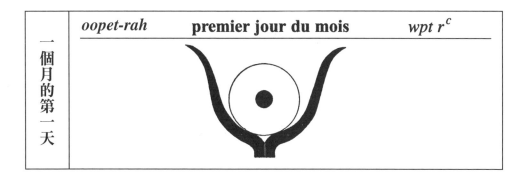

烏普奧特神	*Oo-pooh-ow-oot*	**Oupouaout, l'ouvreur des chemins**	*Wpw3wt*

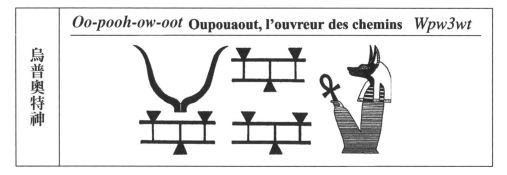

使者	*oopootee*	**messager**	*wpwty*

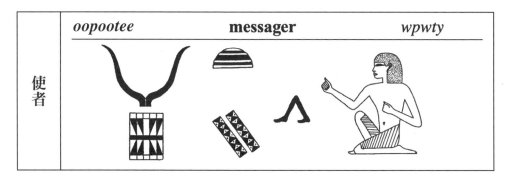

打開	*oop*	**ouvrir**	*wp*

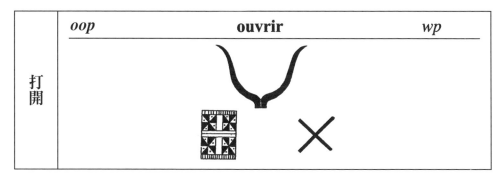

oor **wr**

雙音符號：麻雀的優美圖像。「麻雀」的表意符號。

語音和寫法

發音：鶺鴒，嘴巴。

1. **oo-resh** —— **度過時間，度過一天；醒來**。限定詞：太陽符號。
2. **oo-reh** —— **軟膏**。限定詞：密封的油膏瓶。
3. **oor-maw** —— **赫里奧波里斯的大祭司**。限定詞：男性圖像，代表複數形的三條直線。
4. **oo-rereet** —— **戰車**。限定詞：戰車圖案。

語義

這樣一隻迷人的小鳥如何成為崇高、偉大之物的象徵圖像呢？這仍然是個謎。

太陽城赫里奧波里斯的大祭司這個單字，字面意義為「最偉大的預言者」。

度過時間這個字詞與醒著、警戒有相同字根。從警戒可延伸為觀察和監看的意涵：皆為高度注意的狀態。

戰車能發揮強大的防衛力，車行速度快。

不同油膏有各自的功能……此外，含有「偉大」意涵的單字多到數不清：首領、寬宏大量、身材、社會地位、數量、品質、魔法、知識、智慧等等。

度過時間	*oo-resh*	**passer la journée**	*wrš*

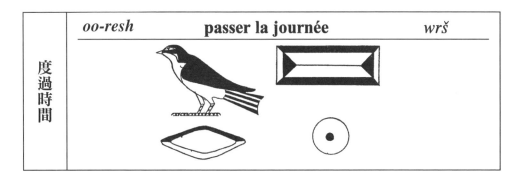

軟膏	*oo-reh*	**onguent**	*wrḥ*

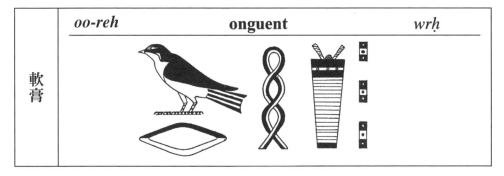

赫里奧波里斯的大祭司	*oor-maw*	**le grand prêtre d'Héliopolis**	*wr m3w*

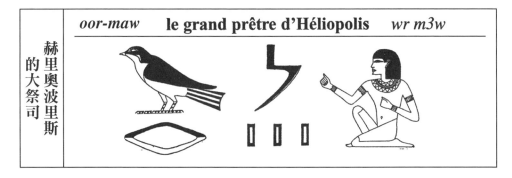

戰車	*oo-rereet*	**char de guerre**	*wrryt*

三音表音符號

埃及文字的三音表音符號為代表三個音的符號，不過進行音譯時，有時必須使用到三個以上的字母來轉寫。三音音符的數量比雙音音符少上很多。我們在此挑選了三十個最常見的三音表音符號。這一部分的編排和雙音符號部分相同，分為符號介紹、定義和語義評述說明。在此再提醒讀者注意，鵪鶉單音符號可表示oo 或w音。

　　最後，T27符號可作為雙音符號使用，可與B62那頁參照比較；這是一個語音符號兩用的絕佳例子！

aha  $^c h^c$

三音符號：帆柱或梯子。「帆柱」的表意符號。

語音和寫法

發音：手臂，燈芯。

1. **ahh-ah-oo** —— **預期壽命，期間。**限定詞：無。
2. **ahh-ah** —— **站起，自食其力，起立，成功。**限定詞：行走中的雙腳。
3. **ahh-ah-oo** —— **階級，社會地位。**限定詞：行走中的雙腳，代表複數形的三條直線。
4. **ahh-ah** —— **石碑。**限定詞：石頭圖案。

語義

　　這個符號背後的基礎意涵為：穩定性、正確的、秩序、持續性和限制，可用於表達時間（生命）和空間（石碑）的單字。船的帆柱是完美的象徵符號，可用來指稱任何筆直的、直立的、雄偉的、不可缺少的、有抵抗力的、持久的事物。

　　起身、站在審判廳、站著、站著提供服務，這些字詞都屬於同一個語義範圍。起身也可用來表示抗力：成功和獲得特定社會階級可以使你免於若干責備。

　　站立著也意味處於良好狀態、健康狀態。但是如此令人欣羨的狀態，也受到時間的支配。

　　界石上銘刻的文字為人類留下該時代的鮮活記憶。

預期壽命，期間

ahh-ah-oo　　　　**durée, période**　　　　^cḥ^cw

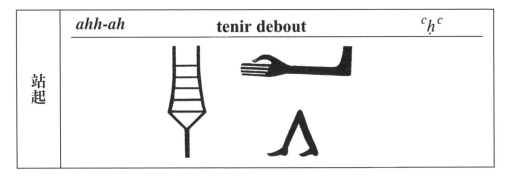

站起

ahh-ah　　　　**tenir debout**　　　　^cḥ^c

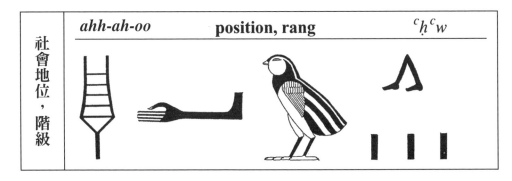

社會地位，階級

ahh-ah-oo　　　　**position, rang**　　　　^cḥ^cw

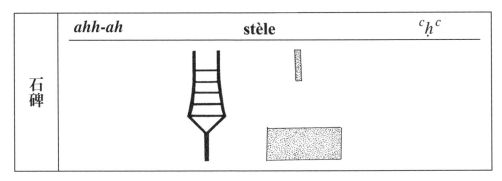

石碑

ahh-ah　　　　**stèle**　　　　^cḥ^c

ahnkh

$^{c}n\underline{h}$

三音符號： 被稱為「生命之符」。但這個圖案畫的究竟是什麼？涼鞋鞋帶？腰帶或圍裙？至今仍無定論。「生命」的表意符號。

語音和寫法

發音：手臂，水波，胎盤。

1. **ahnkh** —— **生命**，無限定詞。可作為「活著」的限定詞。
2. **ahnkh** —— **鏡子**。限定詞：鏡子圖案（或烤窯圖案）。
3. **ahnkh-oo** —— **生者**（亡者的委婉說法，他們在冥界活著）。無限定詞，以三條直線代表複數形。
4. **ahnkh-oo** —— **星星**。限定詞：星星符號，三條直線代表複數形。
5. **ahnkh-oo-ee** —— **兩隻耳朵**。限定詞：兩個耳朵圖案。

語義

　　使用這個符號的單字含義與人的生命有關，不管是直接或比喻的意思，也可用於指稱人的各種感受知覺的單字。

　　鏡子可映照出人的樣子和其生命，這個圓形物品始終令人類好奇著迷。鏡子的另一邊有什麼？能在那邊找到什麼？儘管現代人類已經在科學上取得巨大進展，甚至在月球上插旗，我們對鏡中影的奧祕仍無答案！

　　宇宙在擴展，人的生命在土地和星星之間（地面之下也是）展開，古埃及人相信受到恩寵的亡者，其靈魂會轉世為星星。

生命	*ahnkh* **vie** $^c n\underline{h}$ 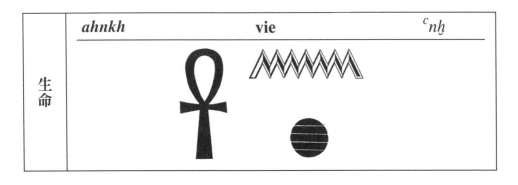

鏡子	*ahnkh* **miroir** *cn\underline{h}* 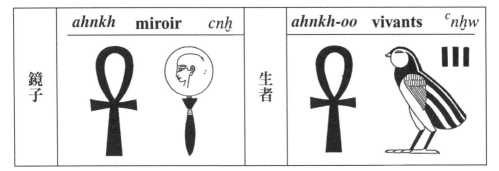	

生者   *ahnkh-oo*   **vivants** $^c n\underline{h}w$

星星	*ahnkh-oo* **étoiles** $^c n\underline{h}w$ 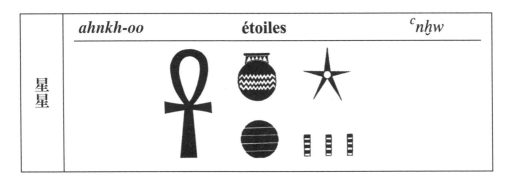

兩隻耳朵	*ahnkh-oo-ee* **les deux oreilles** $^c n\underline{h}wy$ 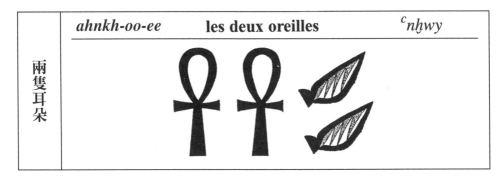

asha

$$^{c}\check{s}3$$

三音符號：蜥蜴。「蜥蜴」的表意符號。

語音和寫法

發音：手臂，池塘，埃及禿鷲。

1. **asha** —— **極多的，許多的**。無限定詞，三條直線代表複數形。
2. **asha** —— **蜥蜴**。無限定詞，一條直線強調蜥蜴符號的本義。
3. **asha-r(o)** —— **喋喋不休地說**。限定詞：把手放到嘴邊的男性。
4. **asha-kheroo** —— **嘈雜的**。限定詞：把手放到嘴邊的男性。

語義

　　這個符號用於許多的、大量的、豐富的、鮮活的這些意涵的單字，甚至幾乎僅限於這類語義範圍。古埃及人會將觀察到的大自然現象或事物拿來與人類做類比，通常展現出十足的幽默感：比如用「湧動的」嘴巴來代表「話多的人」，「許多聲音」代表「喧鬧的」，都是趣味的文字遊戲。

許多的	*asha*	nombreux	$^c\check{s}3$

蜥蜴	*asha*	lézard	$^c\check{s}3$

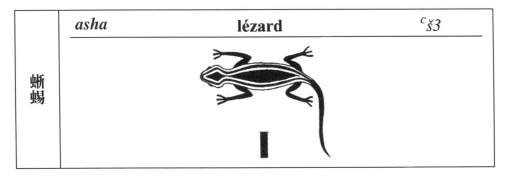

喋喋不休地說	*asha-r(o)*	bavard	$^c\check{s}3$-r

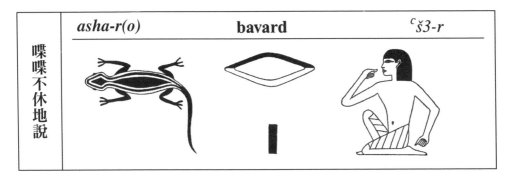

嘈雜的	*asha-kheroo*	bruyant	$^c\check{s}3$-ḫrw

hot

ḥ3t

三音符號：獅子的頭部和肩部。

語音和寫法

發音：燈芯，埃及禿鷲，麵包。

1. **hotee** ── **心**。限定詞：心臟圖案。
2. **er-hot** ── **朝向**，**朝前的**。無限定詞。
3. **hotee-ah** ── **王子**，**貴族**。限定詞：貴族圖像。
4. **hotet** ── **纜繩**，**艏纜**。限定詞：繩子圖案。

語義

　　任何有卓越的、突出的、一流的、前方的、主要的、高貴的意涵的單字，都可見到這個符號。可不是理所當然嗎？獅子是百獸之王。

　　談一下「心」這個字。古埃及人認為心是智慧、勇氣和思想的中心。現代人的一些表達詞語都含有相同概念，像是：「用心在這件事」、「心不在焉」等等。因此，心的複數形寫為 hotyoo，意思就是「思想」，這可沒什麼好意外的，不是嗎？埃及人以心來思考，心是他們的內在自我。

心	*hotee* cœur *ḥ3ty*
	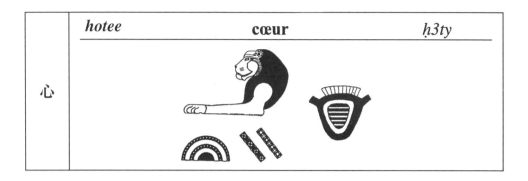

朝向，朝前的	*er-hot* en face, l'avant *r-ḥ3t*
	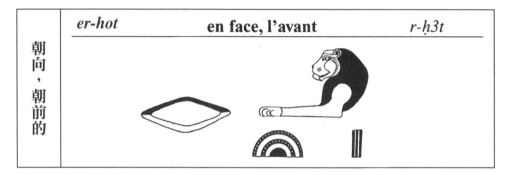

王子，貴族	*hotee-ah* prince, nomarque *ḥ3ty-c*

纜繩	*hotet* corde de halage *ḥ3tt*
	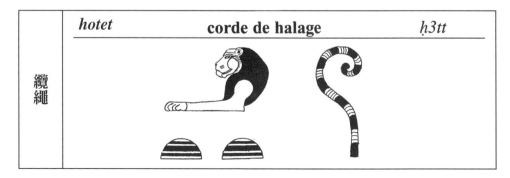

heka

ḥḳ3

三音符號：王室標誌之一。「權杖」的表意符號。

語音和寫法

發音：燈芯，沙丘，禿鷲。

1. **heka** —— **王子，攝政者，統治者**。限定詞：王子圖像。
2. **hekat** —— **君權**。限定詞：莎草紙卷軸（抽象概念符號）。
3. **hekat** —— **赫卡或權杖**。限定詞：無。一條直線強調符號本義。
4. **hekat** —— **用來量穀物的有刻度量器，測量單位**。限定詞：穀物量器圖案。
5. **Hekat** —— **青蛙女神赫克特，分娩之神**。限定詞：神聖的毒蛇。

語義

　　hekat 最初指的是牧人的手杖，這是非常有用的用具，若有羊隻離開隊伍，牧人可用彎曲的握把來拉回牠們。古埃及人認為國王是「好牧羊人」，他聚攏、指引、保護他的羊群。hekat 傳到西方，在那裡被用來代表主教權杖，那是傳統權力標誌之一。

　　量穀器屬於同一個語義範疇。收成的穀物經過估量、測量再貯存起來，一部分存於神廟穀倉，那是因應缺糧的儲備處。未雨綢繆是基本的良好管理方法，法老不用靠解夢治國！

　　「分娩之神」、青蛙女神赫克特的頭銜跟公主、王后專屬的頭銜相同。

王子，攝政	*heka*	prince, régent	*ḥḳ3*

君權	*hekat*	souveraineté	*ḥḳ3t*

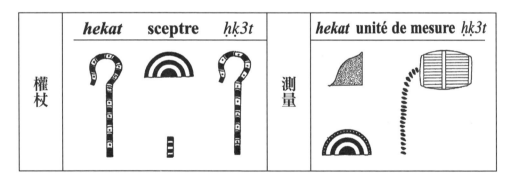

權杖	*hekat* sceptre *ḥḳ3t*	測量	*hekat* unité de mesure *ḥḳ3t*

青蛙女神赫克特	*Hekat*	la déesse Hekat	*Ḥḳ3t*

hetep  *ḥtp*

三音符號：供品桌或供品臺，古埃及人的供品臺為擺放麵包連其模具的蘆葦墊。
「供品桌」的表意符號。

語音和書寫

發音：燈芯，麵包，席子或凳子。

1. **hetep** —— **滿意，實現（動詞和形容詞）**。無限定詞。
2. **heteptyoo** —— **圓滿的，即受到庇佑的亡者、祖先。**限定詞：顯貴之人圖像。
3. **hetep(et)** —— **供品。**限定詞：正在冒煙的香爐圖像。
4. **ee-em-hetep** —— **平安到達，歡迎！**限定詞：此三音符號和其發音的單音符號。

語義

　　使用這個象形符號的單字涵蓋了滿意、快樂、平靜、和平、食物、休息等字義。

　　滿意與否是男與女相處、男性之間相處，以及民眾與法老（人間和冥界的中樞人物）關係的關鍵點。hetep 也有「坐上王位」、擔任一個職務、繼承遺產的意思，主要在講述國王時使用，雖然平民也通用。

滿意，實現	*hetep*	être satisfait, en paix	ḥtp

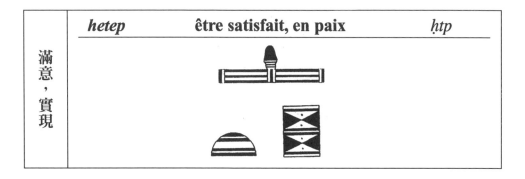

祖先	*heteptyoo*	les ancêtres	ḥtptyw

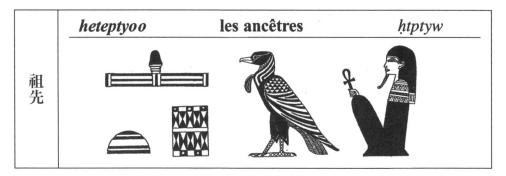

供品	*hetep(et)*	offrandes	ḥtp(t)

平安到達	*ee-em-hetep*	viens en paix !	i(y)-m-ḥtp

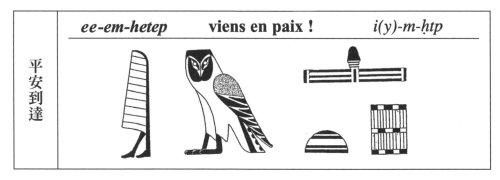

kheper

ḫpr

三音符號：聖甲蟲（糞金龜）。聖甲蟲的表意符號。

語音和書寫

發音：胎盤，凳子（墊子），嘴巴。

1. **Khepri** —— **凱布利神**。限定詞：神祇圖像。

2. **kheper** —— **變為，變成**。限定詞：莎草紙卷軸（抽象概念符號）。

3. **kheperoo** —— **形狀、型態（具體化）**。限定詞：雕像圖案，莎草紙卷軸（抽象概念符號），三條直線代表複數形。

4. **kheper djesef** —— **來自於自身**（造物神的稱號）。限定詞：無。

語義

所有用到 kheper 符號的單字都屬於「變成」的語義範疇，無論是成為、成形或轉變、改變，基礎意涵都一樣。

在宗教層次，透過自己的力量開始存在是造物神的特性，唯有祂能從虛無中出現、成形和行動。

古埃及人從聖甲蟲的非凡繁殖力看到神性力量的象徵。聖甲蟲會把糞便滾成糞球，然後在球裡下卵，圓形的球一如太陽符號。

凱布利神	*Khepri*	le dieu Khepri	*Ḫpri*

變為，變成	*kheper*	devenir, transformer	*ḫpr*

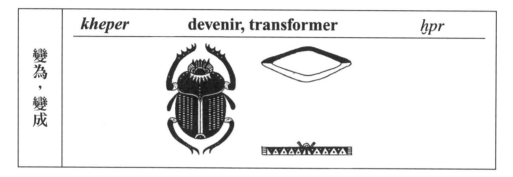

形狀	*kheperoo*	forme	*ḫprw*

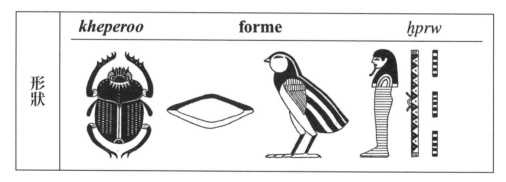

來自於自身	*kheper djesef*	issu de lui-même	*ḫpr ḏś.f*

kheroo

ḥrw

三音符號：船槳。

語音和寫法

發音：胎盤，嘴巴，鵪鶉。

1. **kheroo** —— **聲音**。限定詞：把手放在嘴邊的男性。
2. **ma-ah-kheroo** —— **勝利的**。限定詞：把手放在嘴邊的男性。
3. **kheroo-eet** —— **戰爭**。限定詞：拿著棍棒的手臂。
4. **kheroo-ee** —— **敵人**。限定詞：拿著棍棒的男性。

語義

　　從口中出來的聲音或呼吸會以或強或弱的力量，衝向說話者面對面溝通交流的那位對象。

　　因此含有這個符號的單字語義多元，包括：聲音、塞住的聲音、刺耳的噪音，而挑釁的聲音可以比做是敵人，進而等同於戰爭。聲音也是防禦型武器，可以用來為自己辯護。聲音可以為發言的人（或對話的對象）帶來正面優勢。動詞「獻上供品」具有同樣的意涵。

聲音	*kheroo*	voix	ḫrw

正當的，勝利的	*ma-ah-kheroo*	justifié ; victorieux	m3ᶜ-ḫrw

戰爭	*kheroo-eet*	guerre	ḫrwyt

敵人	*kheroo-ee*	ennemi	ḫrwy

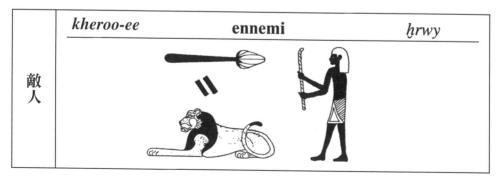

khenem

ẖnm

三音符號：附有握把的大瓶子。「瓶子」的表意符號。

語音和寫法

發音：哺乳動物的腹部，水波，貓頭鷹。

1. **khenemet** —— **水缸。**限定詞：三個水波圖案或池塘圖案。
2. **Khenemoo** —— **公羊神庫努姆。**限定詞：神祇圖像。
3. **khenem** —— **結合，聯合。**限定詞：莎草紙卷軸（抽象概念符號）。
4. **khenem** —— **群。**限定詞：羚羊圖案或哺乳動物的下半身，三條直線代表複數形。

語義

從 khenem 符號展開的語義串連相當有趣。

首先，此符號指的是一個盛裝液體的大型容器，而公羊神庫努姆為第一瀑布之神，以性慾聞名，兩者之間的關聯性可說相當顯著。庫努姆的一個稱號叫「英俊的造人者」，反映出 khenem 這個動詞的若干抽象意涵，像是：結合、萌芽、圍繞、接受。此符號可指大量的事物，也有保護和包含（水瓶為容器）的意涵。使用它的單字字義範圍可擴及所有相關概念。

khenem 這個字若使用動物圖案作為限定詞，並有三條直線代表複數形時，字義是「群」，但是，若以男性或女性圖案作為限定詞，意思可指群眾、市民、受贍養人。

水缸	*khenemet*	citerne	*ẖnmt*

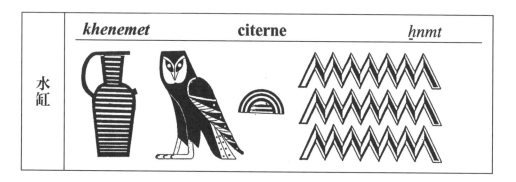

庫努姆神	*Khenemoo*	le dieu Khnoum	*Ḫnmw*

結合，聯合	*khenem*	joindre, unir	*ẖnm*

群	*khenem*	troupeau	*ẖnm*

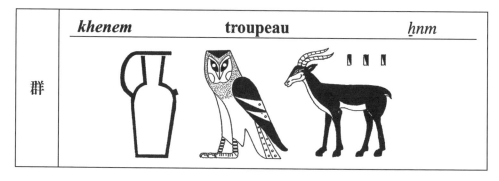

yoon  *iwn*

三音符號：石柱。「石柱」的表意符號。

語音和寫法

發音：蘆葦穗，鵪鶉，水波。

1. **yoonet** —— **多柱式建築，有柱子環繞的房間。** 限定詞：房屋或建築物圖案。
2. **Yooneet** —— **伊斯納城（希臘語稱 Latopolis）。** 限定詞：具有交叉路口的城鎮俯瞰圖形。
3. **Yoonet** —— **丹達拉城。** 限定詞：具有交叉路口的城鎮俯瞰圖形。
4. **Yoonoo** —— **赫里奧波里斯城。** 限定詞：具有交叉路口的城鎮俯瞰圖形。

語義

　　這個符號顯然有穩定、支撐和大型建築物的意涵。荷魯斯神的一個稱號是「他母親的柱子」，即為使用此符號的絕佳例子。

　　除了這頁介紹的幾個城鎮以外，古稱伊烏尼（Iuny）的赫爾蒙迪斯（Hermonthis）也是聖城。

有柱子的大廳	*yoonet*	grande salle à colonnes	*iwnt*

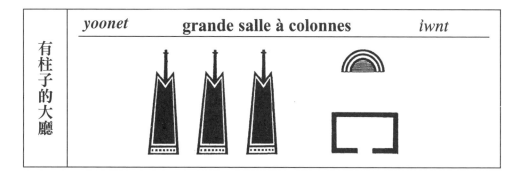

伊斯納城	*Yooneet*	Esna (ville)	*ꞽwnyt*

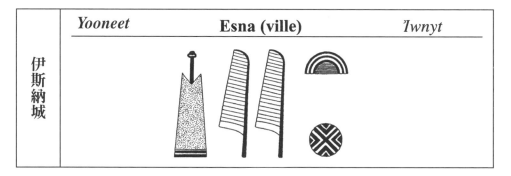

丹達拉城	*Yoonet*	Dendarah	*ꞽwnt*

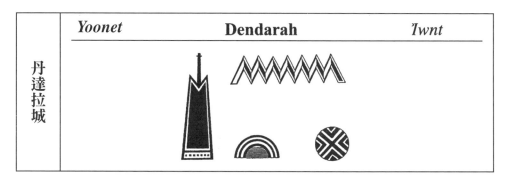

赫里奧波里斯城	*Yoonoo*	Héliopolis	*ꞽwnw*

menekh  *mnḫ*

三音符號：鑿子。「鑿子」的表意符號。

語音和寫法

發音：貓頭鷹，水波，胎盤。

1. **menekh** —— **鑿子。**限定詞：鑿子的三音符號。寫法為雙音符號 men（B40）和兩個單音符號。

2. **menekh** —— **有效率的，有能力的，可信賴的。**寫法跟前一個字詞一樣，只有限定詞改變。此字的限定詞為莎草紙卷軸（抽象概念符號）。

3. **menekhoo** —— **優秀：一個人的德行或優點。**限定詞：此三音符號，莎草紙卷軸，三條直線表示這是一種普遍概念。

4. **menekhet** —— **好意，坦白的、率直的。**限定詞：此鑿子符號，有時（此字不是）會加上莎草紙卷軸圖案和代表複數形的三條直線。

語義

　　鑿子有鑿入、刨挖和塑形的功能，此符號代表使用鑿子的人所具備的特質。不僅指他的操作技巧，還有他的心理素質。這個符號基本和建築物有關，用到這個符號的單字都具有正面意涵，例如：光輝的、有力的、受人尊重的、忠實的等等。換言之即是各種領域的佼佼者。這頁介紹的幾個單字傳遞出的內在含義是：無論你具備什麼技術，只要認真盡心去做，就能打造出持久的價值。

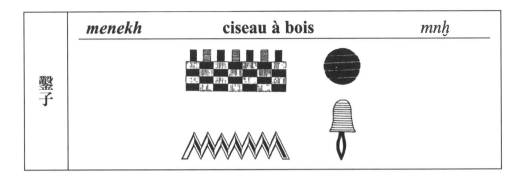

| 鑿子 | *menekh* | ciseau à bois | *mnḫ* |

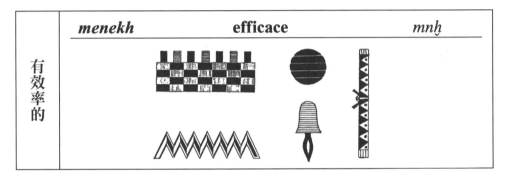

| 有效率的 | *menekh* | efficace | *mnḫ* |

| 優秀 | *menekhoo* | excellence | *mnḫw* |

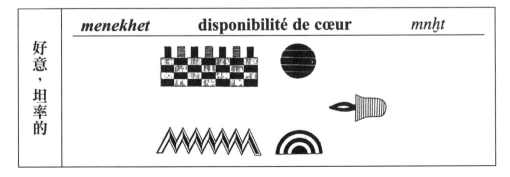

| 好意，坦率的 | *menekhet* | disponibilité de cœur | *mnḫt* |

moot *mwt*

三音符號：白兀鷲（西域兀鷲，gyps fulvus）。「母親」的表意符號。

語音和寫法

發音：貓頭鷹，鵪鶉，麵包。這個符號原本為雙音符號，發音為 ner；舉例來說，neret 為禿鷲的意思。基於不明的理由，此兀鷲圖像被當作「母親」的表意符號，也作為 moot 的表音符號。

1. **Moot** —— **姆特（Mut）女神**。限定詞：女神圖像。
2. **moot** —— **母親**。限定詞：女性圖像。
3. **moot** —— **砝碼（天平）**。限定詞：石頭圖案。
4. **mery-en-Moot** —— **姆特女神摯愛的人**。限定詞：無。

語義

　　這個象形符號主要用於媽媽、生命源頭、愛、保護這些單字。有意思的是，在拉丁語、日耳曼語、盎格魯-薩克遜語甚至閃語這些語系裡，母親這個單字的發音都有 u 或 oo 或 ah 的音，並有雙唇閉合子音 m。發 moot 這個符號的音時，雙唇的形狀就像吸著母親奶水的嬰孩。

　　另一方面，在西方語言裡，用來指稱父親的字可能以 p 開頭，聽起來就像打擊聲，也可能以 f 開頭，聽起來是揮鞭子的聲音。

　　一些埃及王后為了受到神的庇護，使用了「姆特女神摯愛的人」這樣的稱號放入名字，拉美西斯二世的愛妻妮菲塔莉（Nefertari）即是一例。

　　但是這麼做有什麼好處？我們想到《亡者之書》的一段文字，亡者的在歐西里斯的審判廳接受審判時，會將自己的心臟放在瑪亞特女神的天秤上，他發出呼聲：「我母親的心啊，別做出對我不利的證言！」

姆特女神	*Moot*	**la déesse Mout**	*Mwt*

母親	*moot*	**mère**	*mwt*

砝碼	*moot*	**poids**	*mwt*

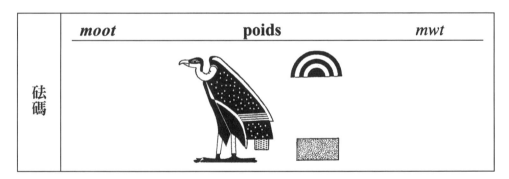

姆特女神摯愛的人	*mery-en-Moot*	**aimé(e) de Mout**	*mry-n-Mwt*

269

nedjem

ndm

三音符號：可能是角豆莢。

語音和書寫

發音：水波，眼鏡蛇，貓頭鷹。

1. **nedjem**——**角豆樹**。限定詞：樹圖案。

2. **nedjem**——**柔軟的，甜的**。限定詞：莎草紙卷軸（抽象概念符號）。

3. **nedjemmeet**——**熱情**。限定詞：陰莖，代表複數形的三條直線。

4. **nedjem**——**宜人的，令人愉快的**。限定詞：把手放到嘴邊的男性。

語義

　　角豆樹的甜美果實令人想起各種各樣的愉悅感受，可能是味覺、嗅覺、觸覺的。

　　以比喻的意思，此符號也指稱一個人樂於享受愉快、殷勤、友善、快樂的行為。性愛歡愉也屬於熱情的語義範疇。

角豆樹	*nedjem*	**caroubier (arbre)**	*nḏm*

柔軟的，甜的	*nedjem*	**doux, sucré**	*nḏm*

熱情	*nedjemmeet*	**passion**	*nḏmmyt*

宜人的，令人愉快的	*nedjem*	**être agréable**	*nḏm*

271

nefer

nfr

三音符號：心臟與氣管的圖案。「好的」、「完美的」、「美麗的」、「年輕的」等等的表意符號。

語音和寫法

發音：水波，頭上有角的毒蛇，嘴巴。

1. **Nefer-tem** —— **奈菲圖姆神**。限定詞：神祇圖案。
2. **Nefer-tee-tee** —— **娜芙蒂蒂王后**。限定詞：無；名字以象形繭框住。
3. **neferoot** —— **美人**。限定詞：三個女性圖像代表複數形。
4. **nefer** —— **美麗的，完美的，良好的**。限定詞：一條直線強調符號的本義。

語義

這個奇怪符號是由人體的兩個維生器官組成：作為血液循環幫浦的心臟和供應空氣（氧氣）的氣管。古代埃及人顯然很了解這兩個器官的重要性。使用這個符號的一系列字詞皆有正面意涵 —— 不只有廣為使用的形容詞（良好、美麗、完美），也用於精力旺盛、年輕、品質良好、有才能的、仁慈的、優雅的、忠誠的、值得信任的等字。

若干祭司頭銜和行政職位的稱號會用到這些字詞，而在日常用語裡，這些字可作為名詞。

葡萄酒、啤酒、穀物為 nefer；一些動物（牛、馬）、衣料、建築物地基、陽光、火、王冠等等，都寫為 nefer！

奈菲圖姆神	*Nefer-tem*	**Nefertoum (dieu)**	*Nfr-tm*

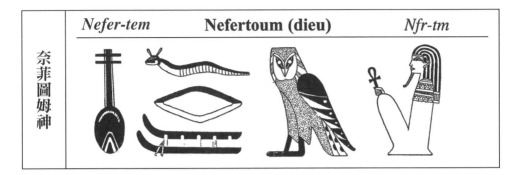

娜芙蒂蒂王后	*Nefer-tee-tee*	**Nefertity**	*Nfrt(y)-ỉ(ỉ)ty*

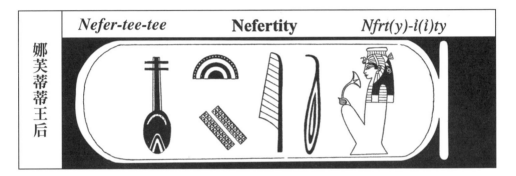

美人	*neferoot*	**les belles**	*nfrwt*

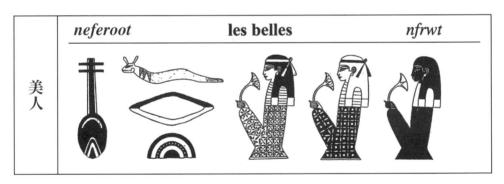

美麗的，良好的，完美的	*nefer*	**beau, bon, parfait**	*nfr*

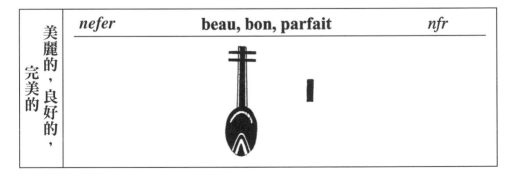

netcher

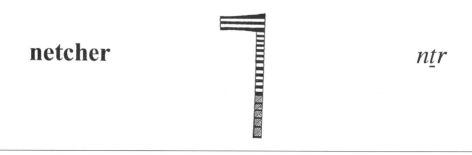

ntr

三音符號：神標。畫的是似乎繫上布料的柱子。「神」的表意符號。

語音和寫法

發音：水波，綁家畜的繩子，嘴巴。

1. **medoo-netcher** ── **神聖符號，象形文字**。寫法上，先寫 netcher 符號，再寫三個代表「文字」的符號（複數形）；基於尊敬之意，作為限定詞的神祇圖案不置於字尾。

2. **netcheret** ── **女神**。限定詞：女神圖像。

3. **netcher** ── **神**。限定詞：古代代表神祇的符號。

4. **netcher** ── **神**。限定詞：神祇圖像。

語義

　　這個象形符號僅使用於任何與神相關的單字，因此也包含跟國王有關的。國王是 netcher nefer，即完美的、勝利的、有益的人。法老的王后和妻子也用相同的頭銜，但是寫為陰性形。

　　祭司的頭銜，像是「神聖父親」、「神的僕人」也屬於同個語義範疇。

　　任何經過儀式變得神聖的事物也是 netcher，例如泡鹼這種用於製作木乃伊的物質，以及祭司衣服、神像、喪葬儀式的各種用具（特別是開口儀式用的工具）。焚香 sen-netcher，字面意思是「神聖的味道」。

　　古埃及人相信文字是由神創造的，埃及象形文字為神的文字。

	medoo-netcher	hiéroglyphes	mdw-ntr

象形文字

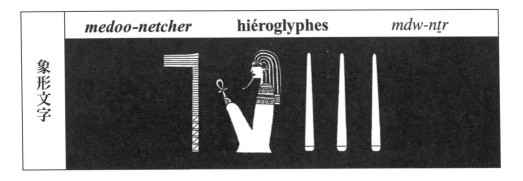

	netcheret	déesse	ntrt

女神

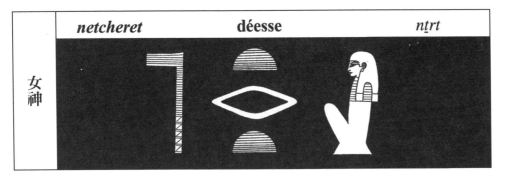

	netcher	dieu (graphie archaïque)	ntr

神（古代寫法）

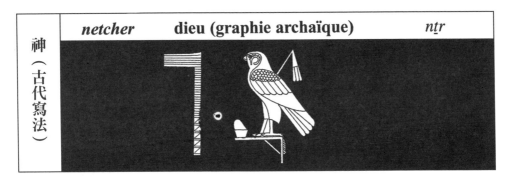

	netcher	dieu (graphie courante)	ntr

神（後來的寫法）

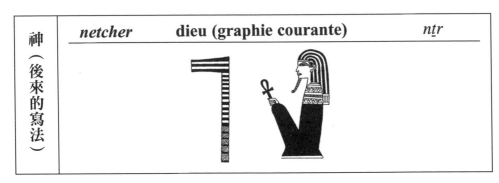

roodj

rwḏ

三音符號：從弓解下的弦，畫有鉤環。「弦」的表意符號。

語音和寫法

發音：嘴巴，鵪鶉，眼鏡蛇。

1. **roodj** —— **沙岩，岩石**。限定詞：石頭圖案。
2. **roodj** —— **堅實的，強壯的**。限定詞：拿著棍棒的手。
3. **roodj** —— **管理、治理**。限定詞：拿著棍棒的手。
4. **roodjet** —— **成功**。限定詞：弓弦符號。

語義

　　「治理」和「成功」兩個字屬於同一個概念：弦是弓的靈魂，是它將箭（意志）快速送達目標。roodj 也是國家公僕的稱號，包括高階官員。成功以後可以有短暫休息，解開的弓弦呈現鬆弛休息的意涵。

　　具有力量是弓弦的一項特性，亞麻線和布料的韌性也是 roodj。石造建築是堅實的，就像骨頭是堅硬的，roodj 也可指穩定的健康狀態，良好的身體抵抗力。這個字詞也指有效的藥物。藥物帶有保護的意涵，看顧歐西里斯的守護靈也叫 roodj！

	roodj	grès, pierre	*rwḏ*
沙岩，岩石		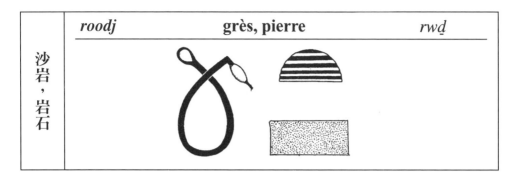	

	roodj	solide	*rwḏ*
堅實的，強壯的			

	roodj	administrer	*rwḏ*
管理、治理		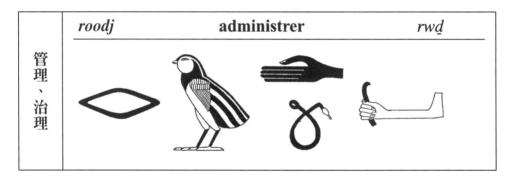	

	roodjet	succès	*rwḏt*
成功			

seba

śb3

三音符號：五個尖角的星星。「星星」的表意符號。

語音和寫法

發音：披掛在椅背的布，人腳，埃及禿鷲。

1. **seba** —— **星星**。限定詞：星星符號。
2. **seba-eet** —— **書面教導**。限定詞：莎草紙卷軸（抽象概念符號）。
3. **seba** —— **門，出入口**。限定詞：房屋圖案。
4. **seba** —— **學習，教導**。限定詞：拿著棍棒的手。

語義

　　在古埃及，占星學是一門發展完善的科學。他們觀測天文星象，將星星的運行鉅細靡遺地記錄下來。逐漸累積的星象知識寫在莎草紙卷軸上，或銘刻在神廟（拉美西姆神廟）和祭殿（塞提一世祭殿）作為牆面裝飾。神廟圖書室保存了這些文書，也作為教導的教材使用。「教導」這個動詞的限定詞為拿著棍棒的手，明白揭示教導有各式各樣的方法。seba-oo「教育」這個字用了同樣符號作為限定詞，而 seba-oo 也可以指「處罰」——頗值得玩味。「疲倦」、「精疲力竭」兩個字裡用了星星符號，這倒是理所當然，毫不令人意外。

　　星星為天堂之門，日常生活裡的「門」寫法，也含有星星符號。

星星	*seba*	**étoile**	*śb3*

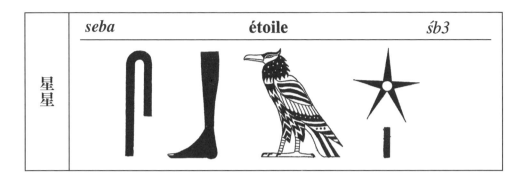

書面教導	*seba-eet*	**enseignement écrit**	*śb3yt*

門	*seba*	**porte**	*śb3*

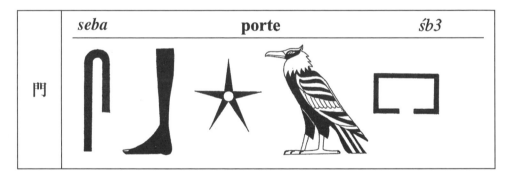

學習	*seba*	**apprendre**	*śb3*

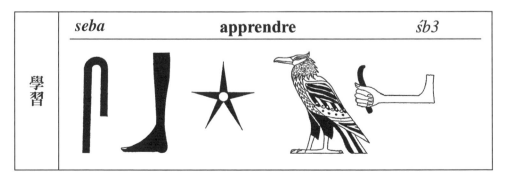

see-ah

śi3

三音符號：附有纓穗的布片。「布」的表意符號。

語音和寫法

發音：披掛在椅背的布，紙莎草，埃及禿鷲。

1. **See-ah 學習、洞察和內在智慧之神希亞（Sia）**。限定詞：神祇圖案。

2. **see-ah-eeb** —— **智者**。限定詞：無。

3. **see-ah** —— **承認，察覺，知道**。限定詞：把手放在嘴邊的男性。

4. **see-ah** —— **布料**。限定詞：布片圖案。

語義

　　古埃及人認為心是內在智慧的中心，因此sia-ib這個字包含心臟符號。幾位埃及神祇都具有智慧，托特神為智慧之神，而希亞神是祂的一個神格。

　　知道、理解、覺察，甚至是觀看，這些動詞都屬於同一個語義範疇，「照看」，甚至「監視」也可包含在內，掌握知識等於掌握某種原來祕而不宣之事。

　　這些字詞裡的布片符號有語義上的關聯，但是此符號也直接作為布的表意符號？令人費解……

內在智慧之神希亞	*See-ah*	**Sia, le génie de la science innée**	*Śỉ3*

智者	*see-ah-eeb*	**sage**	*śỉ3 ỉb*

知道，察覺	*see-ah*	**savoir, percevoir**	*śỉ3*

布料	*see-ah*	**étoffe**	*śỉ3*

281

sekhem

śḥm

三音符號：象徵權威的權杖或軍旗。「權杖」或「標誌」的表意符號。

語音和寫法

發音：披掛在椅背的布，胎盤，貓頭鷹。

1. **Sekhmet** —— **塞赫麥特女神。**限定詞：塞赫麥特母獅神圖像。

2. **sekhemty** —— **雙重王冠。**限定詞：雙重王冠圖案。

3. **sekhemet** —— **力量，權力。**限定詞：三條直線代表複數形。

4. **sekhem** —— **有力的，有權力的。**限定詞：拿著棍棒的手。

語義

母獅神塞赫麥特代表力量和凶猛。權杖也是神祇的象徵。

埃及法老的雙重王冠為王權象徵，上頭的蛇形和母獅標誌代表上下埃及的兩位守護女神。兩個「力量」—— sekhemty轉寫為希臘文之後，成為pschent紅白雙冠。

塞赫麥特女神	*Sekhmet*	la déesse Sekhmet	*Śḥmt*
	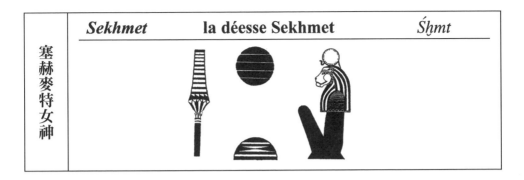		

雙重王冠	*sekhemty*	la double couronne	*sḥmty*

力量，權力	*sekhemet*	le pouvoir	*sḥmt*

有力的，有權力的	*sekhem*	puissant	*sḥm*

sema   *śm3*

三音符號：肺與氣管。「參與」、「結合」的表意符號和限定詞。

語音和書寫

發音：披掛在椅背的布（最初為門閂），貓頭鷹，埃及禿鷲。

1. **Sema-ta-ewy** —— **兩塊土地** —— **上埃及和下埃及的統一**。限定詞：平地與沙粒圖案，一條直線。

2. **sema** —— **結合**。限定詞：莎草紙卷軸（抽象概念符號）。

3. **sema-oo** —— **樹枝**。限定詞：樹枝圖案，三條直線。

4. **sema** —— **側面，頭皮**。限定詞：一綹頭髮圖案。

語義

　　用到這個符號的最知名單字為指稱兩塊土地 —— 上埃及和下埃及統一的王室儀式。荷魯斯神和賽特神（經常由托特神取代）為該儀式的象徵標誌，王座的側面也裝飾有兩位神祇的紋章。

　　樹枝與樹木緊密相關，就像頭皮和頭顱的關係。

　　從字根「結合」sema衍生的單字相當多，包括：接合、聯合、分享、準備、伴侶等。偉大的國王妻子為sema-eet，君主的夫或妻可以用此字指稱。

上下埃及統一 | *Sema-ta-ewy* **Union des Deux Terres** *śm3-t3wy*

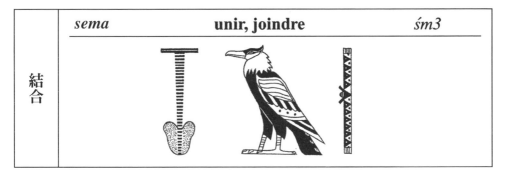

結合 | *sema* **unir, joindre** *śm3*

樹枝 | *sema-oo* **branches** *śm3w*

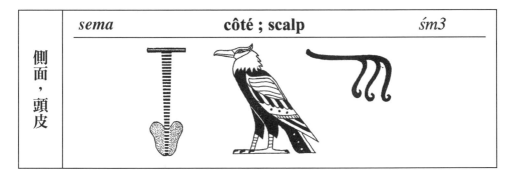

側面，頭皮 | *sema* **côté ; scalp** *śm3*

senedj

śnḏ

三音符號： 準備用來烹煮的鵝或鴨。

語音和寫法

發音：披掛在椅背的布，水波，眼鏡蛇。

1. senedj —— **畏懼，尊敬。** 限定詞：把手放在嘴邊的男性。
2. senedjet —— **恐懼。** 限定詞：一條直線。
3. senedjoo —— **害怕的、害怕的男人。** 限定詞：把手放在嘴邊的男性圖像，男性圖像。
4. senedjet —— **恐怖。** 限定詞：準備用來烹煮的鴨子圖案。

語義

可憐的家禽被綁起準備送去燒烤，牠的遭遇只會激起同伴的恐懼，但以人類觀點，看到一隻肥美待烹的家禽，聯想到的是自己身體受到滋補會更健康。循此意涵脈絡，動詞ooshen「擰頸子」，也用了這個陰沉的三音符號作為限定詞。

因此「畏懼」、「害怕」、「感到恐怖」及所有其他的相關字會含有此符號，皆是依循相同的語義邏輯。畏懼時也可能帶有敬意，就如人們對神、國王和其他高官顯貴抱持著尊崇又敬畏的心。民眾樂於向他們尋求「保護」（senedj）。此外，一個認真盡職的首領君主不會拒絕提供自己的支持協助，因此人們可以擺脫「憂慮」（也是senedj）。

畏懼，尊敬	*senedj*	craindre, respecter	śnḏ

恐懼	*senedjet*	craindre	śnḏt

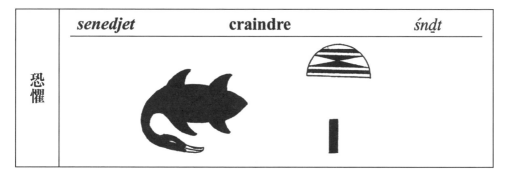

害怕的男人	*senedjoo*	homme effrayé	śnḏw

恐怖	*senedjet*	terreur	snḏt

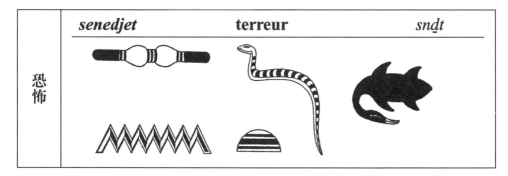

shemah

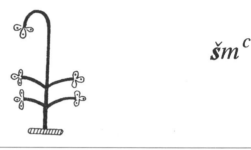

$\check{s}m^c$

三音符號：開花的植物，無法分辨是何種植物。上埃及的表意符號。

語音和寫法

發音：庭園池塘，貓頭鷹，手臂。

1. **Ta-shemah/Ta-shema** —— **上埃及**。無限定詞。
2. **shemah-eet** —— **女性歌手（為神唱頌歌的人，通常是為阿蒙神而唱）**。限定詞：女性。
3. **shemaht** —— **來自上埃及的亞麻**。限定詞：細繩圖案。
4. **eet-shemah-ee** —— **來自上埃及的大麥**。限定詞：量穀器圖案。

語義

　　指稱埃及南部的單字都屬於這個開花植物符號的語義範疇。儘管專家們不斷努力，仍然未能對這個三音符號所描繪的植物有定論。看法相當紛歧，有說是濕地植物，也有人認為是沙漠植物，這意味此符號代表的基本意涵也相當廣泛。可以肯定的是，這種植物是上埃及的象徵標誌，經常與下埃及的標誌（鞭子符號 meh，見 B38）一起出現。來自上埃及的產品都受到高度推崇，例如：穀物（釀啤酒用的大麥）、牛肉、因為彈性著稱的亞麻。亞麻纖維可織成最細緻的亞麻布，穿在身上柔滑貼身得宛如第二層肌膚。亞麻或亞麻布為 shemaht，動詞 shema 的意思是緊貼他人，兩個單字之間有語義上的關聯，同時也像文字遊戲似的。

　　shema 和「歌唱」的關聯似乎只是語音上的。但是「唱」的意涵可衍生為：拍手、鼓掌、風的嘯聲、猴子的嗚咽聲、歌唱、阿蒙神的歌手（最知名的一個字詞）和演奏樂器。

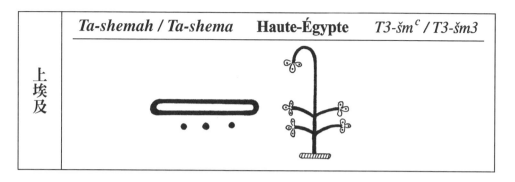

上埃及

Ta-shemah / Ta-shema　　**Haute-Égypte**　　*T3-šm^c / T3-šm3*

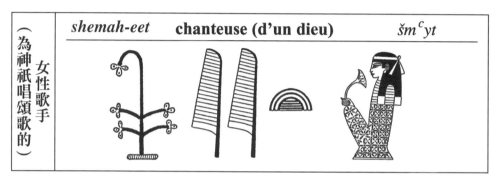

（為神祇唱頌歌的）女性歌手

shemah-eet　　**chanteuse (d'un dieu)**　　*šm^cyt*

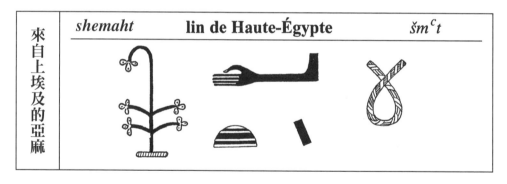

來自上埃及的亞麻

shemaht　　**lin de Haute-Égypte**　　*šm^ct*

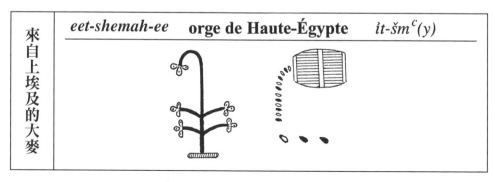

來自上埃及的大麥

eet-shemah-ee　　**orge de Haute-Égypte**　　*it-šm^c(y)*

shemes

šmś

三音符號：獵人或戰士的行李。「跟隨」、「侍從」的表意符號。

語音和書寫

發音：池塘，貓頭鷹，披掛在椅背的布。

1. **shemes** —— **跟隨**。限定詞：行走中的雙腳。
2. **shemesoo** —— **大臣，隨從**。限定詞：男性圖案（有時會加上複數形的三條直線）。
3. **shemesoot** —— **國王或神的侍從**。限定詞：行走中的雙腳，複數形符號（三條直線）。
4. **shemes-oodja** —— **送葬隊伍**。限定詞：行走中的雙腳。

語義

　　行李裡究竟裝了什麼？它原本的用途是什麼？這是依然未有答案的問題。裡頭也許裝了狩獵或征戰的一切必要工具，可能是行李主人自己背，或是由他的助手來背。含有這個符號的字詞都有跟隨、提供服務、可利用的意涵。

　　大臣為國王的跟隨者；祭司是神的跟隨者。天界的靈魂跟隨太陽，幫忙拉動太陽船；在人間，送葬隊伍的人員拉動靈柩車，亡者的家人和朋友跟隨在後。

　　最後要一提，這個奇特的象形符號和冥界執法者貓女神瑪弗德特（Madfet）有所關聯。從這個新視角可衍生出更多不同的解讀符號方式。

跟隨	*shemes*	**suivre**	*šmś*

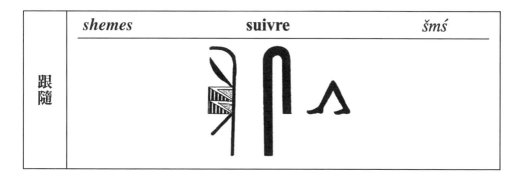

大臣，隨從	*shemesoo*	**courtisans, suivants**	*šmśw*

國王或神的侍從	*shemesoot*	**la suite du roi, du dieu**	*šmśwt*

送葬隊伍	*shemes-oodja*	**procession funéraire**	*šmś-wḏ3*

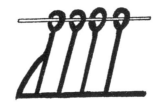

shesep　　　　　　　　　　　　　　*šsp*

三音符號：柵欄或圍牆。

語音和寫法

發音：池塘，門閂（或披掛在椅背的布），凳子（墊子）。常見將 shesep 倒置為 seshep 的寫法。

1. **shesepoo** —— **人面獅身像。** 限定詞：人面獅身像圖案。
2. **shesep** —— **圖像，雕像。** 限定詞：雕像圖案。
3. **shesep** —— **白色，發光的。** 限定詞：閃耀的太陽圖案。
4. **shesepet** —— **黃瓜。** 限定詞：水果，三條直線代表複數形。

語義

　　此符號本身有限制和劃分的意涵，這頁介紹的單字看似互不相關，但各自與圍牆圖案有語義上的合理牽連。

　　動詞 shesep 是收到、接受、捉取的意思。shesep 的用法很多，也是一個醫學詞彙，因此黃瓜這個單字和若干藥物成分都用到圍牆符號。收到禮物、公僕接受職位、國王收到供品和得到王位、士兵抓住武器、主人接待朋友、為受迫害者提供庇護，皆為 shesep 的語義範圍。在比喻層面，shespe 也可指收到讚美和打擊（真正的打擊，命運的意外橫禍）。神廟迎來神、房子迎來住戶，祭殿迎來新入住者，都是 shesep。shesep 也是度量單位，指的是每個腕尺的更小單位掌尺。

　　所有這些活動都有各自的衍生詞。藝術家的手描繪出圖像，圖像再接受畫龍點睛的儀式，便被「注入滿滿生命力」。人面獅身像是「活生生的圖像」，只要透過儀式就能活起來。在雕像上進行的「開口」儀式，過去被稱為「雕像之書」。雕像一旦被注入生命力，便會閃閃亮亮，發出神聖的振動。

人面獅身像	*shesepoo*	sphinx	*šspw*

雕像，圖像	*shesep*	statue ; image	*šsp*

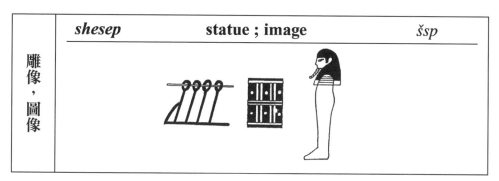

白色，發光的	*shesep*	blanc ; brillant	*šsp*

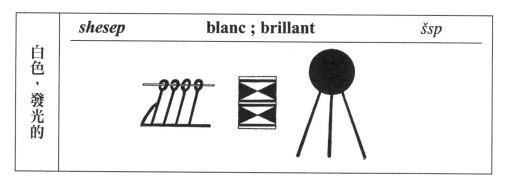

黃瓜	*shesepet*	concombre	*šspt*

293

tyoo  *tyw*

三音符號：鵟（buteo ferox）。

語音和寫法

發音：麵包，兩支蘆葦穗，鵪鶉。

1. **khertyoo-netcher** —— **那些從屬於大墓地的。** 限定詞：男性圖像，代表複數形的三條直線。

2. **ee-tyoony** —— **歡迎你！** 限定詞：無。

3. **eemntyoo** —— **西方居民。** 限定詞：無；有時為男性圖像和女性圖像。

4. **kheftyoo** —— **敵人。** 限定詞：擊打自己額頭的男性。

語義

　　這個三音符號純粹是書寫符號和語音符號，並不是表意符號，因此它沒有任何特別的語義意涵，用到此符號的單字字義相當多元，彼此在語義上毫無關聯。我們對此符號唯一能多說的一點，就是它所描繪的鳥種。鵟是一種格外凶殘的掠食性鳥類，牠的拉丁學名清楚表明此特性。含有此符號的歡迎不必然是友善的；此符號也用來指稱敵人，意指敵人的性情行為就和禿鷲一樣。在大墳地工作的人，埋葬在活人居住地西邊的亡者，這兩個字詞也用鵟符號。

那些屬於大墓地的	***khertyoo-netcher***	**ceux de la nécropole**	*ẖrtyw-nṯr*

歡迎你！	***ee-tyoony***	**salut vous !**	*ỉỉ-tywny*

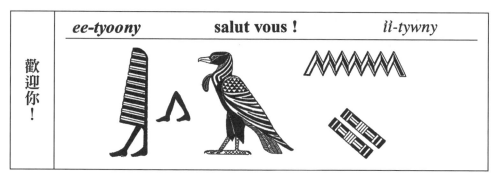

西方居民（亡者）	***eemntyoo***	**les occidentaux (morts)**	*imntyw*

敵人	***kheftyoo***	**les ennemis**	*ẖftyw*

wadj

w3ḏ

三音符號：開花的紙莎草梗。「紙莎草柱」、「紙莎草」的表意符號。

語音和寫法

發音：鵪鶉，埃及禿鷲，眼鏡蛇。

1. **Wadjeet** —— **眼鏡蛇女神瓦吉特**。限定詞：捲繞的眼鏡蛇圖像。

2. **wadj** —— **紙莎草（植物）**。限定詞：植物符號。

3. **wadj** —— **綠色**。無須限定詞。

4. **wadj-oor** —— **深綠色的海＝海**。限定詞：三個水波符號（水）。

5. **wadjedjet** —— **草木，綠葉，綠色植物**。限定詞：植物圖案，代表複數形（集合名詞）的三條直線。

語義

　　多麼綠意盎然的符號！與埃及聯繫最深的這種植物是許多單字的字根，而且所有字義都是正面的。「紙莎草」、「綠色」、「植物」與符號的關聯最顯著。「深綠色」的海為地中海，雖然現今我們更常以「深藍色」形容地中海。

　　眼鏡神女神絕不是綠色，但這種神聖毒蛇居住在沼澤綠地。尼羅河三角洲地區的人信仰這位女神，祂的主要神廟位於布陀（Buto），即古埃及時代的兩座聖城沛（Pe）和德普（Dep）。瓦吉特女神是下埃及紅冠（綠色的互補色！）的象徵，也為下埃及守護神。

　　但是wadj也有其他意涵：女神的權杖、「青澀」的性、活力、兒子、子女、青春、良好的健康。富有的人是快樂的；紙莎草形狀的柱子是綠色的，紙莎草形狀護身符也是綠色的。一些香水、油膏和身體用油是wadj。這個符號用在食物相關單字時，可指新鮮的（牛奶）、未敗壞的（也包含比喻意思）或生的。供品是新鮮的，帶給亡者活力，使他們的身體準備好在來世重生。

眼鏡蛇女神瓦吉特

Wadjeet　　**Ouadjet, déesse-cobra**　　*W3ḏyt*

紙莎草

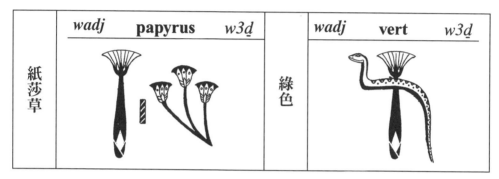

wadj　**papyrus**　*w3ḏ*

綠色

wadj　**vert**　*w3ḏ*

深綠色的海

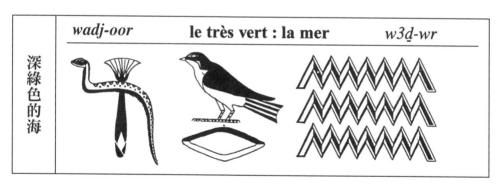

wadj-oor　　**le très vert : la mer**　　*w3ḏ-wr*

草木

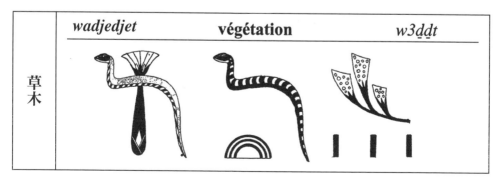

wadjedjet　　**végétation**　　*w3ḏḏt*

wah　　　　　　　　　　　　　　　　　　　*w3ḥ*

三音符號：麥稈掃帚，也參見雙音節符號 sek（B62）。

語音和法寫

發音：鵪鶉，埃及禿鷲，燈芯。

1. **wah** —— **穿上，放下**。限定詞：莎草紙卷軸（抽象概念符號）。
2. **wah-eeb** —— **友好的，有耐心的**。限定詞：莎草紙卷軸。
3. **wahoo** —— **項鍊**。限定詞：項鍊圖案。
4. **waheet** —— **穀物，穀類**。限定詞：量穀器圖案。

語義

　　這個三音符號的發音跟掃帚的單字完全不同，雖然都使用了一樣的符號。我們不知道為什麼有這樣的差異，但是轉變應該發生於中王國末期。不只發音，就連語義也無關聯，此掃帚符號的基本意涵為：穿上、放下、給予、獻上祭品、建立、奉獻、忍受等等。舉例來說：穿上衣服、放下手臂、放下重擔、給一件衣服、給一件珠寶。另一個含義則是以充滿愛的耐性奉獻出心意和時間。獻上豐盛的供品可使亡者的記憶永垂不朽，也是對神的祈求。只要這塊土地（wah-tep-ta）上還有生命，人人都渴望壽命越長越好。

　　算術的時候，得平定餘數來得到正確答案。waheet 量穀器有這樣的意涵。司法審判也需要正確的評量，這是為什麼 wah 符號可用於立下誓約或「低頭」（wah tep）這樣的表達法，定罪囚犯被「處以死刑」（wah moot）時必須低著頭。

穿上，放下	*wah*	**poser, déposer**	*w3ḥ*

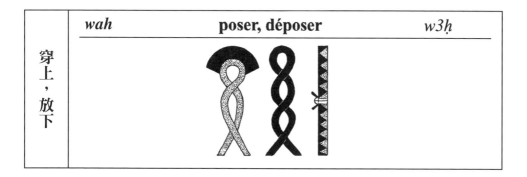

友好的，有耐心的	*wah-eeb*	**amical, patient**	*w3ḥ-ib*

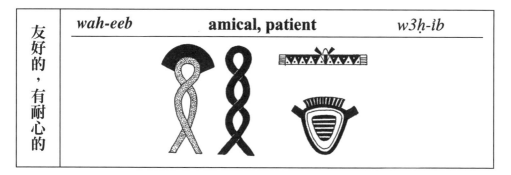

項鍊	*wahoo*	**collier**	*w3ḥw*

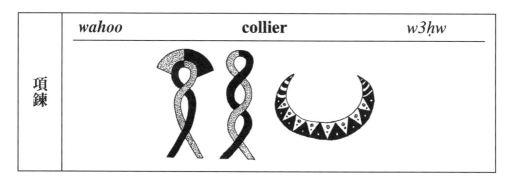

穀物	*waheet*	**grains**	*w3ḥyt*

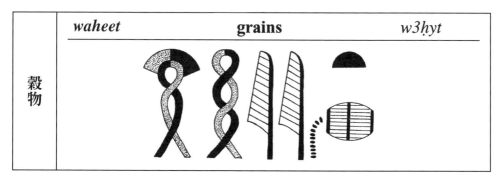

was   *w3ś*

三音符號：長而直的權杖。權杖的表意符號。通常可和呈螺旋狀的權杖符號 djam 互相替換。

語音和寫法

發音：鵪鶉，埃及禿鷲，披掛在椅背的布。

1. **Wahsty** —— **底比斯地方神蒙圖**。限定詞：神祇圖案。
2. **Wahset** —— **底比斯**。限定詞：具有交叉路口的城鎮俯瞰圖案。
3. **Wahset** —— **底比斯州**。限定詞：諾姆符號（四周被灌溉用水路環繞的土地）。
4. **Wahs** —— **權杖**。限定詞：樹枝圖案。

語義

　　很難確定這個奇特權杖的起源；它很早就出現在埃及書寫系統作為符號，也許是賽特神的胡狼頭造型。另一端的叉狀令人想起獵蛇人使用的棍子，現今埃及人在山區行走時仍會使用這樣的工具。我們在此提供一個假設性的解釋。埃及神話裡有大量故事描述賽特神和大蛇阿波菲斯之間的關係。賽特神為不可馴服的大自然力量的化身；這是負面甚而可恥的角色，但是祂也是維繫宇宙平衡的重要成員。太陽神拉夜裡經歷危險的旅程，等待重新降生的期間，賽特神幫忙維持宇宙的平衡。賽特神陪伴亞圖姆神（黃昏的太陽神）進行夜間旅行，他與凶惡大蛇阿波菲斯戰鬥，甚至用長刀殺死牠！然而，有些神話故事甚至將賽特神等同於阿波菲斯！持有 was 權杖的人擁有宰制黑暗的力量，想當然耳，歐西里斯和卜塔神手裡都握著這種權杖。

　　這個三音符號幾乎只用於跟底比斯相關的單字，例如此城所在的諾姆（州）和它的地方神。此外，was 有平安和幸福的意思，但奇怪的是，也有虛弱、不幸、毀滅的意思——此雙面性，就像錢幣有正反兩面。

底比斯地方神蒙圖	*Wahsty*	le Thébain (Montou)	*w3śty*

底比斯	*Wahset*	Thèbes	*W3śt*

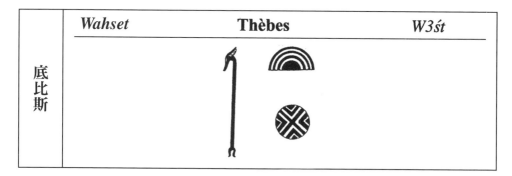

底比斯州	*Wahset*	le nome thébain	*w3śt*

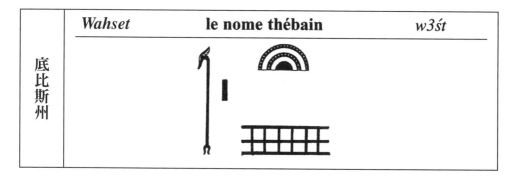

權杖	*Wahs*	sceptre	*w3ś*

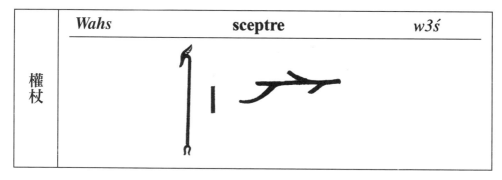

oohem

wḥm

三音符號：蹄類動物（牛）的腳。「牛腳」的表意符號。

語音和寫法

發音：鵪鶉，燈芯，貓頭鷹。

1. **em-oohem-ah** —— **再、又，再一次**。限定詞：莎草紙卷軸（抽象概念符號）。

2. **oohemet** —— **蹄**。限定詞：一條直線，強調符號本身的本義。

3. **oohem** —— **重做，重複（動作）**。限定詞：莎草紙卷軸（抽象概念符號）。

4. **oohemoo** —— **傳令官，文書員**。限定詞：把手放在嘴邊的男性，男性圖案。

5. **oohememeet** —— **重複（文字）**。限定詞：男性圖案，代表集合名詞和複數形的三條直線。

語義

　　這個象形符號是表達重複意涵的絕佳例子。憤怒的公牛在攻擊前會一再用前腳踩地，以這個符號來作為重複一字的組成符號，可說順理成章。

　　把話語重複說出或散播出去，無論是善意或惡意地，無論是透過傳令官或目擊證人，接著由文書員記錄下來，表達法都是「被說出來的」（oohem medet）的話。行動、姿勢和儀式一再重複，也可用到此符號，比如「每三年舉辦一次的塞德節（王位更新祭，國王可藉此儀式返老還童）」為oohem hebsed，「再次出現」為oohem khaoo。國王「再次出現」，意思是他再次登上王位、再次加冕。

　　最重要的重複來自生命本身，字詞有：更新、回春、復活（oohem-ahnkh），指的是尼羅河氾濫和大地萬物回春。oohem-ahnkh也是塞尼特棋（senet），又名「三十格戲」遊戲的其中一格名稱，限定詞為青蛙。這也令人想起古埃及晚期使用的燈為青蛙形狀，而蝌蚪圖案在埃及象形文字裡代表一百萬年。

再、又，再一次	*em-oohem-ah*　　**encore, de nouveau**　　*m-wḥm-ᶜ*

蹄	*oohemet*　**sabot**　*wḥmt*　　　　重做，重複　　*oohem*　**refaire, répéter**　*wḥm*

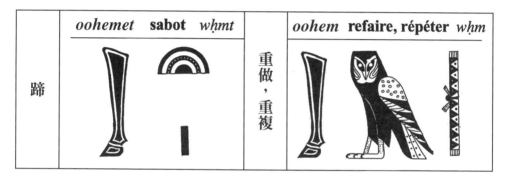

傳令官	*oohemoo*　　　　**hérault**　　　　*wḥmw*

重複（文字）	*oohememeet*　　**répétition (paroles)**　　*wḥmmyt*

303

ooser  *wśr*

三音符號：犬科動物的頭部和脖子。

語音和寫法

發音：鵪鶉，披掛在椅背的布，嘴巴。

1. **Ooser-Maaht-Re** ── **拉美西斯二世的各字。**無限定詞，以象形繭取代。
2. **ooser** ── **有力的，強壯的。**限定詞：拿著棍棒的手。
3. **ooseret** ── **脖子。**限定詞：肉片圖案，一條直線。
4. **ooser** ── **有影響力的男人。**限定詞：男性圖案。
5. **ooseret** ── **有權力的女人。**限定詞：女士、王后、女神圖像。

語義

　　這個象形符號描繪有強健脖子的犬科動物，牠的嘴巴朝前突出，隨時可張嘴開咬，符號的意涵盡在其中、一眼可明。ooser用於任何有力量的表現。

　　男人、女人在某些情境、條件下可以是有權力的、有影響力的，神、國王和王后當然有權又有力。作為複數形（集合名詞）時，這個符號意指絕對的權力。身體的力量和力氣也可用這個字詞來表達，在比喻意義上，它用於「慷慨無私」這類字詞，用來指稱膽識、勇氣。這個符號也出現於國王的名字和稱號。最有名的一個字為「拉美西斯二世的第一個稱號」，可翻譯為「太陽神拉的有力平衡」，意即宇宙平衡或公平正義。這些字詞都和瑪亞特女神的本質和司掌的正義、真理、平衡有關。

拉美西斯二世的名字 | *Ooser-Maat-Re*   **nom de règne de Ramsès II**   *Wśr-M3^{c}t-R^c*

有力的，強壯的 | *ooser*   **puissant, fort**   *wśr*

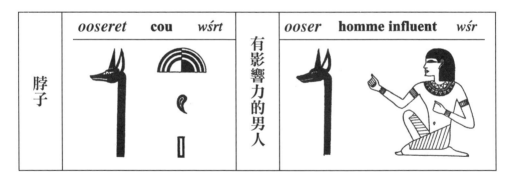

脖子 | *ooseret*   **cou**   *wśrt*   有影響力的男人 | *ooser*   **homme influent**   *wśr*

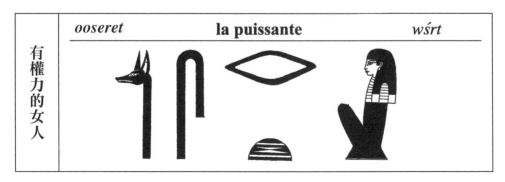

有權力的女人 | *ooseret*   **la puissante**   *wśrt*

補充部分

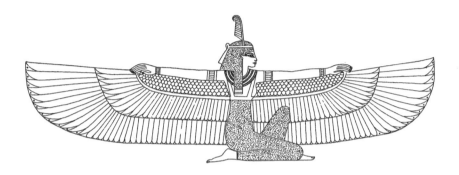

以下二十九頁介紹的字詞，它們之間不必然有語義的關聯。這是作為輔助資料，供各位讀者以更有趣的方式來複習從本書所學到的象形符號。這裡匯集了將近一百個單字，由於數量多，我們便不針對各字一一評述語義，僅列出翻譯轉寫的字母和各自字義。我們之所以編輯這個部分，是希望各位將本書當作學習工具書，與它有更多接觸互動。我們希望各位能充分領略這些象形符號的藝術價值與古埃及人的獨特思維方式。說不定你們會受到激勵，開始打造一本自己專屬的小字典，並且進一步探究鑽研這些古文字呢！從古埃及時代沿襲至今的象形文字「古體」約有七百個，另有數千個為希臘羅馬時代的「新體」，只要有心學習，人人都能成為嫻熟運用、閱讀埃及象形文字的現代「書記」。

	akhakh	**les étoiles**	*ꜣḫꜣḫ*

星辰

	Aker	**le dieu Aker**	*ꜣkr*

阿克爾神

	ad	**être sauvage**	*ꜣd*

野蠻的、凶暴的

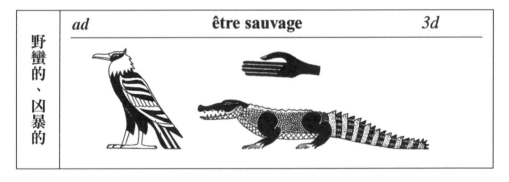

	Abdjoo	**Abydos**	*ꜣbḏw*

阿拜多斯

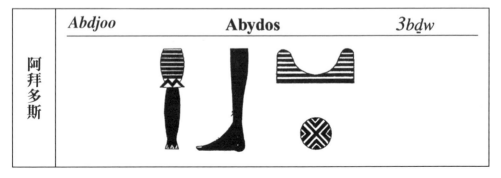

地平線	*akhet*	**horizon**	*3ḫt*

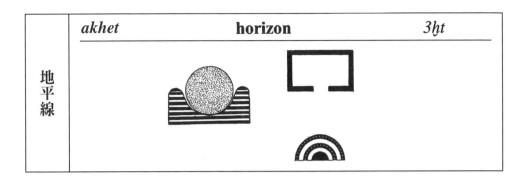

崇拜、膜拜	*yow*	**adorer**	*i3w*

較老的、年長的	*yow*	**être âgé**	*i3w*

職務，責任	*yowt*	**fonction, charge**	*i3wt*

東方	*yabtet*	**l'Est**	*t3btt*

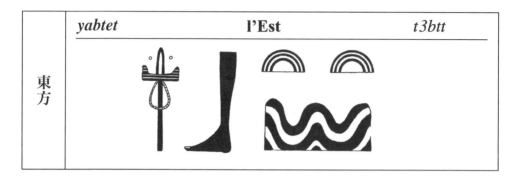

狒狒	*yahn*	**babouin**	*i^cn*

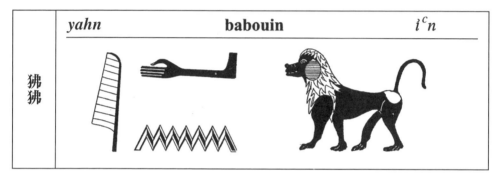

為和平而來	*yoo-m-hetep*	**venir en paix**	*iw-m-ḥtp*

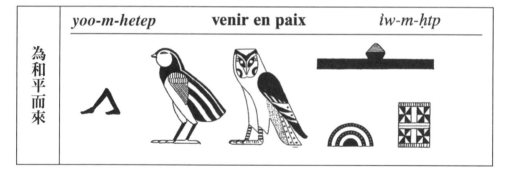

加快、趕往	*oz*	**se dépêcher**	*3ś*

	Oosir	**Osiris**	*Wśir*
歐西里斯	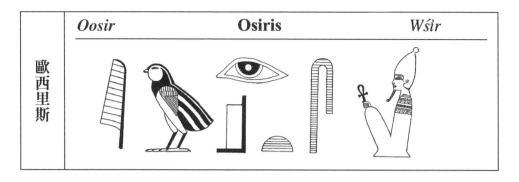		

	yoor	**concevoir un enfant**	*iwr*
受孕			

	ee-bar	**étalon**	*ib3r*
種馬	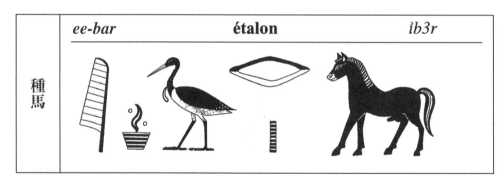		

	yam	**gracieux**	*i3m*
優雅的			

帶來	*een* apporter, amener *in*	貢物、貢品	*een(oo)* tributs *ìnw*

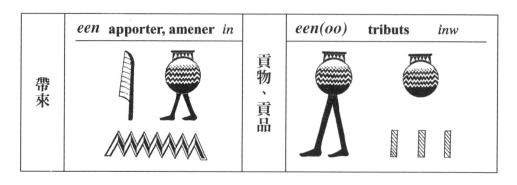

圓盤，太陽圓盤（日輪）　　*eeten*　disque, globe solaire　*ìtn*

優良的、極好的　　*eeker*　excellent　*ìk̠r*

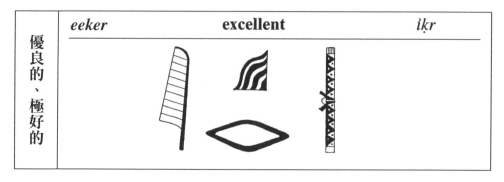

雲　　*eeghep*　nuage　*ìgp*

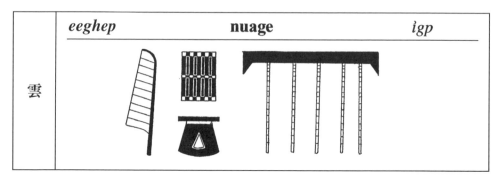

正確的心

eepy-eeb	exact de cœur	ipy-ib

季節

eeteroo-renpoot	saisons	itrw-rnpwt

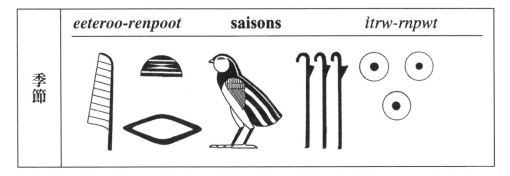

拿，抓取

eech	prendre, saisir	iṯ		aht	membre	^{c}t

四肢、手腳

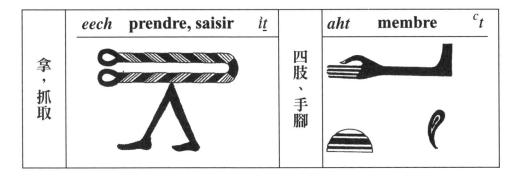

蒼蠅

ahfef	mouche	^{c}ff

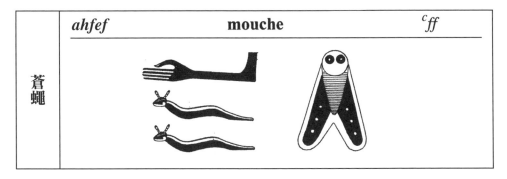

門	*ah-a*	porte	^c*3*

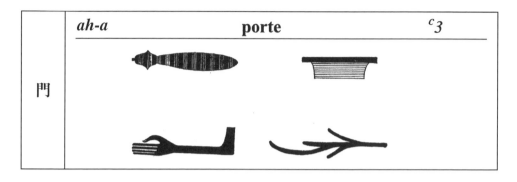

打開	*oon*	ouvrir	*wn*

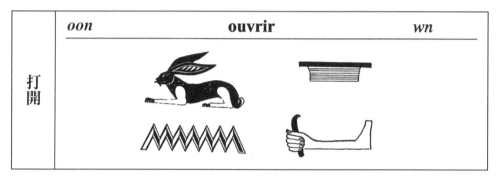

傲慢的	*oor-eeb*	insolent	*wr-ỉb*

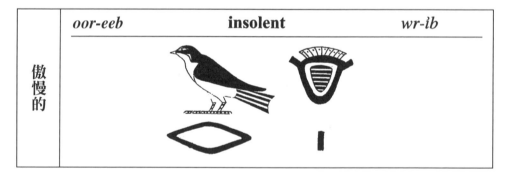

魔法（巫術）道具，護身符	*oor-heka-oo*	instrument de magie ; amulette	*wr-ḥk3w*

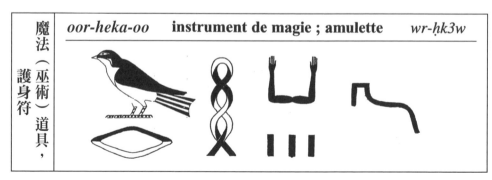

316

項鍊	**oosekh** **collier** *wśḫ*

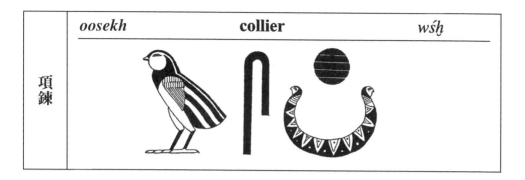

答案	**ooshebet** **réponse** *wšbt*

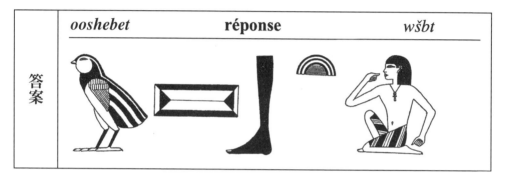

之前，在⋯⋯面前	**em-bah** **devant, en présence de** *m-b3ḥ*

孔、洞，頭部的七竅	**babaw** **trou(s), les 7 ouvertures de la tête** *b3b3w*

荷魯斯之眼	*oodjot*	**l'œil d'Horus**	*wḏ3t*

健康的，完整的	*oo-dja*	**sain, complet**	*wḏ3*

男性氣概	*ba-oot*	**virilité**	*b33wt*

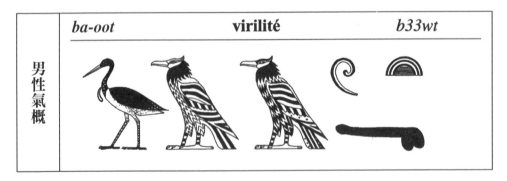

喝、引用	*bahbah*	**boire**	*b^c b^c*

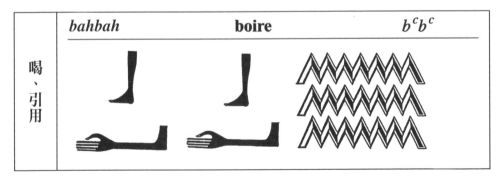

bah	**inondation**	*bᶜḥ*

河水氾濫

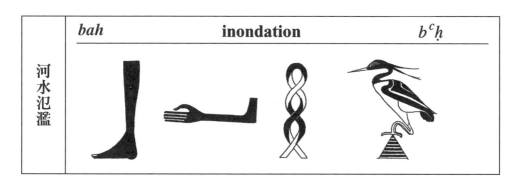

beneroo	**dattes**	*bnrw*

日期

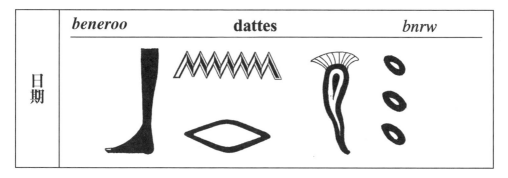

beneri	**sucré, doux**	*bnrỉ*

甜的，溫和的

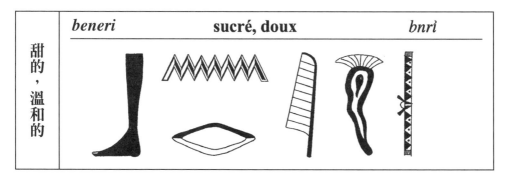

bes	**secret**	*bś*

祕密

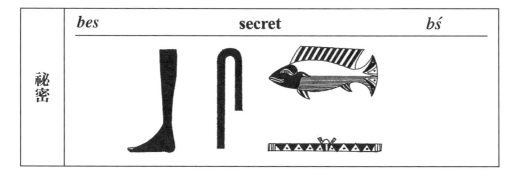

邦特之土	*Poont*	**le pays de Pount**	*Pwnt*

過剩的，額外的	*peroo*	**surplus, excès**	*prw*

跑	*peherer*	**courir**	*pḥrr*

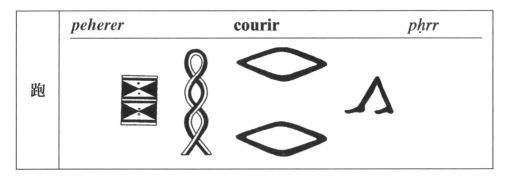

走，壓扁	*petpet*	**marcher ; écraser**	*ptpt*

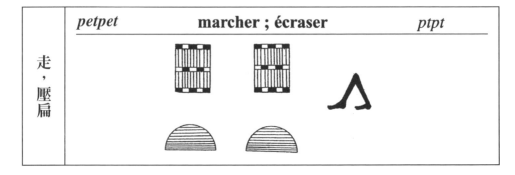

320

包住，打旋	*pekher*	**entourer, tourner en rond**	*pḫr*

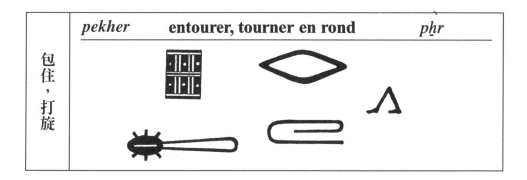

藥物，療法	*pekheret*	**médicament, remède**	*pḫrt*

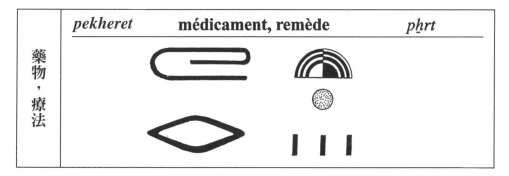

他有彎曲的嘴喙	*fendjy*	**celui au bec crochu**	*fnḏy*

鏡子	*maw-hair*	**miroir**	*m3w-ḥr*

劍羚	ma-hedj	**oryx**	m3-ḥḏ

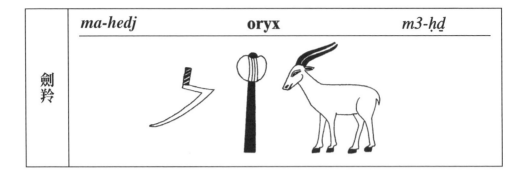

長頸鹿	mahmah	**girafe**	m^cm^c

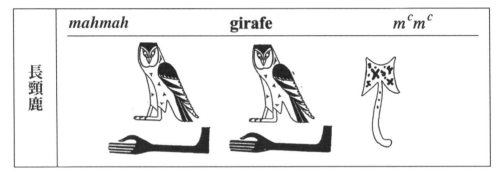

樹木，種植園	menoo	**arbres, plantations**	mnw

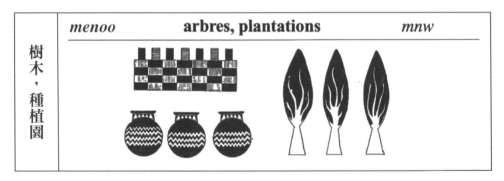

蠟	meneh	**cire**	mnḥ

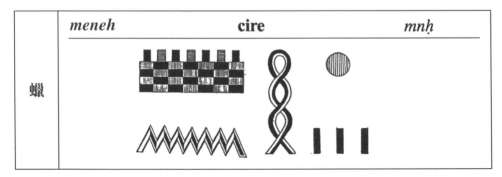

街道	*meret*	**la rue**	*mrt*
	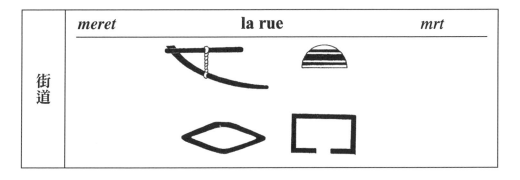		

夜裡來自天空的吠鳴	*mesektet*	**barque céleste de la nuit**	*mśktt*

正午	*meteret*	**le milieu du jour**	*mtrt*
	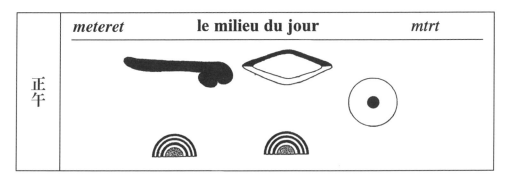		

梯子	*mahket*	**échelle**	*m3ḳt*

孩子

mesoo	**enfants**	*mśw*

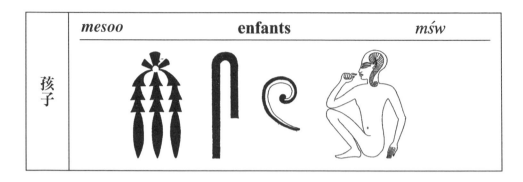

皮膚

meseka	**peau**	*mśk3*

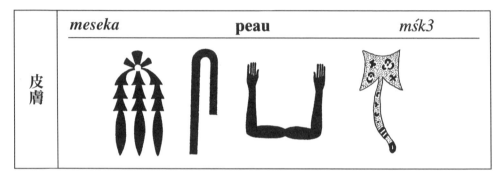

牛奶罐

meher	**jarre à lait**	*mhr*

銀河系

meseket	**voie lactée**	*mśḳt*

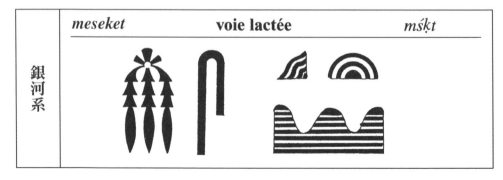

花崗岩	*matsh*	**granit**	*m3t*

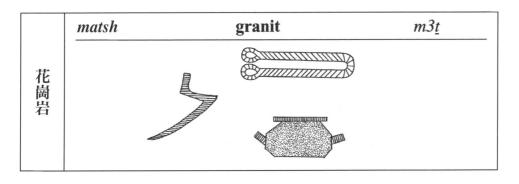

說話	*medoo*	**parler**	*mdw*

城鎮	*nee-oot*	**ville**	*nỉwt*

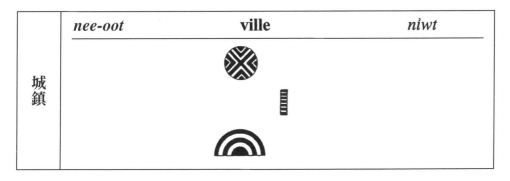

交媾	*nehep*	**copuler**	*nhp*

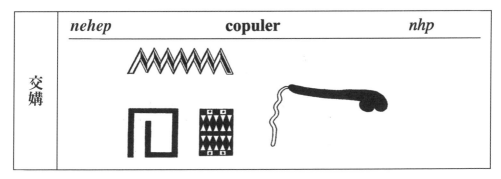

憤怒	*nesheni* **rage** *nšnỉ*	

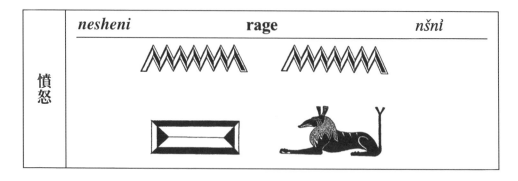

外面，外部的	*rooty* **dehors, extérieur** *rwty*	

離開，走	*roo-ee* **partir, s'en aller** *rwỉ*	

小公馬	*renep* **poulain** *rnp*	

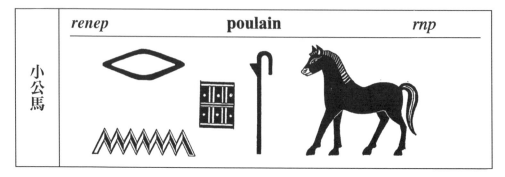

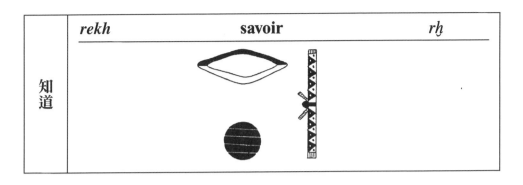

| 知道 | *rekh* | **savoir** | *rḫ* |

| 智者 | *rekh* | **le sage** | *rḫ* |

| 國王的臣民 | *rekeet* | **sujets du roi** | *rḫyt* |

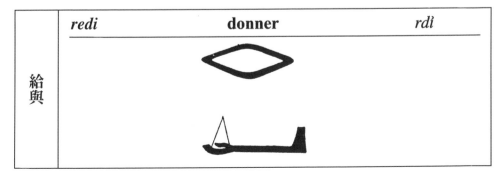

| 給與 | *redi* | **donner** | *rdi* |

時期	*henty*	période de temps	*ẖnty*

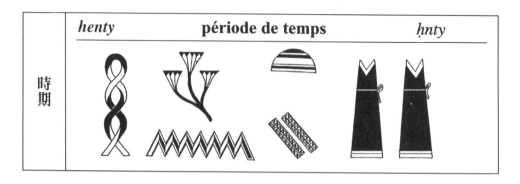

荷魯斯	*Hor*	Horus	*Ḥr*

太陽子民，人類	*henememet*	le peuple solaire, l'humanité	*ẖnmmt*

在上面的（在上位者）	*hairy*	qui est sur (supérieur)	*ḥry*

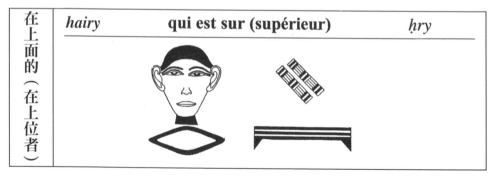

在中間，中心	*hairy-eeb*	**au milieu de, le centre**	*ḥry-ỉb*

馬具，二輪馬車	*heter*	**attelage, charrerie**	*ḥtr*

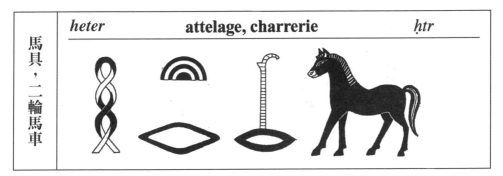

土狼	*hetshet*	**hyène**	*ḥṯt*

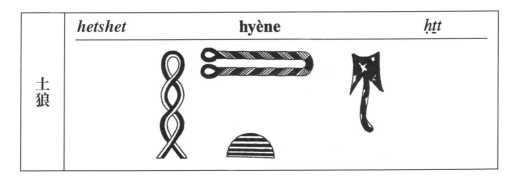

荷爾，巴勒斯坦	*Karoo*	**Khor, Palestine**	*Ḫ3rw*

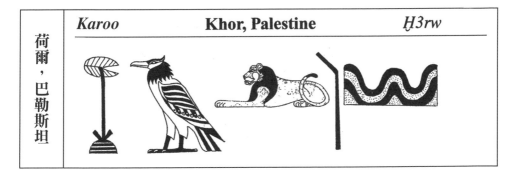

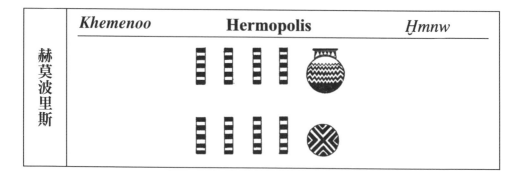

| 赫莫波里斯 | *Khemenoo* | **Hermopolis** | *Ḥmnw* |

| 封閉起的房間 | *khetemeet* | **chambre scellée** | *ḫtmyt* |

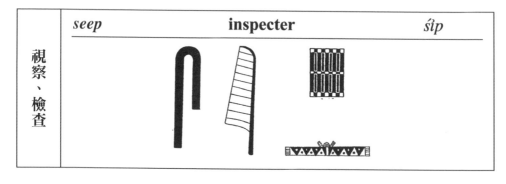

| 視察、檢查 | *seep* | **inspecter** | *śἰp* |

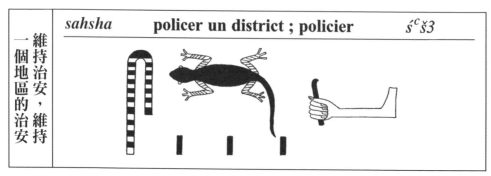

| 維持治安，維持一個地區的治安 | *sahsha* | **policer un district ; policier** | *śᶜš3* |

孔斯神	*Khonsoo*	le dieu Khonsou	*Ḫnśw*

雙向行進	*khenes*	**aller dans deux directions**	*ḫns*

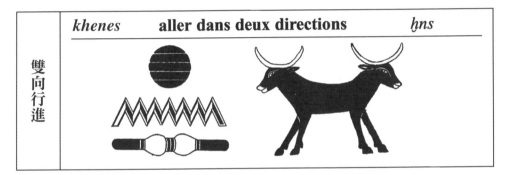

往北航行	*khedi*	**naviguer vers le nord**	*ḫdi*

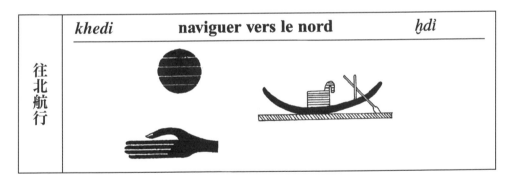

狀態、情況	*kheret*	**condition**	*ḫrt*

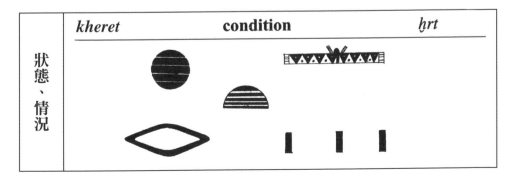

雕刻師	*sayahnkh* **sculpteur** *śᶜnḫ* 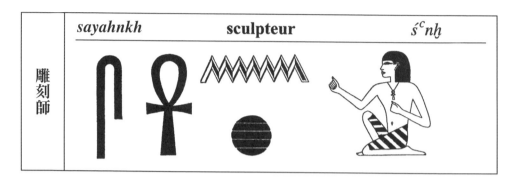	
貴族，高官顯貴	*sahh* **noble, dignitaire** *śᶜḥ* 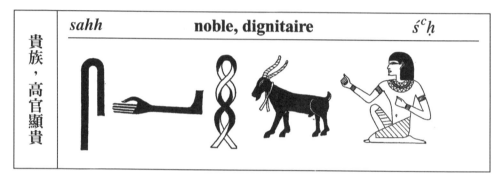	
微風	*sooh* **brise** *śwḥ* 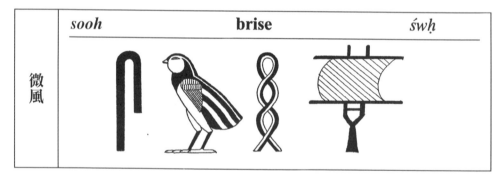	
諾姆，古埃及的州	*sepat* **nome** *śp3t* 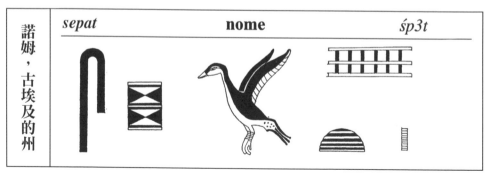	

莎夏女神	*Seshat*	**déesse Sechat**	*Śš3t*

莎草紙卷軸	*sekheret*	**rouleau de papyrus**	*śḫrt*

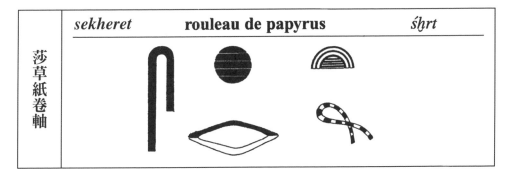

計畫，忠告	*sekher*	**plan ; conseil**	*śḫr*

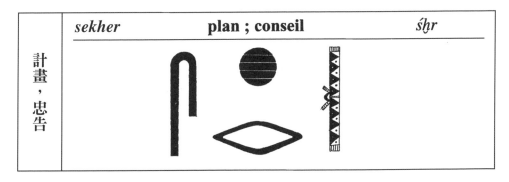

抱怨，請求	*seper*	**se plaindre ; demander**	*śpr*

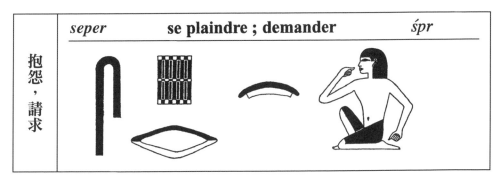

指導，引導	*seshem*	**diriger, guider**	*śšm*

旅行者、旅人	*shemoo*	**voyageur**	*šmw*

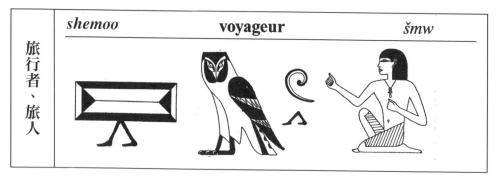

高度	*kot*	**hauteur**	*ḳ3t*

創造，發展	*kema*	**créer, engendrer**	*ḳm3*

334

	zesh	scribe	sš

抄寫員、書記

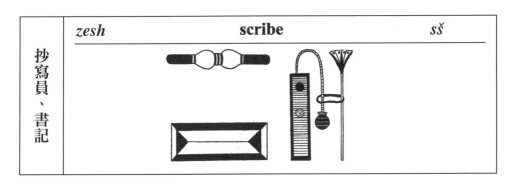

	kary	jardinier	k3ry

園丁

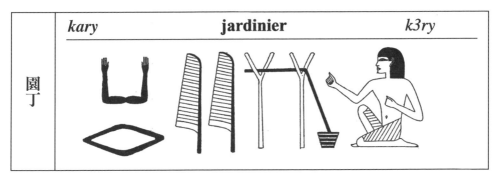

	tep nefer	un bon début	tp nfr

好的開始

	teet	image	tỉt

圖像、形象

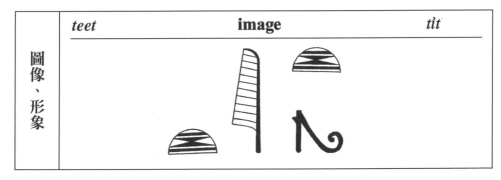

335

下埃及紅冠	*desheret* **la couronne de Basse-Égypte** *dšrt* 

早晨	*dwah-eet* **matin** *dw3yt* 

來世	*dwat* **l'au-delà** *dw3t* 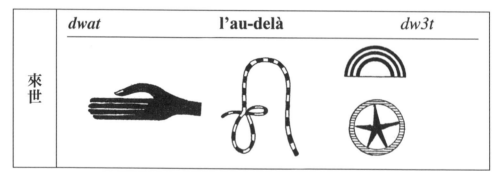

讚頌，膜拜	*dwat* **louange, adoration** *dw3t* 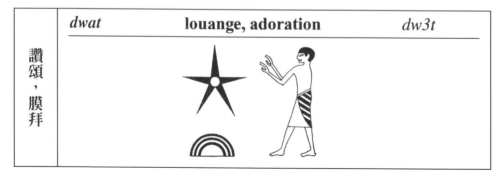

數量，交還	*tshenoot*	**quantité ; recensement**	*ṯnwt*

性交	*da*	**copuler**	*d3*

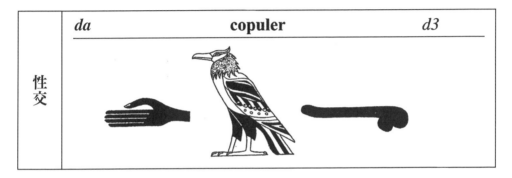

手	*deret/djeret* **main** *drt/ḏrt*	奉為神聖，提供	*derep* **consacrer, faire offrande** *drp*

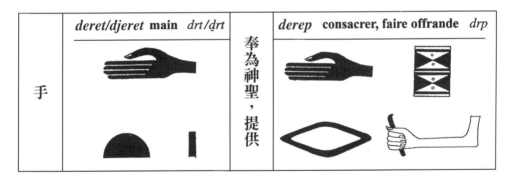

渡水	*dja-eet*	**traverser les eaux**	*ḏ^cỉ*

權杖	*djahm*	sceptre	*ḏ ͨm*

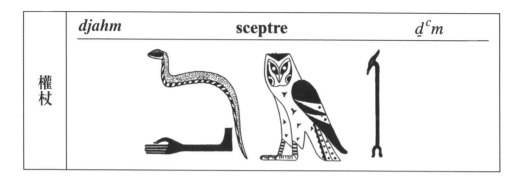

純金	*djahmoo*	or fin	*ḏ ͨmw*

石棺	*djeroot*	sarcophage	*ḏrwt*

聖潔的，神聖的	*djeser*	saint, sacré	*ḏśr*

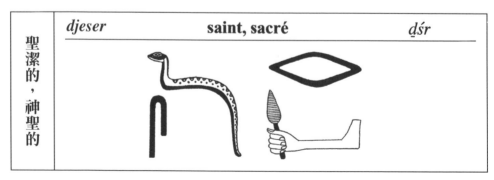

埃及象形文字一覽表

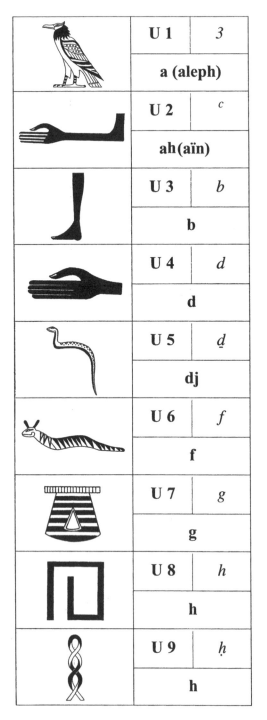

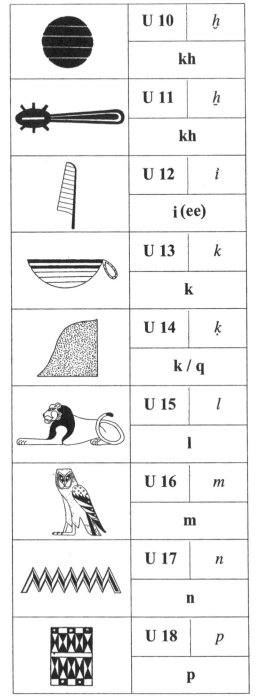

	U 1	*3*
	a (aleph)	

	U 2	*c*
	ah(aïn)	

	U 3	*b*
	b	

	U 4	*d*
	d	

	U 5	*ḏ*
	dj	

	U 6	*f*
	f	

	U 7	*g*
	g	

	U 8	*h*
	h	

	U 9	*ḥ*
	h	

	U 10	*ḫ*
	kh	

	U 11	*ẖ*
	kh	

	U 12	*ì*
	i (ee)	

	U 13	*k*
	k	

	U 14	*ḳ*
	k / q	

	U 15	*l*
	l	

	U 16	*m*
	m	

	U 17	*n*
	n	

	U 18	*p*
	p	

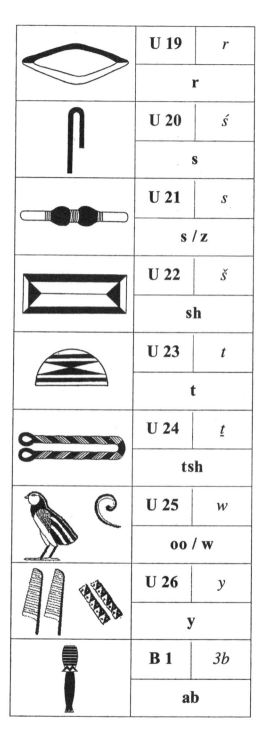

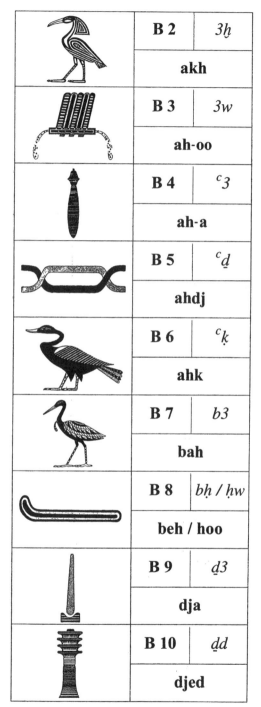

	U 19	*r*
	r	
	U 20	*ś*
	s	
	U 21	*s*
	s / z	
	U 22	*š*
	sh	
	U 23	*t*
	t	
	U 24	*t̠*
	tsh	
	U 25	*w*
	oo / w	
	U 26	*y*
	y	
	B 1	*3b*
	ab	

	B 2	*3ḫ*
	akh	
	B 3	*3w*
	ah-oo	
	B 4	*ᶜ3*
	ah-a	
	B 5	*ᶜ̠d*
	ahdj	
	B 6	*ᶜḳ*
	ahk	
	B 7	*b3*
	bah	
	B 8	*bḥ / ḥw*
	beh / hoo	
	B 9	*d̠3*
	dja	
	B 10	*d̠d*
	djed	

	B 11	*ḏr*
	djer	

	B 12	*ḏw*
	djoo	

	B 13	*gm*
	gem	

	B 14	*ḥ3*
	ha	

	B 15	*ḥḏ*
	hedj	

	B 16	*ḥm*
	hem	

	B 17	*ḥm*
	hem	

	B 18	*ḥn*
	hen	

	B 19	*ḥr*
	her	

	B 20	*ḥś*
	hes	

	B 21	*ḫ3*
	kha	

	B 22	*ḫ ͨ*
	khah	

	B 23	*ḫt*
	khet	

	B 24	*ḫw*
	khoo	

	B 25	*ẖ3*
	kha	

	B 26	*ẖn*
	khen	

	B 27	*ẖn*
	khen	

	B 28	*ẖr*
	kher	

	B 29	*in*
	een	

	B 30	*ir*
	eer	

	B 31	*is*
	ees	

	B 32	*iw*
	yoo	

	B 33	*k3*
	ka	

	B 34	*km*
	kem	

	B 35	*ḳd*
	ked	

	B 36	*ḳś*
	kes	

	B 37	*m3*
	ma	

	B 38	*mḥ*
	meh	

	B 39	*mi*
	mee	

	B 40	*mn*
	men	

	B 41	*mr*
	mer	

	B 42	**mr**
	mer	

	B 43	*mś*
	mes	

	B 44	*mt*
	met	

	B 45	*mw*
	moo	

	B 46	*nb*
	neb	

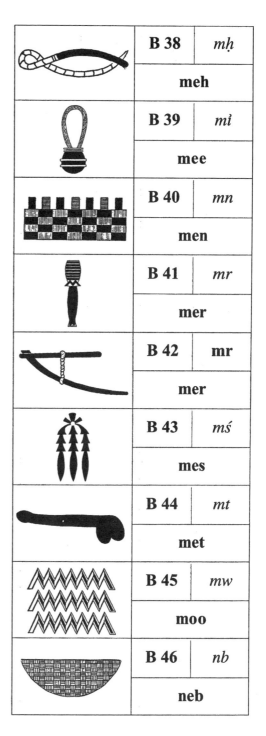

	B 47	*nb*
	neb	
	B 48	*nḏ*
	nedj	
	B 49	*nḥ*
	neh	
	B 50	*nm*
	nem	
	B 51	*nn*
	nen	
	B 52	*nś*
	nes	
	B 53	*nt*
	net	
	B 54	*nw*
	noo	
	B 55	*p3*
	pa	

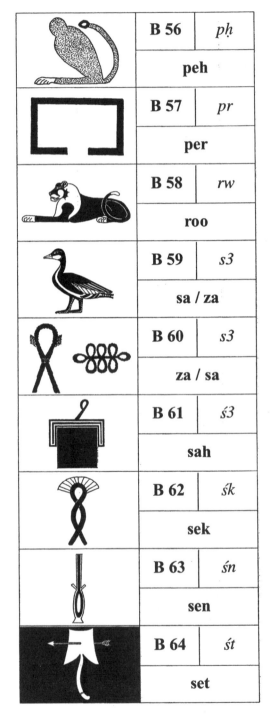

	B 56	*pḥ*
	peh	
	B 57	*pr*
	per	
	B 58	*rw*
	roo	
	B 59	*s3*
	sa / za	
	B 60	*s3*
	za / sa	
	B 61	*ś3*
	sah	
	B 62	*śk*
	sek	
	B 63	*śn*
	sen	
	B 64	*śt*
	set	

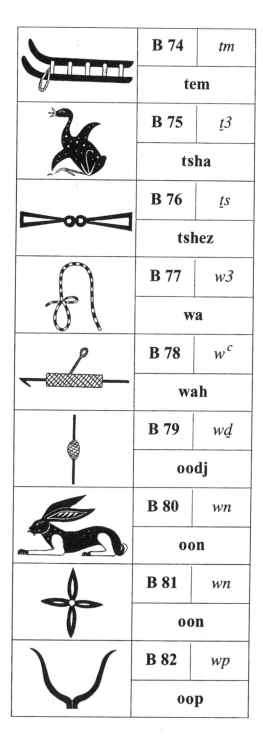

	B 65	*św*
	soo	

	B 66	*š3*
	sha	

	B 67	*šd*
	shed	

	B 68	*šn*
	shen	

	B 69	*šś*
	shes	

	B 70	*šw*
	shoo	

	B 71	*t3*
	ta	

	B 72	*t3*
	ta	

	B 73	*tỉ*
	tee	

	B 74	*tm*
	tem	

	B 75	*ṯ3*
	tsha	

	B 76	*ṯs*
	tshez	

	B 77	*w3*
	wa	

	B 78	*w ᶜ*
	wah	

	B 79	*wḏ*
	oodj	

	B 80	*wn*
	oon	

	B 81	*wn*
	oon	

	B 82	*wp*
	oop	

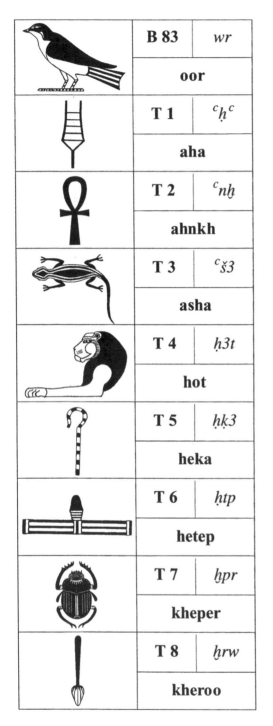
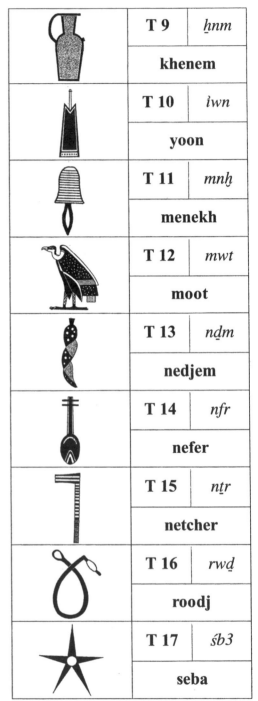

	B 83	*wr*
	oor	
	T 1	$^c\dot{h}^c$
	aha	
	T 2	$^cn\underline{h}$
	ahnkh	
	T 3	$^c\check{s}3$
	asha	
	T 4	$\dot{h}3t$
	hot	
	T 5	$\dot{h}\underline{k}3$
	heka	
	T 6	$\dot{h}tp$
	hetep	
	T 7	$\underline{h}pr$
	kheper	
	T 8	$\underline{h}rw$
	kheroo	

	T 9	$\underline{h}nm$
	khenem	
	T 10	*iwn*
	yoon	
	T 11	*mnḫ*
	menekh	
	T 12	*mwt*
	moot	
	T 13	*nḏm*
	nedjem	
	T 14	*nfr*
	nefer	
	T 15	*nṯr*
	netcher	
	T 16	*rwḏ*
	roodj	
	T 17	*śb3*
	seba	

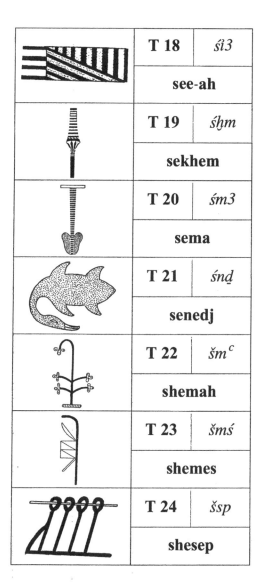
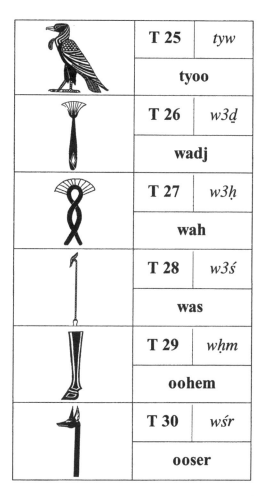

T 18	*śỉ3*	
see-ah		
T 19	*śḫm*	
sekhem		
T 20	*śm3*	
sema		
T 21	*śnḏ*	
senedj		
T 22	*šmᶜ*	
shemah		
T 23	*šmś*	
shemes		
T 24	*šsp*	
shesep		

T 25	*tyw*	
tyoo		
T 26	*w3ḏ*	
wadj		
T 27	*w3ḥ*	
wah		
T 28	*w3ś*	
was		
T 29	*wḥm*	
oohem		
T 30	*wśr*	
ooser		

對應字母的發音

U1	發音近似於英語的a和閃語的aleph；國際音標轉寫以特殊符號3標示。
U2	第二個a難以發音，這是一個長母音，發音時聲門幾乎完全閉塞；它對應閃語裡的aïn。我們轉寫為ah。
U3-U7	發音對應到同樣的英文字母，dj則是例外。
U8	幾乎是啞音的h。
U9	如德文裡的h，一個強力送氣音。
U10	英語裡沒有kh音；它近似於西班牙語的j或德語的achlaut。
U11	另一個kh符號，發音近似於英語的sh音，但並非完全一樣；它是喉音，近似於瑞士德語裡的ich-laut。
U12	就如英語裡的ee發音。
U13	非常輕的k音。
U14	比較加重的k音，幾乎像不帶u的q音。
U15	古埃及後期年代的發音為l，可以和r互相替代。
U16-U19	就如現代英語裡的字母發音。
U20	類似嘶嘶聲的s音，也像「advance」裡的ce。
U21	就像his這個字的濁音s。
U22	english這個單字裡的sh音。
U23&U24	t和tsh。
U25	英語裡的w或oo音。
U26	you這個單字裡的y音。
所有限定詞，已於出現時另加說明。	

轉寫符號和對應的國際音標

閃語符號	拼寫	常規發音	國際音標	國際音標描述
ʒ	a（短音，aleph）	如 *father* 的 a	ʔ	喉塞音
ᶜ	ah（長音，aïn）	如 *father* 的 a	ʕ	濁咽擦音
b	b	b	b	濁雙唇塞音
d	d	d	d	濁齒齦塞音
dj	g/j（重讀）	如 *edge* 或 *joe* 的 g、j	dž	濁硬顎塞音
f	f	f	f	清唇齒擦音
g	g（硬音）	g	g	濁軟顎塞音
h	h（硬音）	如 *house* 的 h	h	清會厭擦音
ḥ	h（強力送氣音）	比 *house* 的 h 更強力送氣	ħ	清咽擦音
ḫ	kh	如 Scottish 的 *loch*	ꭓ	清小舌擦音
ẖ	kh	如瑞士德語的 *ich*	ç	清硬顎擦音
i	i（短音）	如 *meet* 的 ee 或 *young* 的 y	j/i	硬顎近音
k	k	k	k	清軟顎塞音
ḳ	kr/q(qof)	如 *quorum* 的 q	q	清小舌塞音
l/(r)	l/(r)	l	l	齒齦邊音
m	m	m	m	雙唇鼻塞音
n	n	n	n	齒齦鼻塞音
p	p	p	p	清雙唇塞音
r	r	r	r	濁邊顫音
ś	s	s	ȿ	清齒齦嘶擦音
s/z	s/z	s	s	齒齦擦音
š	sh	如 *sheet* 的 sh	š	清齦後擦音
t	t	t	t	清齒齦塞音
tch	ch/tsh	如 *choice*	tš	清硬顎塞音
w	oo/w	如 *work* 的 w，或 *pool* 的 oo	w/u	濁雙唇介音
y	y	詞 *young* 的 y，或 *meet* 的 ee	j/i	硬顎近音

IPA-International Phonetic Alphabet 國際標準音標

注釋：以字母來牌順序並非埃及學的標準做法，我們這麼做是為了讓讀者更容易閱讀和使用本書。

歷史上的重大里程碑與文化重要里程碑

以下列表聚焦於古埃及文明的文化層面，而非政治層面。尤其強調文字和文本部分的演變。國王、藝術品和事件僅擇特別重要的列出。

西元前約3300-2800年　**早王朝時期 —— 第一王朝和第二王朝**
　　　　　　　　　　—**國王**：納爾邁（美尼斯）、傑特、卡
　　　　　　　　　　—**建築**：磚砌平頂墓（阿拜多斯、薩卡拉）
　　　　　　　　　　—**文字**：簡略石碑上已有首批象形文字出現。

西元前約2800-2200年　**早王國時期 —— 第三王朝至第六王朝**
　　　　　　　　　　•**第三王朝**
　　　　　　　　　　—**國王**：左塞爾
　　　　　　　　　　—**建築**：薩卡拉階梯金字塔 —— 建築師印何闐
　　　　　　　　　　•**第四王朝**
　　　　　　　　　　—**國王**：基奧普斯、基夫拉恩、麥西里努斯
　　　　　　　　　　—**建築**：吉薩的大金字塔和人面獅身像
　　　　　　　　　　•**第五王朝**
　　　　　　　　　　—**國王**：烏納斯、薩胡拉（第一位改稱為「太陽神之子」的國王）
　　　　　　　　　　—**建築**：赫里奧波里斯的太陽神廟；大臣們的平頂墓；各式各樣的金字塔；古王國的巔峰期。
　　　　　　　　　　—**文字**：首批金字塔（薩卡拉的烏納斯金字塔）文本出現，記述王公顯貴的生平事蹟。
　　　　　　　　　　•**第六王朝**
　　　　　　　　　　—**國王**：特提、佩皮一世、佩皮二世、女王尼托克麗斯
　　　　　　　　　　—**歷史**：遠征努比亞和亞洲；中央集權王權邁向衰退；州長專制統治。
　　　　　　　　　　—**建築**：國王、王后的金字塔
　　　　　　　　　　—**文字**：金字塔文本（特提一世、佩皮一世、佩皮二世、麥倫拉、多位王后）；宗教文本（孟菲斯神學），道德教條，通過中王國時期和新王國時期的複本而留傳下來的各種「教誨」文本。其中最負盛名的，為普塔霍特普寫給卡金尼的「智慧忠言錄」。

西元前約2200-2060年　　**第一中間期 ── 第七王朝至第十一王朝**

- **第七王朝和第八王朝**：混亂時期，社會動亂不斷。

- **第七王朝可能是虛構的**

- **第八王朝**

—**國王**：伊比

—**建築**：薩卡拉金字塔

—**文字**：最後一批金字塔文本

- **第九王朝、第十王朝和第十一王朝初期**

—**國王**：南北兩個王朝同時統治

　　北：赫拉克利奧坡里的赫提王；陵墓；文本：給梅利
　　　　卡拉王的訓誡。

　　南：底比斯的因提夫王；首批岩石建成的陵墓（西底
　　　　比斯）。

—**文字**：陵墓裡的生平銘文；石碑銘文（因提夫禱
　　文）。第一批石棺文本。

西元前約2060-1785年　　**中王國時期 ── 第十一王朝尾聲和第十二王朝**
　　　　　　　　　　　　　　　　　　　　　　（底比斯王朝）

- **第十一王朝**

—**國王**：曼圖霍特普王統治全埃及和努比亞；底比斯成
　　為埃及首都。

—**建築**：位於德爾巴哈里的曼圖霍特普祭殿；下努比亞
　　的堡壘。

- **第十二王朝**

—**國王**：幾代的辛努塞爾特王和曼圖霍特普王；塞貝克
　　涅弗魯女王。

—**歷史**：征服努比亞，遠征敘利亞，並與巴勒斯坦建立
　　關係。

—**建築**：哈瓦拉迷宮，那裡的金字塔已隨著歲月而解
　　體；法尤姆城鎮規劃。

—**文字**：各種王室文本；在阿拜多斯的歐里西斯神廟有
　　大量石碑銘文；智慧箴言；預言（娜芙蒂蒂）；哲學
　　主題（人和他的靈魂「巴」（Ba））；故事和小說；
　　《能言善辯的農民》、《船難水手的故事》、《辛奴
　　亥》、《基奧普斯統治時代的三則奇蹟》（複本為
　　《威斯卡紙莎草紙卷》），諷刺文，歌曲，給神明的
　　讚歌；石棺文本。這是古典文學語言時期。

西元前約1785-1580年　　**第二中間期 ── 第十三王朝至第十七王朝初期**

• 第十七王朝

—**歷史**：中央集權瓦解；外來的西克索王子入侵。埃及
　　當地的傀儡國王成為西克索人的附庸。州長們掌有大
　　權。西克索國王：幾代索貝克霍特普王。

—**建築**：未有主要建物

—**文字**：文本：多位州長國王陵墓裡的生平事蹟明文
　　（比如艾卡伯）。

西元前約1580-1090年　　**新王國時期 ── 第十七王朝至第二十王朝：法老的黃金**
　　　　　　　　　　　　　　時代

• 第十七王朝尾聲

—**國王**：陶和卡摩斯將西克索王逐出埃及；王朝的最後
　　一任國王（雅赫摩斯）創立第十八王朝。底比斯再次
　　成為首都。

• 第十八王朝

—**國王**：圖特摩斯、阿蒙霍特普、哈特謝普蘇特女王、
　　阿肯那頓、圖坦卡門、霍朗赫布。

—**歷史**：阿卡肯那頓統治時期崇拜阿頓神，隨後恢復對
　　埃及守護神阿蒙神的崇拜；遠征到邦特（哈特謝普蘇
　　特女王）；圖特摩斯三世多次出征；埃及帝國版圖擴
　　展最廣的時期，統轄疆域及於中東和努比亞。

—**建築**：東底比斯的主要建物：阿蒙神廟和姆特神廟
　　（卡奈克，位於盧克索）

—西底比斯：阿蒙霍特普三世葬祭殿（曼農巨像）、圖
特摩斯三世葬祭殿、哈特謝普蘇特女王葬祭殿（德爾
埃爾巴哈里）、帝王谷的陵墓、王室貴族的墓地，阿
瑪納；阿瑪達神廟方尖碑；祠堂等等。

—**文字**：文本：圖特摩斯三世紀事（軍事征伐），「霍
朗赫布勒令」，石碑（獅身人面像、界碑），給神明
（阿蒙神、阿頓神）的獻詞和讚歌，禱詞，學校教學
課文，生平傳記；陪葬文本：《荷魯斯之書》、《亡
者之書》、《巨穴書》等等，它們經常被抄寫流傳。

• 第十九王朝和第二十王朝

—**歷史**：拉美西斯和其後代統治的時期。拉美西斯二世
在位時間長，建樹良多，國力強盛；與西臺維持和平
關係。拉美西斯三世之後，政治和軍事力量衰退：劫
掠事件頻傳、陵墓遭到洗劫。

—**國王**：塞提、拉美西斯（一世至十世）、塔沃斯特女
王

—**建築**：位於阿拜多斯和古納的神廟；東底比斯：卡奈
克，盧克索；西底比斯的美化工程計畫：拉美塞姆葬
祭殿（拉美西斯二世）；梅帝涅哈布葬祭殿（拉美西
斯三世），帝王谷的地下宮殿陵墓（塞提一世、拉美
西斯），王后谷的地下陵墓（妮菲塔莉王后）。努比
亞的山岩雕鑿神廟（阿布辛貝）。

—**文字**：神廟和陵墓銘刻文字：宗教文本（墓室）；天
文學文本（塞提一世、拉美西斯），日曆（梅帝涅哈
布葬祭殿）；歷史文本（以色列石碑；阿布辛貝：卡
迭石戰役）；小說和寓言：《人類的毀滅》、《王子
之劫》、《兩兄弟的故事》等等；詩歌和浪漫文學；
新王國時期的埃及人發展出貴族文字。

西元前約1085-663年　**第三中間期 ── 第二十一王朝至第二十五王朝**

－**歷史**：中央集權愈加衰退；南北同時存在王朝並有效
　　　分治。

　　北：第二十一王朝塔尼斯王朝：普蘇森尼斯。

　　南：阿蒙祭司兼國王：赫里霍爾、皮勒杰姆；底比斯
　　　遭攻入（亞述巴尼拔，西元前663年）。

• **第二十二王朝和第二十三王朝**

－**國王**：利比亞王朝：舍順克、奧索爾孔、塔克洛特

－**建築**：位於塔尼斯的美輪美奐王室陵墓

• **第二十四王朝**

　　尼羅河三角洲，賽伊斯王子。

• **第二十五王朝**

－**國王**：來自衣索比亞的國王（黑法老）：皮安基、夏
　　　巴卡、塔哈爾卡；所謂的阿蒙神妻子「神聖配偶」統
　　　治上埃及。

－**建築**：在此艱困時期罕有建物

－**文字**：在墓室和石棺上刻有生平事蹟銘文；王室石碑
　　　（皮安基的凱旋）；歷史小說：《溫拿蒙歷險記》
　　　（第二十一王朝）。

西元前約663-525年　**塞易斯王時期 ── 第二十六王朝**

－**國王**：尼羅河三角洲王子起義，創立新王朝，一統全
　　　埃及：幾代的普薩美提克王。

－**建築**：在孟菲斯建立塞拉潘神廟；古風風格：往過去
　　　的更美好時代尋根；挖掘運河連接起尼羅河和紅海。

－**文字**：出現世俗體文本；許多行政文件；古代文本因
　　　而留下更多複本，得以保存下來。

西元前約525-333年　**波斯入侵，最後一個由本地人統治的王朝**

• 第二十七王朝

—**國王**：波斯國王：岡比西斯、大流士、薛西斯

• 第二十八王朝至第三十王朝

—**國王**：第二次波斯入侵驅逐最後的本地人國王；阿米爾圖斯、內克塔內布（埃及人）；阿爾塔薛西斯、大流士二世（波斯人）。底比斯第二度遭攻陷，這座不同凡響的城市再也不曾恢復往日榮光；卡奈克和盧克索皆曾是它的一部分。

—**建築**：在底比斯綠洲（哈里傑綠洲，達克拉綠洲）建造神廟

—**文字**：世俗體文本出現；許多行政文件；古代文本因而留下更多複本，得以保存下來。

西元前約333-30年　—**歷史**：亞歷山大大帝擊敗波斯，埃及從波斯統治下解放。埃及隨後由希臘人托勒密國王統治，也出了幾位女王，包括克麗奧佩特拉七世，她是最後一位女法老（於西元前30年自殺）。

—**建築**：在艾德夫、丹達拉、考姆翁布、菲萊、伊斯納建造宏偉神廟……創立亞歷山卓城。

—**文字**：紀念物和方尖碑銘文（羅塞塔石碑）

西元前30年至西元500年　——**歷史**：埃及由羅馬皇帝統治，隨後由拜占庭帝國皇帝統治，該帝國的興起標誌埃及古文明的結束。

——**建築**：羅馬皇帝繼續建造神廟。在拜占庭帝國統治時期，一部分神殿遭毀壞和改造為教堂。希臘風格和羅馬風格盛行。科普特藝術（譯按：早期埃及基督藝術）。

——**文字**：紀念物銘文（西元249年，德西烏斯皇帝的王名環為最後一個使用埃及象形文字的王名環）；基督教科普特文本：以希臘字母書寫的古埃及文。

西元前30年　　　　　　——**歷史**：阿拉伯人征服埃及。

索引

十二劃

十三劃

鳴謝

筆者最初打算揀選一些象形文字來為埃及年錦上添花。感謝法國岩石出版社的青睞，一小束花擴展為許多人能親近採擷的巨大花環。我們誠摯感謝岩石出版社社長尚–保羅・貝東（Jean-Paul Bertrand）先生，他聽取編輯顧問克莉絲蒂安・哈榭（Christiane Hachet）的推薦，慨然將此書納入「商博良」（Champollion）系列。哈榭女士細心監督此書的完稿與排版；我們在此對她致上真誠謝意。我們也謝謝整個編輯團隊的用心專業和始終有求必應。

我們特別要感謝貝雅特絲・安特姆（Béatrice Antelme）和威爾弗雷德・洛宏（Wilfred Lauhon），若沒有他們無私無瑕的技術協助，我們肯定難以將撰寫本書的計畫化為現實。

露絲・蘇曼–安特姆
史蒂凡・羅西尼

作者介紹

露絲・蘇曼–安特姆（Ruth Schumann-Antelme）
埃及學家，法國國家科學研究中心（C. N. R. S.）榮譽研究員，羅浮宮學院（Ecole du Louvre）前講師，曾經在羅浮宮古埃及部保存科學部門任職。她也在上埃及（拉美西姆，王后谷）從事田野工作多年。

史蒂凡・羅西尼（Stéphane Rossini）
專業設計師，專精於科學繪圖與象形文字、紋章繪製。